中国政府出版品国际营销平台精选图书·文学书系　　　王昕朋 主编

佛跳墙

Buddha Jumps over the Wall

林筱聆　著

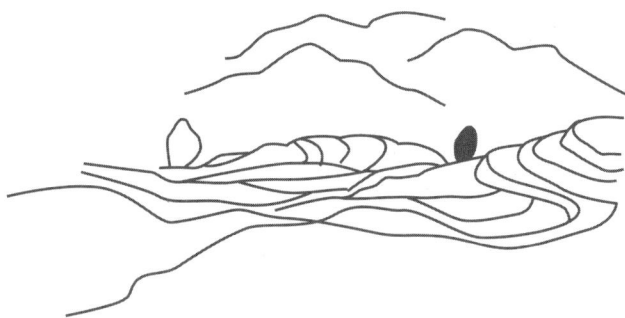

中国言实出版社

图书在版编目（CIP）数据

佛跳墙 / 林筱聆著 . —— 北京：中国言实出版社，
2021.1

（中国政府出版品国际营销平台精选图书·文学书系 /
王昕朋主编）

ISBN 978-7-5171-3612-5

Ⅰ . ①佛… Ⅱ . ①林… Ⅲ . ①中篇小说—小说集—中
国—当代②短篇小说—小说集—中国—当代 Ⅳ . ① I247.7

中国版本图书馆 CIP 数据核字（2020）第 240137 号

出 版 人　王昕朋
责任编辑　代青霞　李昌鹏
责任校对　张国旗

出版发行　**中国言实出版社**
　　　　　　地　　址：北京市朝阳区北苑路 180 号加利大厦 5 号楼 105 室
　　　　　　邮　　编：100101
　　　　　　编辑部：北京市海淀区花园路 6 号院 B 座 6 层
　　　　　　邮　　编：100088
　　　　　　电　　话：64924853（总编室）　64924716（发行部）
　　　　　　网　　址：www.zgyscbs.cn
　　　　　　E-mail：zgyscbs@263.net

经　　销　新华书店
印　　刷　阳谷毕升印务有限公司
版　　次　2021 年 1 月第 1 版　　2021 年 1 月第 1 次印刷
规　　格　880 毫米 × 1230 毫米　1/32　8.875 印张
字　　数　170 千字
定　　价　58.00 元　　ISBN 978-7-5171-3612-5

有风骨讲美学接通全球

——"中国政府出版品国际营销平台精选图书·文学书系"总序

王昕朋

　　中国言实出版社是国务院研究室主管主办的国家级出版单位，出版定位是：主要出版党和国家重大政策的研究成果以及相关的辅导读物。1995 年成立以来，我们一直坚持这一出版定位，围绕党和国家中心工作开展出版活动，因而，国内外读者很少见到由中国言实出版社出版的文学类图书。但是，近几年文学界对中国言实出版社已不陌生。这源于出版理念的一次变革。习近平总书记在文艺工作座谈会上的重要讲话指出："一部小说，一篇散文，一首诗，一幅画，一张照片，一部电影，一部电视剧，一曲音乐，都能给外国人了解中国提供一个独特的视角，都能以各自的魅力去吸引人、感染人、打动人。"这给了我们启示、启迪，文学也是讲好中国故事、传播中国好声音的重要途径。所以，我们也用心、用功、用力打造文学板块，并将它推向世界。2018年8月，由中国言实出版社出版的李春雷报告文学作品《朋友——习近平与贾大山交往纪事》获第七届鲁迅文学奖，同时入选"丝路书香"出版工程在国外出版，于是文学界发现，中国言实出版社在文学出版领域同样有不俗的表现。中国言实出版社的文学图书品种少而精，中国文学的声音在通过中国言实出版社持续传播到海外，承载着文化和文学信息的《温文尔雅》翻译成英文、日文、俄文、德文、法文、意大利文、西班牙文、葡萄牙文、阿拉伯文等多种语言向全球推介，英文版、中文繁体版荣获第十三届"输出版引进版优秀图书"奖，长篇小说《京西胭脂铺》一举登榜"中国图书世界馆藏影响力图书20强"。付秀莹、金仁顺、乔叶、魏微、滕肖澜、叶弥、戴来、阿袁等8位"当代中国最具实力女作家"的作品集同时推出，之所以在名称中冠以"中国"二字，是出于对外推介的考量，其中付秀莹、魏微、戴来等人的小说集后来入选"经典中国"项目在美国出版，产生良好反响。

近年来，中国言实出版社加快国际出版步伐，与英、美、日等多家国外出版单位建立战略合作关系，近百名当代中青年作家的作品陆续推介到美国纽约、日本东京、德国法兰克福等多个国际书展，被多个国家的图书馆收藏，图书受到国外图书界关注，连续6年入选中国图书世界馆藏影响力百强出版单位。2015年经财政部批准立项，中国言实出版社建设并主办中国政府出版品国际营销平台，为推动"文化走出去"提供支持。2020年，有感于体量庞大的中国当代文学无法快捷地被全球关注所带来的传播学遗憾，有感于年度文学选本出版周期较长，有感于众多具有潜力、实力、影响力的青年作家的作品没有很好的对外传播渠道，中国言实出版社整合资源，决定专门为中国政府出版品国际营销平台的文学板块打造出一种比年度选本出版周期短、对当代文学创作反应更为灵敏的季度文学选本。《中国当代文学选本》应运而生，书名由王蒙题写，选稿编委梁鸿鹰、李少君、王干、付秀莹、古耜皆为业内名家行家，所选作品为国内新近发表的文质兼美的力作。作为一种有公信力的季度文学选本，《中国当代文学选本》因"让国外读者快捷阅读当代中国文学精品"的窗口作用，以及"为中国作家走向世界铺筑交流合作桥梁"的桥梁作用，受到作家、汉学家、国内外读者一致好评。《中国当代文学选本》传播中国声音，讲述中国故事，产生良好社会效益。有鉴于此，中国言实出版社决定打造这套"中国政府出版品国际营销平台精选图书·文学书系"。

出版社并不承担培养作家的使命，但是这套"中国政府出版品国际营销平台精选图书·文学书系"的入选作品多是出自青年作家之手，原因在于，我们始终关注着中国当代文学最具活力与实力的鲜活部分，求取风骨与审美的统一，始终在精心遴选极具当代性的中国文学好声音，始终把推动中国当代文学与全球接通作为出版人的责任，这套"中国政府出版品国际营销平台精选图书·文学书系"的入选作家和作品便是如此。有风骨、讲美学，是选取这套丛书的思考维度。"有风骨"是要对民族精神有所反映，要为人民而文学，要关怀民生，帮助读者把无病呻吟、凌空蹈虚的作品以独特筛选眼光来淘汰掉；而"讲美学"是指中国言实出版社遴选书稿时看重作品的文本质量，内容和形式互为表里，是为美。美为作品飞向全世界插上翅膀，中国言实出版社人始终认为，美是全人类可通融的共同语言，有风骨、讲美学才能接通全球，成为文学精品。这些优秀作品里，都跳动着时代的脉搏，展现着当代中国日新月异的面貌，蕴含着深厚的文化自信。出版是文学生产的终端，对于中国言实出版社而言是文学传播的开始。中国言实出版社将始终秉持"好作品主义"，重视名家不薄新人，盘点、整合中国文学资源，积极开展对外译介和推广工作，自觉地将有风骨、讲美学的文学精品作为永不改变的出版追求。

2020 年 12 月

目　录
CONTENTS

佛跳墙

在我们观音岩，佛跳墙不是一道菜。提起这个外号的来历，估计连佛都想笑出声。那年，佛跳墙与同村一个口吃的人结伴去庙里给祖师烧香，以求各自的儿子考上重点中学——对了，那时，佛跳墙还是茶农陈兴旺。出门前说好了，口吃的人不便开口，所有需要说的话都由他代劳了。掷筊杯的时候，第一掷，笑杯，他赶紧又是整头发又是理衣衫以示尊敬。第二掷，反杯，他又赶紧拿手在身上揩了揩。连续几掷，非笑即反，他急了，大声问道：难道今年祖师不管教育？口吃的人"呃呃"了半天，好不容易才接上个"管"，旁边的人都听笑了。再掷，居然就信杯了。他赶紧跪下，继续祈求祖师保佑他儿子语文考多少分，数学考多少分……一听他这祈求的跟自家孩子没关系，口吃的人急了，却不知怎么说，最后干脆跟在他说的每一句话后比一个从他眼前扫东西的动作，反反复复地说：分、分、分、分我一点，分、分、分、分我一点……所有人都笑得肚子发疼。村里有个老人实在看不下去了，就对他说，好了，够了，你再这么求下去，连佛都看不过去，要跳出墙去了。"佛跳墙"三个字就此上身附体了。

十几年来，几乎所有人都忘了佛跳墙的真名。大多数时候，他更像是挂着别人牌照的冒牌车。根据他的说法，他儿子的出生与他找和尚算了同房的具体日子、具体时辰有直接因果关系。他儿子能在连续高考三年后考上大专，是他跟佛许愿进贡一头猪得来的回报。他儿子这么多年虽找不到工作但平安无事也是拜他一次次求签保平安所赐——签上写得非常清楚，那工作与某个灾难有关联，舍弃工作便是远离风险。总而言之，他是他儿子的护身符，而佛是他最大的安全罩。

很不幸，我是佛跳墙的亲侄女。他的"佛"手偶尔也会伸到我们家，管我们几个十来岁的女孩子祭拜的时候要往后站，进祖厝门槛的时候要先迈右腿、穿睡衣、跋拖鞋、来例假等都不能从土地公像前经过……他像《西游记》里那个肚子会吐丝的蜘蛛精，说话做事都那么令人生厌。可怜的堂哥比我更不幸。在他人生这二十六年的美好时光里，亏了他已经长得比佛跳墙高出整整一个头，所有关乎他的重大事宜还是要依靠佛跳墙与佛的对话来决定。因为这，堂哥已错过了五次到城里工作的机会和两个城里女朋友的姻缘。有村民猜测说，佛跳墙是不想堂哥去了城里再不回岩上来，这才使了佛神来说话。我不知道其中的真伪，但我知道，今天这次相亲，我堂哥无论如何都不愿再让他毁了。

临出门前，看佛跳墙又背着一只手在翻墙上的那本皇历，堂哥再也忍受不了。他用力在那些醒目的大字上戳戳点点，都已经看了二三十遍了，不会有错啦，你看你看，是黄道吉日，宜提亲，喜神在东南……

你懂什么？佛跳墙扫开堂哥的手，眼睛瞪得浑圆。对于平时连剪个头发都要翻看皇历的佛跳墙来说，墙上厚厚的那本皇历是他日常生活的指南针。他的手又一次在皇历上轻轻摩挲着，仿佛在安抚谁的脸。关帝庙里的师傅说了，吉日也需吉时，你懂不懂？！

随便你、随便你！我无所谓！堂哥习惯性地耸耸肩，走到一旁。这么多年，因为经常耸肩的缘故，他的背一点点地驼了下去，不再挺拔。而他开口闭口的"无所谓"也成了万能膏药，走哪贴哪，一点都不看场合。

佛跳墙懒得搭理，陷在自我抚摩里。好一会儿，他才瞥一眼墙上的时钟，优哉游哉地到土地公位前上了一炷香，又看了一下手上的表，时针不偏不倚地指向"9"，分钟与秒针准确无误地重叠在"12"上，这才拎起手礼坐上摩托车。

载着佛跳墙，堂哥把摩托开得不知有多拉风。他的心情像这四月里的天气，阳光明媚，白云悠悠，风儿清爽。要知道，为了对得上父亲关于女方生辰八字和方位的多方讲究，堂哥已经偷偷让他的现任女朋友提前两个月三天四个小时出生，还让她的家往东南方向偏移了十五度——移到今天要去的她姑姑家。一想到自己居然还有这等小聪明，堂哥的成就感犹如路旁那刚钻出地面的竹笋，半敞着肚皮，半咧着嘴。要不是看在一天天大起来的肚子上，看在堂哥长得还有几分人模狗样，特别是好统治的份上，我估计未来的堂嫂怎么也不可能这么委屈了自己，更不可能有这么大的耐性听他指挥。堂哥要钱没钱，要工作没工作——可能他最大的工作就是安全地躺在床上玩手机吧——他们家最值钱的无非是那三五亩茶园，每年几万元的收入也早被佛跳墙这拜拜那拜拜给折腾得所剩无几了。

千不该万不该，堂哥后口袋的电话不该在这个时候响起，更不该响起的是刀郎的《2002年的第一场雪》。那是未来堂嫂的专属。堂哥像是屁股上被扎了针，猛一缩就来了个紧急刹车，佛跳墙冷不防就从车上摔了下来。

你怎么还没到啊？堂哥的女朋友显然很生气了。我爸说你们再不来，我们就要回去了！

好、好、好！马上、马上、马上！堂哥用高频率的极速叠加词汇来表达他的急切与重视。

陈王法，我可告诉你，我可不是骗你，来迟了你们跟我姑姑相亲去！未来的堂嫂对我堂哥向来都是这么不客气，指名道姓是她一贯的语言风格。有时我甚至怀疑"陈王法"三个字是她话语中起承转合的桥梁，没有那三个字，她都不知道该如何往下说。而有了那三个字，她说的每个字、每个词便都瞬间站立了起来。陈王法，陈王法，你到底听到了没有？听到了没有？啊？

听到啦！听到啦！听到啦！堂哥像在嘴里拨着算盘，拨得呼啦啦响。他不停点头小心陪着不是，俨然正对着摩托车鞠躬作揖。

陈王法，你说话像放屁，你给我发誓！未来的堂嫂还是不依不饶。

好、好、好！我发誓！我发誓！我发誓！堂哥只能使出他的撒手锏了。我若骗你我会死！我若骗你我会死！

说真的，我很同情我的堂哥。以他 1.78 米的身高，加上饱满的天庭、浓眉大眼，要找一个漂亮贤惠的女孩做妻子也不是不可能，可自从他谈崩了前两个女朋友后，他的佛跳墙父亲与他们家的几间矮破房子、一台破彩电、一辆破摩托同时远近闻名，堂哥的择偶标准犹如他的后背一点一点矮了下去。读过书没读过书的都不计较了，高的矮的胖的瘦的都不讲究了，到最后，连五官端正与否、有无脾气也无所谓了。说真的，当那天看到堂哥偷偷搂着曾来我家找过我姐的那个歪嘴、溜肩、身高不足 1.5 米的歪瓜裂枣极品往小树林走的时候，我满脑子考虑的都是那个刚出土的小瓦罐要怎么踮脚尖才够得着那个瘦长的热水瓶？够着肯定是够着了，不然不可能那么快就有了小热水瓶或者小小瓦罐，堂哥的身高也不至于"飞流直下"，说话的声音也不至于贴到地面上。

这一刻，不管堂哥死与不死，对方的电话已经先盖死了。

缓过劲来的他这才回过神，他的父亲正一屁股坐在泥路上，双手抱着脚踝，紧咬牙关看着他。我在设想，如果佛跳墙的嘴唇上留有长胡须，此时肯定会被他肚子里的气吹得"扑哧扑哧"上下乱跳。

堂哥架好摩托，正要去扶佛跳墙，却被他一下子推开了。他一手撑地自己站了起来，不停拍打着身上的泥土说，不去了！回家！回家！

怎么可以不去？堂哥这下蒙了，他避开父亲的眼光，弯腰捡拾散落地上的东西，话语也一点点往地上挤压，几乎要钻进地里去。他也就只有对泥土发火的能耐。我怎么跟小美说？都跟人家说好了，小美她爸妈特意赶回来的！

这出门才几里路就摔跤，明显就不吉利！况且，你看你看——佛跳墙急急摊开自己的手掌，破了皮的掌心渗出了几滴血。他像逮着什么天大的证据，拿右手直直指向左手掌。还见血了，更不吉利！你刚才还说什么活不活的，出门办事最忌讳说那样的字，不吉利，不吉利，今天不去了！不去了！佛跳墙的手越摆越快，仿佛用手代替双脚在逃离一场即将到来的灾难。

你不是都看过皇历了吗？堂哥把东西往摩托车后座上放，嘴里嘟囔着，不是说今天是黄道吉日，宜提亲，喜神在东南吗？

看过是看过，这种东西能一成不变吗？佛跳墙一手拍在堂哥的脑壳上，你个木壳子脑袋，我还不是为了你好？！

你怎么就不能信点科学？堂哥摸着脑袋。从小到大，他的脑袋不知被佛跳墙拍过多少回，我怀疑他学习的不灵光肯定与此有关。

你还不信？佛跳墙拍得更密集了。为什么你早不来，晚不来，我一去求佛你就来？亏你妈白白吃了那么多草药，还是生了你四个姐姐，远不比我跟佛问的一句话。当年要不是我去求佛，你能考上大学？当年要不是……

这？我？好、好、好，随便你随便你！我无所谓！堂哥又一次耸耸肩，在佛跳墙富有持久力的狂轰滥炸中败下阵来。那些"当年"那些"要不是"像一只只闻到腥味的苍蝇在他耳畔绕着弯儿飞来，飞去，又飞来。

佛跳墙完全有理由相信自己的判断。在他们父子俩回家后的当天下午，那条村道上确实发生了一起重大交道事故——一只野猫被撞死在路中央，血肉模糊。他断定自己又帮儿子躲过一劫，对自己的正确与英明更加佩服得五体投地。佛跳墙在佛事上确实创造过"奇迹"。有一年岩上迎接新制的尪公入庙，包括佛跳墙在内的四个人负责抬轿，可能摇晃得厉害的缘故，进了庙里才发现尪公不见了，四个人你推我我推你，没人愿意担责任。掷筊问尪公，也没有一筊是信杯。佛跳墙突然跳出来问了一句，是不是酒喝多了，滚到水沟里了？居然一下就信杯。所有村民原路返回寻找，果真在水沟里找到了尪公。有些村民就此相信他有异禀，我可不信。我真不知道他是怎么想的，他怎么可以把堂哥跟一只野猫等同起来？哪怕猫有九条命，它毕竟也只是猫，可堂哥好歹是堂堂七尺男儿吧！佛跳墙才不管我怎么想，他坚信那只可怜的野猫是替死鬼，坚持要伯母厚葬它，祭奠它。

相亲之事就这么莫名其妙地黄了，堂哥能想到的最好的对抗方式就是绝食。从初三那年到现在的这十年时间里，绝食就像是他手上的一把尚方宝剑，往哪儿随便三晃两晃，所有人等都会乖乖地听候发令。那年考上重点高中，他提出要一个手机，佛跳墙不给，他就绝食，再后来就干脆不去上课，佛跳墙只能乖乖地举了白旗。第一次高考结束，他提出要一辆电动车，家里不同意，他又开始绝食，佛跳墙再次投降。我们几个堂弟堂妹都曾以此为榜样，纷纷效仿他的绝食招式，可我们的父母一点都不像亲生的，心肠都比他的父母硬，非但不买我们的账，看我们扛不了几餐就乖乖地认错讨饶时，他们居然还嘲讽说，继续啊！继续啊！咱们家的猪这两天正好改善伙食！一开始我们都无法理解，绝不了两餐我们基本要扶墙才走得动，他倒好，绝食三天非但力气一点不减，甚至脸上还能多长出肉来。稍大些才知道，他绝的只是公开的食。他的母亲总在背地里偷偷塞给他一只鸡腿，一个馒头，一根油条。甚至佛跳墙前脚刚离开家门，她后脚就将一碗鸡汤送到他面前。这充分印证了他经常挂在嘴边的一句名言：要想取得斗争的最后胜利，自己一定不能倒下。

绝食显然已经吓唬不了佛跳墙了，他翻到的下一个黄道吉日，还是没得商量地挺在四月十八这天。堂哥不用问都知道这是未来的堂嫂绝不能接受的——还未入门就先没了面子，以后进门哪还有什么地位可言？唯一的尚方宝剑奏不了效，他为难得就像他此刻手机软件升级时屏幕上不停旋转的那个圈。他打去的电话她一个都不接，他只能在微信里又是送花又是送钻戒，都不能讨到她的搭理。他每天软软地把自己像一根地瓜藤一样栽在床上，栽在沙发上，栽在阳台上，栽在任何一个可以倚靠的地方，并且迅速长出根。只要有一个手机，地瓜藤依然可以长出肥厚的地瓜叶。这么多年的待业状态，堂哥骨头里种下了不满，长出了懒。我们观音岩漫山遍野是茶叶，他大专学的是电子信息技术专业，一开始，他也曾在网上卖过茶，卖了几个月就觉着累，把网店一关，专心负责栽地瓜藤。除了玩手机微信，他还有一项大本领——王者荣耀他已经玩到了荣耀黄金段位，他的游戏段位是我们观音岩，不，应该是我们整个镇里最高的。

此刻，堂哥暂时顾不上王者荣耀，正忙着跟未来的堂嫂负荆请罪呢。他不知去哪里弄了一个被五花大绑跪在地上的人物形象，旁边还有一下一下抽打的动作。可这并不能讨来未来堂嫂的原谅，更别说开心。但好歹她还是搭理他了。两个星期以后？你开什么玩笑？这怎么可能？

我也没办法！堂哥在句子后加了一个流泪外加拥抱的表情。

你个窝囊废！除了打游戏你还会什么？未来堂嫂直接发过来几把锤子。如果两人面对面，我相信她一定会把真锤子砸过来。

有些东西，可能还真是不得不信……堂哥希望省略号多少可以帮得上忙。如果不是半路返回，那天说不定真的有血光之灾……

放你妈的狗屁！陈王法！未来堂嫂切换成了语音对话。照你这么说，你都不要出门得了，每天路上指不定有多少只蚂蚁虫子被轧死在马路上。你那么大个人脑袋里装的是屎吗？你别以为我只能嫁给你！想娶我的人都排到村口了！

我严重怀疑最后面这句话的真实性。以未来堂嫂的姿色和脾气，我堂哥真是一堆好牛屎上插了一朵臭菊花。堂哥可没我这样的眼力。他不敢语音回复，只急急打出：你们到时可以多跟他提一些聘金……

看在聘金的份上，四月十八这天的相亲总算跌跌撞撞地来了。雨从头天晚上一直下，到了上午十点多仍没有停歇，佛跳墙也还没有出门的迹象。堂哥巴巴地望着天。可老天爷一点不领他的情，故意把雨下得越来越大起来。就在他几乎要绝望的时候，墙上的时钟"噔咚"准点报时，佛跳墙看了下手表，说，好了，已经是子时，可以出发了！

刚才还令堂哥极度厌烦的偌大的雨立马变成了滋润干旱的甘露，可爱了起来。一切都意想不到的顺利。顺利经过那天车倒人摔的路段，又顺利经过野猫被撞的村道，再顺利经过水面上漂浮着死猪的桥……堂哥暗自庆幸罩在雨衣里的佛跳墙没有看到水面上那只被泡胀了肚皮的白猪，否则不知又要生出什么事端来。

各种器乐的声响恰是在这个时间传来的。先是唢呐声，接着是锣声、鼓声，隐约还有女人的歌声。越来越近了，越来越清晰了。是一支浩大的送葬队伍，队伍里有人在唱《常回家看看》。堂哥心底打起了鼓。完了，完了，又是不吉利……他的脑袋一阵发晕，双手像被吸走了力气，车把不由得晃动了起来。

果然，掀开雨衣看了几眼的佛跳墙发话了。走，走，走，赶快走！赶快走！

堂哥连双腿都在打战。他踩住刹车，这回车倒没有倒，佛跳墙也没从车上摔下来。他鼓起勇气说，我求你了，你别再这样行不行？

我怎么样了？佛跳墙好不容易回过神来。你以为走哪儿？

不是要回去？堂哥疑惑了。

混账东西，你不去相亲了？佛跳墙一巴掌拍在堂哥的脑袋上。

可是，这——？堂哥不敢相信。

赶紧走赶紧走！佛跳墙朝前不停摆着手，连脸上的褶皱都在笑。有人这个了，晦气都被送走了，这是好事！好事！

什么这个？这个是哪个？堂哥不明白。

这个就是那个啦！佛跳墙依然含混着字眼。

那个，那个是哪个？堂哥还是搞不清楚。

那个就是那个啦！不能说的那个啦！佛跳墙抬手指指棺材，几乎要敲向堂哥的脑袋了。走、走、走，今天这事准成，准成！

堂哥这才知道佛跳墙"这个"来"那个"去的是"死"字。与送葬队伍擦肩而过的时候，堂哥充满了无限的感激之情。如果不是急着赶路，我估计他都想下车去跟棺材里的人握手，表示衷心的感谢了。顺利到达未来堂嫂村口的时候，雨已经很小了。堂哥浑身的血液在喷涌，他想起了小时候参加运动会时广播里反复播放的那句"胜利就在眼前，胜利在向你们招手"，脚底下生出了一阵阵的风。

雨歇了。堂哥停下摩托，收起雨衣。阳光居然就在这一刻也倾泻而下，天地显得那么崭新、那么清亮，连心情都跟着亮堂了。佛跳墙倚在路旁的花圃围栏，抽起烟来。两辆小轿车疾驰而过，恰巧辗过路旁的两个水洼，水洼里的水猛地四处飞溅，溅了他一身泥水。奶奶的，谁这么缺德，溅了老子一身。他扔掉烟头，竖起中指指向车屁股乱骂一通。

那车身上赫然贴着大大的双"喜"，堂哥的眉眼跟着那"喜"字一起跳跃。不要骂了，人家娶亲呢！爸，你真会挑日子，看来今天确实是个好日子！堂哥觉得有必要拍一下佛跳墙的马屁。

堂哥怎么也料想不到这马屁拍到了马腿上。

你说什么？佛跳墙眼睛瞪大了，盯着那两辆车远去的方向问，刚才过去的是婚车？

是啊，车上都贴着红双"喜"。堂哥没有把握形势的变化，还想继续为佛跳墙唱赞歌，今天果真是个良辰吉日……

走、走、走，回去！回去！佛跳墙把堂哥一拉。

这——堂哥杵成一根木棍。

你傻啊？这跟婚车相遇最不吉利了，所有的喜气都被它带走了，还能办成什么事？佛跳墙不由分说地推着堂哥走。走、走、走！回去！回去！回去！赶紧！快！马上！

见不着底的暗一下子就从头上淋了下来，堂哥的天提前黑了。这一回，他破天荒地没有耸肩，没有说"无所谓"。

可怜的堂哥电话几乎要被打爆，他却打死都不接。我一直很好奇长得瘦骨伶仃的未来堂嫂怎么有那么大的本事，无须乌云与微风的过渡就能直接刮出那么大的龙卷风，下出那么暴的倾盆雨。堂哥算准了有一场声势浩大的暴风雨在等着他，可他还没想好怎样迎接，它就来了。他比高尔基的那只海燕差远了，"让暴风雨来得更猛烈些吧"这样的话，不可能由他的嘴里说出。

电话可以不接，可微信却一点不懂得考虑主人的想法，一个接一个地"嘀嘟"进来。我听到未来堂嫂尖着嗓子在吼叫。那吼叫声该是拥着、挤着、团着直接蹿上她的脑际而出，几乎变了形，生出各种奇怪的棱角，足以刺透一个人的耳膜。陈王法，别以为你不接电话就能解决问题！你他妈死哪去了？

陈王法，别以为你在我坑里屙了一坨屎，我就一定是你的了。没那么简单！

陈王法，告诉你，明天你爱来不来，我后天就去把孩子做掉！

你个死陈王法，死陈王法，你不要以为你是王法，明天你就知道谁才是王法！

堂哥的弹药都在佛跳墙手里攥着。回到家的佛跳墙忙着洗澡更衣，尔后点一炉香，再泡上一杯自己粗制的铁观音。堂哥出生前，佛跳墙也曾制得一手好茶，曾经得过镇里茶王赛的第三名。后来，求了签说他应该往东北面发展，他就一个人闯到东北去开茶店。茶店原本也开得好好的，几年就赚了十几万。后来无意间算得一个女店员的八字与他的不合，就辞了那女店员，又聘请了一个八字与他极合的男店员，结果男店员卷了茶款跑人。后来请了风水师傅，说是他的店面选得不对，选在东面是不对的，容易遇小人，应该选到西面。于是，就关了东面的店，重新到西面租了店铺，费了好些钱装修，没开几个月，所有赚来的钱又全部还了回去，最后只能回到观音岩制茶。可尽管他严格按着皇历安排施肥，安排除草，安排采摘，安排制茶，却再未能制出当年一样的好茶。茶虽不好，佛跳墙泡好的第一杯茶还是先敬过土地公，而后才把剩下的茶水冲进自己的茶杯里喝起来。伯母正按着他布置的作业往铁鼎里烧着金纸。堂哥拿着未来堂嫂的最后通牒送到他面前，一条接着一条地点开微信语音。佛跳墙把茶杯一拍，整个人几乎从椅子上弹了起来。随之，弹药也一并发射了出来。你怎么这么屄？她都还没入门就胆敢这样对你？你那是屙了一坨屎吗？那是我们老陈家的骨肉啊！一个妇道人家怎么可以开口闭口这个那个的？！多不吉利！你好歹读了大学，她不过才读到初中，你怎么就听凭她这么不把你当回事？把你取名叫王法，你怎么可以让她一点王法都没有？

我能怎么样？她话都说到这样，我还能怎么样？她说了我明天如果不去，后天她就把孩子给做了……估计佛跳墙发射的子弹是擦着堂哥的耳边过的，他才能说得那么淡定。他收回手机，看一眼在门口烧金纸的母亲，摊开双手，耸起了肩。你看着办吧，反正我无所谓！

什么无所谓？佛跳墙一手拍在桌子上。娶老婆是你的事，又不是我的事，孩子也是你的，你怎么能无所谓？

我也想所谓啊！堂哥拿手掌不停擦拭着手机屏幕，再次瞟一眼母亲，耸了耸肩。可我所谓有什么用啊？你们又无所谓！

谁说我们无所谓了？像压紧的弹簧突然被松开了，佛跳墙从椅子上弹了起来，拿手指着皇历说，无所谓我会那么在意黄道吉日？无所谓我会一次次带你去相亲？无所谓我会一次次半路返回？我还不是担心促不成你这桩婚事吗？

堂哥张了张嘴，想说的话跟着口水一起吞了回去。他看一眼直着身子盯着厅堂看的母亲，便有了新的想法。他不慌不忙地耸肩，耸肩，好像非得让全世界的人都看见他高高耸起的肩骨不可——他的肩骨削得尖尖的，一点都不好看。从他肩膀上抖出来的是这样一些听起来也是尖尖的话。反正我不知道，她说了，明天，明天，我们再不去她就去打胎，这是最后一次机会了。你们不知道她，她真是什么都做得出来的。明天，明天……

明天？佛跳墙跑过去翻了翻墙上的皇历，整张脸几乎要粘到皇历上。他戳着上面的字眼说，明天怎么可能？你看你看，明天忌出门，忌出门，东南还有煞星。

我不管你忌不忌出门，反正我已经说了，她什么都做得出来。堂哥似乎急欲撇清什么，边往外走边摆手说。到时你们不要怪我没说。

不行，不行，我不能让她把我孙子给流掉了！伯母冲进了厅堂，拦住了堂哥，把他往佛跳墙的身边推。让你爸想想办法啊！他一定有办法！这门亲要再黄了，咱们王法就真讨不到老婆了！

我能有什么办法啊？佛跳墙拿下整本皇历往伯母胸口塞过去，这边白纸黑字写得这么清楚，忌出门，忌出门，总不能让我飞出去吧？

我的孙子啊！我的孙子啊！伯母把皇历塞回佛跳墙的手里，嚷着，我不管你什么皇历不皇历，我要我的孙子！我要我的儿媳妇！

堂哥懒得看他的父母拉大锯扯大锯地在一本皇历上拔河，干脆贴着墙角闪人。这个晚上，他做了一个可怕的梦，梦见未来的堂嫂真的把孩子给打掉了，她还揪着孩子的一条腿，笑着说，陈王法，陈王法，这就是你的小王法！哈——

堂哥被未来堂嫂又冷又长的一串笑声给惊醒了。天还没大亮，他隐约听到哪里传来几声吃力的呻吟声，"哎哟——哎哟——"那呻吟声微微打着战，仿佛经过层层阻拦又多拐了几道弯，像是从墙壁上渗出来的，又像是从窗户缝隙漏进来的，还像是从地上的门缝里长出来的，让人听得起了一身鸡皮疙瘩。他怀疑那声音是从梦里钻出来的，迟迟不肯睁开眼也不肯起身，只侧着耳朵仔细辨识。后来又有其他零星的声音掺杂了进来，似乎有人在问，是佛跳墙吗？回答那人的是，哎哟——哎哟。那人又问，你怎么会在这里？回答他的依然是，哎哟——哎哟。这回开始有了议论，什么可能骨头断了，什么胳膊可能也断了，什么头也破了……堂哥翻过身去，正想继续睡他的美觉，一声撕裂的叫声伴着哭喊狠命把他拽了出来。王法，王法，快起来！快起来！你爸出事了！兴旺啊——兴旺啊——

刚出屋门，堂哥就看出了不对劲。小小的院子突然亮堂了许多。好好的一圈院墙在西北面撕开了一个大口子，砖土散落一地，一堆人围在院墙外。呻吟声重叠着伯母的呼喊声正是从那个口子一浪接着一浪地打来。

王法来了，王法来了，赶快来看看，你爸被墙压住了。邻居叫喊着。

堂哥赶紧跑了过去。佛跳墙的整个身体都被埋在一堆砖土里，只露出一个脑袋。他的额头被磕破了一个大口子，不停往外冒着血，伯母正手拿毛巾捂着。他的双眼半张，嘴也微张着，一声声"哎哟——"汩汩而出，不停地汇聚、喷涌。一旁的几个村民正徒手又是挖又是刨，一点点卸掉压在他身上的砖土。

爸，你这是干什么？堂哥蹲下身子，一边扒着佛跳墙身上的土，一边急切地想知道缘由。怎么会这样？

哎哟——

他翻墙。伯母压低嗓音替佛跳墙做答。

好好的门你不走，你翻什么墙啊？堂哥又问。

哎哟——

还不是因为你？伯母用肘子撞了一下堂哥，跟他使了下眼色小声说。

这跟我什么关系？我什么时候叫他翻墙了？堂哥忍不住提高了声音。他看着人群大声质问。

你小声点行不行？伯母拉了一下堂哥的衣角，挨着他的耳朵说。皇历上不是说今天忌出门？还说东南有煞星？小美那边不是今天非去不可？他肯定想着既然不能出门，那就翻墙，从西北面翻……你看看，你看看，果然是不宜出门！不宜出门！果然是有煞星啊，这一出门就出事！

啊？堂哥彻底给整傻了。他呆呆地看着地上的佛跳墙，看着那额头上的血，什么话都说不出来。他想起了很小的时候，佛跳墙有一次进城帮他带回来一根巧克力雪糕，到家时，雪糕已经化成了一袋深褐色的水，他用舌头一点点舔着，那水冰冰的，甜丝丝的，香喷喷的。

都什么时候了你们还在说什么啊？有人拍着堂哥的脑袋把他唤醒。赶紧想法子把你爸刨出来送医院啊！

堂哥第一次觉得父亲的眼里充满了求助的目光，第一次觉得自己肩上的担子有多重。

好、好、好！马上！马上！堂哥忙不迭地说着话，双手迅速刨起那些砖土来。突然他想起了什么，停住了手上的动作，起身往屋里跑。

　　王法，你干什么去啊？邻居叫住了他。你是要拿锄头吗？锄头恐怕不行吧？会伤着人！

　　不是，不是！堂哥一边摆手，一边倒退着往屋里走。我去看一下皇历……不知道今天是不是适合破土？

吃 岁

父亲踩断了他祖母，我太祖母的一条腿，但他没有丝毫悔意——至少我在电话里没有听出来。

你说她一个快一百岁的老太太，都十点了还不去睡觉，还来管我喝酒，管我和你妈的事。她管得了吗？父亲说得理直气壮。对于自己的每次喝酒，他拥有着这个世界上再充足不过的理由——高兴肯定是要喝的，不高兴也是要喝的；小学同学回观音岩是要喝的，同学马上要离开自然也是要喝的。我一度以为，发明酒这东西的，就是父亲这样的人。

我一手扶着方向盘，一手接着电话，不知如何回答。我知道他心里的梗，也知道他最希望听到的回应，但我实在说不出来。二十多年的记忆里，醉酒后的父亲与人吵架算是轻的了，打架也是常有的事，这是我从童年开始就长在心里的梗。每个人心里都有梗，自己的梗终究是最最重要的。

说说也就罢了，还要来拉我。你说我都几岁的人了，我又不是小孩子，也没有老到像她那么疯癫，怎么可能对你妈下什么重手？她那么瘦小的一个人，一推不就倒了？可我喝了一点酒，哪里知道她就倒在那里？我一倒退——

我听到了骨头"嘎崩"一声响。太祖母身高只有1.48米，体重不足七十斤，人高马大的父亲足足抵得上两个太祖母的重量。

我急急踩下刹车，连夜赶回观音岩。在我们观音岩，长期流传着一种关于"吃岁"的说法。村里人都说，太祖母是吃了子孙的"岁"才可以活这么久的。很小的时候，我一直相信村民们嘴里的"岁"一定是像"年"一样的怪兽，她吃起一只只的"岁"来定然像她平日里嚼生花生米一样，"咔，咔，咔"，一咬就断。只是，吃下那么多"岁"的老人，笑容怎么还能如此慈祥，面目怎么还能如此安宁？这是长期困扰我童年的一个问题。太祖母吃得最近的一次"岁"是我祖父母的——虽然我们一次次地解释祖父母是因为车祸离世的，可关于"吃岁"的说法还是又一次在村民间流传。他们坚持认为，如果不是吃了那么多"岁"，特别是年轻人的"岁"，太祖母怎么可能看起来还那么年轻？我不否认，同为女人，当年七十五岁的祖母和九十六岁的太祖母站在一起，实在很难让人看出她们两代人的差距。她们脸上额上、脖子上的皱纹一样多，也一样深一样密，像是久旱龟裂的土地。她们一样干瘪的手臂小腿被时光抽走了所有的水分，一层层松懈出来的皮囊充分暴露了骨头的原形。可是，这难道就是"吃岁"的证据吗？

吃过止疼片的太祖母缩在被子里，呼吸又深又重。她像是一个老婴孩，微侧着身子，双手枕在右脸处，打着石膏的左脚被架得高高的。那双没有鞋子和裹脚布掩护的三寸金莲第一次如此突兀地摆在那里，丑陋不堪。奇异的形状，扭转的肉团，弓起的脚背，深凹的脚底，连在一起的脚掌与脚跟，巨大的大脚趾，被扭压在脚下看不见形状的其余四个脚趾……她的头上却是另外一番情境。她的额头依然梳得如此光亮，俨然是要去赴什么盛宴的样子。脸也洗得干干净净，脸上的汗毛拔得一根不剩。

告诉叔父了没有？临睡前我还是忍不住问了父亲。

没有。他停顿了几秒，反问，为什么要告诉他？

还是告诉他一声吧！

是啊——他是她的骄傲！父亲的眼里闪出一丝奇异的光。他说话的语气很是奇怪，像是古厝生了锈的铁门，有的地方被卡住了，重重地拖着，有的地方却又是顺畅的，轻轻地带过。

你如果不想打，我来打吧！我马上意识到自己说错话了。但话已出口，我需要把这错圆下去，假意抬手看手表。现在将近十二点，他那边差不多是中午。

父亲的眼睛突然就空了，仿佛那里的光一下子被远在美国的叔父给吸走了。

叔父是岩上第一个考到上海的大学生，又进入上海的高校任教。太祖母八十岁生日宴，镇里的领导和村干部们都来了。一开始，大家都是开心的。叔父不仅给太祖母带了礼物，他还给我们每个人都准备了礼物。送给祖父母的是每人一件漂亮的外套和一件厚实的羊毛衣，送给我几个姑姑和我母亲的一样都是一条花花绿绿的丝绸围巾，送给我们几个孩子的则五花八门：书，钢笔，棉花糖，开心果……没人注意到他落下了一个人的礼物。太祖母的生日宴会办得无比风光，叔父还说了一番很感人的话，大体上是讲他一个人在上海如何想念观音岩，想念太祖母做的千层糕，想念小时候和我父亲一起爬树掏鸟窝偷鸟蛋用蜘蛛网粘知了的那些个事。说这些话的时候，我看见他的目光除了在太祖母身上停留，更多的时候会在我父亲身上跳跃。为什么是跳跃？我总觉得父亲似乎一直在躲避什么，只要他的目光有往父亲身上移动的可能，父亲就提前把头歪到一边，或者埋到地上，叔父没得交接的目光只能轻轻一点就跳到别处，但没过一会儿，又会往父亲的方向抛过去。

临回上海前的那个晚上，叔父才从行李箱里取出一个长方形的黑色小盒子。盒子里装的是一个乌光闪闪像洗衣锤的东西——他们叫它"大哥大"，据说里面存储着一个号码，头顶上长着的那根是可以伸缩的接收信号的天线，走到哪里都可以拨打和接听电话。

回来前一天我托同学从香港帮我带来的，是一个很吉利的号码。号码就贴在大哥大上。叔父把黑色的洗衣锤递给父亲，透着巴结意味的话说得很是小心。怕你不收，闹得大家别扭，所以到现在才拿出来给你。

好酒沉瓮底，越后面给的礼越大啊！几个姑姑都止不住尖叫和羡慕。这恐怕是咱们镇上第一部大哥大吧？二哥自己用的还只是传呼机啊！

当大哥的才需要用大哥大！叔父开的玩笑似乎没有人听得懂，没有人配合他的笑。他摸着别在裤头上的传呼机说，我成天除了上课就是做实验，有这玩意儿就够了。大哥做生意比较有用。

看不出父亲脸上有任何高兴的迹象。他掂着手上的洗衣锤，像执意要掂出其中的分量。你们读书人心思就是多……

我实在听不出父亲这句话的感情色彩，像是平淡的几个词，又似乎每个词都攒着力。无论怎样，他与叔父明显不在一个频道上。叔父有几分不好意思的样子。好一会儿，才接过话，明年，我可能会考虑出国留学。

出国？父亲显然被震到了。你都舒服这么多年了还不够，还要出国去享受？

尴尬像不小心滴到白纸上的一滴红墨水，迅速在叔父的脸上漫开。

你怎么这么说文儒？祖父看不过去。

是啊，你怎么这么说？祖母附和着。

你们也太小看我了吧？一部大哥大就把我打发啦？父亲

把洗衣锤往桌上一扔，把你的大哥大拿回去！别一副施舍的样子！

我怎么会是施舍了？你怎么会这么想？叔父喃喃地说。好像他真的犯了错，而且犯的是不小的错。

你以为你是什么破研究生，是什么破副教授承担了什么破课题就了不起了是吗？父亲在每个"破"字上都下了狠劲，似乎要砸碎它后面带出来的那些新鲜的名堂。

你——你——怎么会这么想？叔父的面子好像被撕裂了，他瞟一眼太祖母的房间，说得更加小心。咱们好歹是兄弟！

兄弟？对于这个家，你永远就是一条寄生虫！凭什么你一直读书，读到上海，读到现在还不够，老子要在老家累死累活地给你赚学费？讲好听是你送我一部大哥大，归根结底还不是我自己买的？

叔父哑住了。我不知道他脑子里是不是跟我一样出现水蛭的模样，一只只软软的，牢牢地吸附在大人腿上，血从腿上流了出来。尽管我弄不明白叔父与水蛭的关系，但我确定绝对有关联——父亲从来没有这么说过其他人。

如果当年不是有人做了手脚，那现在了不起的是我，要出国的也会是我！父亲重重地丢下这句像炸弹一样的话，扭身走出古厝。离着古厝几十米远的地方，是父亲几年前新建的二层楼房，房子建好后，太祖母更愿意住在古厝里，祖父母只能留下来陪她。

父亲说了这么重的话，叔父并没有回击。也许，这就是读书人的斯文和内涵吧？

好像所有人也都远远地躲开了——父亲射出一支威力十足的箭，任何人再以叔父为荣，再想维护这个白净斯文的城里人，也不想被它误伤。

自始至终，太祖母的房间都安静得像是不存在。可我没来由地相信，那一刻她一定是站在床前，面向紧闭的窗户，双手合十，默默祈祷。

已经三个多月，太祖母断掉的骨头始终连接不起来。医生也没了办法——从大骨汤到牛奶到钙片到钙粉，他要求做的我们都做了。就像被抽掉了一颗关键点上的螺丝，太祖母整个人就这么散了，再站不起来。地是自然下不了的了，饭也吃得越来越少，连气息都一天比一天弱。她蜷缩的幅度一天天在扩大，在床上所占据的空间一天天在缩小。她身上的一切似乎正一步步朝着死亡迈进——哪怕一阵小小的风、一次突然的降温都可能成为压垮她的最后一根稻草。唯一能阻挡她死亡脚步的是她每次睁开眼后那眼里闪过的光——那光是祈盼，是不舍，是坚决。

太祖母是1946年腊月带着我五岁的二姑奶奶上的观音岩，进的我们王家门，成为我祖父和大姑奶奶的继母。那年她三十一岁，刚死了丈夫和两个孩子。太祖父四十二岁，老婆三年前因为难产死亡。她来的第二个月，一家大小下了岩，她用仅有的一点小积蓄租下了街上的一间小店铺，卖起了牛肉羹牛肉面白米粿。第二年，祖父进了学堂。

叔父隔几天就会给太祖母打来电话，接电话的只能是父亲。无法避免地在电话里相见，无法避免地在电话里争吵。

你们应该带她去大医院找大医生看看，或许能有什么更好的办法！一开始，叔父说得还很客气，用词也相当谨慎。县里小医生毕竟水平有限。

所有的医生都说这么大把年纪了，还能有什么办法？火总是先从父亲这头烧起来的。

你都没去找过大医院，你怎么知道大医生就没办法？

你怎么知道我没去找？

我让你们去找上海我那个同学，你们去找了吗？

笑话，中国这么大，难道就只有你同学是大医生？

我不想跟你争辩！老人也就这点日子可以活了……生意暂且先放一放！

听你讲这些老子就起火！真有孝心你就回国来，不要在电话里瞎指挥！父亲"啪"地挂掉电话。

父亲挂掉电话的那一刻，我恰巧进门。我马上就知道他下一秒会对我说出的那句话。他果真说了——整天就知道打电话来发号施令！

你知道他那么远，也不是想回来就可以马上回来的，怎么每次都这么激他？我故意笑着把一句带疑问的话说出去。我不能让父亲知道我有为叔父辩解的含义，却也不能对他的这种不理智不闻不问。我觉得我的笑成功地转化了我的几层意思。

我就是要这么说！不这么说我就不解恨！五六十岁的父亲说出这句话的时候带着孩子般的执拗。

突然冒出的一声"嗯哼"打断了我们的对话。有十几秒，屋内没有了动静。给我几颗花生米！太祖母居然开口说话了。我要花生米！

让我们全家一直纳闷的是，太祖母的牙齿并不像她身体的其他零部件那样老化，被她使用了近一百年的牙齿居然还都健在，而且一颗颗非常坚固地占据着她的牙床。那发着白光的微黄即使经过岁月的侵蚀，居然也看不见任何一个黑色斑点。一天里难得见她吃上几口饭，生的花生米成了她摄取营养的主要方式。你无法想象一个虚乏得连睁开眼睛的力气都没有了的老太太，居然还能一下接一下，缓缓地嚼动那看起来并不柔软的东西。"咔、咔、咔"，"咔、咔、咔"，那依然清脆的声音在她的房间里弹着跳着，像一首欢畅的歌——直到感冒叠加在她的病体上。先是说头疼，接着是嗓子疼，后来，没日没夜地咳嗽，榨掉了她身上的最后一丝水分。她像薄得不能再薄的纸片一样贴在宽大的床上。

差十八天，太祖母就一百岁了。我父亲坚持认为太祖母已经老得足够去死了，一个那么小的感冒更没必要去花那些钱，住那些个医院。可叔父却一点都不想让她死。

你把卡号发给我，我给你转一些钱！叔父在短信里说。

你以为你赚美元了不起是不是？

卡号？

你不知道他有多……多……讲起钱的事情，父亲整个人从凳子上弹了起来，凳子歪到了一边。他找不到一个合适的词来接上，就越发生气了。连发条短信都舍不得多用几个字！他一个美国教授就真那么了不起？我就见不得他不可一世的样子。

在父亲眼里，叔父怎么做都是不对的。

叔父最终把钱转到了我的卡上。又直接让他的镇长同学联系了医生，联系了救护车，人和车都到了门口。看在钱的分上——这是父亲后来一直在强调的东西，可是我知道他并不缺钱——他只能把太祖母往医院送。

说心里话，我的立场跟我的父亲保持高度一致，我也觉得比太祖母年轻的祖父祖母尚且都走了，她这样的年纪走已经没什么遗憾可言。何况，她老人家很久很久以前就做好了死的准备了。可是我总不能阻止一个孙子孝敬祖母的心吧？况且，正如叔父说的，我比父亲多读了几年书，总要比他多一些理智吧！

那是 1990 年的中秋节。在床上躺了一个多月的太祖母让祖父搀着走出了房间。我们几个太孙辈的小孩子都不敢靠近她。她的脸像被挖了个坑，两颊深深陷了进去。她的眉骨更高了，眼睛大得吓人。凡是衣服覆盖不住，肉眼看得到的地方，我能想到的最贴切的比喻就是大象的皮肤。横的，纵的，斜的，各种纹理不是轻轻地划，而是深深刻进去，我一直怀疑是不是用墙角的那个犁耙给犁出来的。她几近枯竭的身体只剩下骨架、骨节，勉强支起一个像人一样的身体。

进去啊，进去啊，她"吃"了她的父母和兄弟，"吃"了她的第一任丈夫，"吃"了她与第一任丈夫生的两个孩子，又"吃"了我们的太祖父，后来又"吃"了我们的二姑奶奶。她已经"吃"了那么多人，不会在意多"吃"你这么大的小人儿的。你那么嫩，吃起来一定特别香特别甜。咬你的手指头一定像吃生花生米一样，"咔、咔、咔，咔、咔、咔"，多好听……每次我要进太祖母的房间捡皮球，长我四五岁的姐姐总是这么说。我只觉得后背生起一阵冷风，冰凉冰凉的。我确实听到了从床上传来那极其清脆的声音，"咔、咔、咔，咔、咔、咔"。那么清晰，那么吓人。

做了这么几十年的寿木，还是第一次中秋节给人送上门。方脸大爷直起腰身，擦着汗说。这团圆的节日，很多人都忌讳……

死也是一种团圆！太祖母扶着那口大木箱说。最永久的团圆……

谁说不是呢！方脸大爷轻轻拍着大木箱，像在炫耀一件艺术精湛的艺术品。这可是我店里最好的楠木，做工也是最好的……这木头还没完全干透就上漆，这漆要能再多上几遍会更油光。你们这么赶，我也没办法，这几天油漆味比较重，多放几天就好了。

好啊，好啊！太祖母抚摩着箱盖，沉浸在一种从未有过的幸福里。

我看她还挺好的，怎么这么赶？收钱的时候，方脸大爷还是忍不住多问了我祖父。会不会误诊了？你说这好日子才刚刚开始……

肠癌，已经是晚期了！祖父摇头叹气。

看她那眼神，应该也不会很快……方脸大爷瞟一眼太祖母，数起手上的钱。我见过很多马上要死的人，不可能是那种神采。

她明天去上海，她那个宝贝孙子那里做手术……父亲抢先回答。今天送来了，她才会安心上路！

很多年以后，回忆起父亲当年说的这句话，我一直在揣摩他说的"上路"，仅仅是指去上海的路吗？

见他们谈的都是我听不大懂的事情，我跑到太祖母身旁，踮起脚尖还是够不着那个大木箱的箱盖。阿太，大箱子里有什么好吃的吗？

傻孩子，箱子里装的是睡觉的床，没有好吃的。太祖母的皱纹在笑。

睡觉的床怎么会有盖子？我拍着大木箱。

人死了，往那一躺一睡，盖上盖子，就可以去到那边了。

什么是死？死会疼吗？

走不动了，想永远永远睡下去了，就死了。一点都不疼。

那边在哪里？阿太希望早点去吗？

在天上。阿太很久之前就想去了。

那边有谁？有月饼吗？也像我们这样围成一桌吃月饼吗？我咬了一小口手中的月饼，一种美妙的甜爽包裹住了我。我也想去。

你还太小，要像阿太这么老了以后才能去。那边没有月饼……

太祖母干枯的手柴柴的，但她的手掌摸在我的头上时好像渗出了柔软。她说的这些话，像是雨刚停住后沿着古厝的屋檐往天井内的水沟里滴下，滴答，滴答，滴一下，停一下，如此轻盈，如此淡然，煞是好听。我相信太祖母说的话，可是姐姐并不是这么想的。每次晚上经过厅堂去祖父母的房间，姐姐总会说，要用跑的，不然棺材里随时都可能有人伸出手来把你抓进去吃了。你那么小，那么嫩，一定非常好吃，"咔、咔、咔、咔、咔、咔"……我像火箭一样地飞过厅堂。

那口上好的楠木棺材终究没有派上用场。就像大家看到的，没错，太祖母没有去成那边——叔父联系的一流专家帮她做了一个非常成功的手术。谁都没有等来到箱子里睡觉的机会，县里的殡葬改革就开始了，睡觉的箱子最终变成很小、很窄的一个小盒子了。我曾经非常担心祖母怎么才能躺进去——除非她有缩骨术。但她自己似乎一点也不担心。她说，睡在那小盒子里也挺好，更不占地方。

每个月的初一、十五，小脚的太祖母都要敬拜厅堂上的土地公。总是天光还没有亮透，她就起床，一番洗漱，喝了这一天里的第一泡茶后，换上新洗过的歪襟蓝布衫，摆上果盘点上三根香，对着龛台又是细碎言语，又是朝拜作揖。对她来说，好日子都是包括土地公在内的各方神明所给的。在他们的那边与我们的这边好像有一条凡人的肉眼看不见的通道，太祖母时常循着那条通道一次次抵达、触碰或者对话。碰上正月初一零点刚过的贺正，和正月初九的敬天公，仪式就更加隆重、热烈，也更加复杂了。大到几盘荤菜，几盘素菜，荤菜摆在前，素菜摆在后，小到几个茶杯，几个酒杯，这些都是极其讲究的。从小到大，一年年一次次见她开始更衣点香，每个孩子心中的肃穆感便如同她手中燃着的香火冉冉而起。龛台里那个从来不说话的土地公和她对着大门方向朝拜的那个看不见的天公总能赋予她力量，每一次朝拜结束，她便被注入生机，容光焕发。她的每一天都是新的。

太祖母房间氤氲着一团特殊的气息。房间的灯开着，把父亲的脸映照得更加阴沉。没有声音。他远远地坐着，双唇紧闭，腮帮里像藏着一只小青蛙，一跳一跳，目光被削得尖尖的，直射床前。我在他的目光里嗅到了火的焦味，铁的锈味。太祖母睡在用叔父寄回来的钱购买的专用病床上，在他的目光里面墙侧卧，呼吸均匀。从厦门打点滴回来，她似乎恢复了些许精神，眼神里偶尔有略微流动的光，嗓子里却像是设置了重重关卡，把声音生生给卡在了喉咙里。小半天喝下的一碗浓浓的米汤耗费了她太多的体力，一整个晚上她连呻吟声咳嗽声都没有了。

怎么啦？我横切了父亲的目光，轻声一问。

父亲不说话，下巴往床头柜一努。柜子电话机上有一张白纸，纸上写着两堆散乱的大字，一堆左边写着"亻"，右边上面是"雨"下面是"而",一堆左边上下各一个"亻",右边是"言",每个字都歪歪扭扭,简单的笔画被写得四肢开叉。它们干细枯燥,显然不是毛笔所为。

谁写的?我与其说是摊开白纸,莫若说是摊开那些字。这个应该是叔父的那个"儒"字,这个应该是"信",什么意思?我大胆做着猜测。不会是她写的吧?上过私塾的太祖母写得一手雅致的楷书,祖父给我看过她当年记的账本,那些上了年头泛黄的每个字虽然小却颗粒紧结。我也曾亲眼见过七八十岁的老太太戴着老花镜给叔父写信的场景。她一直用不惯我们的自来水笔,更用不惯圆珠笔,每次写信都要取出那根老掉牙的派克钢笔——那是她做茶叶生意的父亲留给她的唯一纪念——自个儿吸上墨水,工工整整地写下一两张专用信纸。有时候,我甚至会怀疑,太祖母看重的似乎不是信的内容本身,而是写信前那样一种近乎仪式化的过程。她需要把每一根发丝梳得油光滑亮,梳进越来越小的髻子里,仿佛她梳得光溜了,接下来写信的笔才会跟着光溜顺畅。她还要装一小碟生花生米在放桌角以备写信时使用,似乎每嚼动一颗花生米,都能撬动她时光深处的记忆。穿了一辈子的歪襟衫也得捋得直直的,每一张信纸也要一捋再捋,好像她捋平的不是纸,而是老得发硬的思绪。

不是她还能有谁?父亲站了起来。

可是看她弱得连喘个气都没力的样子,她什么时候写的?她怎么还能写字?我的疑惑又来了。

哼,一想到她的宝贝亲孙子,自然就有力气了!父亲冷笑着走过来。他寄回来的 1 万元我可是一分钱都不剩都已经给你滴完了——父亲在"亲""完"字上用足了力气，仿佛这几天滴进太祖母血管里的不是药水，真是"他"的钱。他接过那张纸甩动起来，那纸发出"噼里叭啦"的声响。你还想让我怎样？想让我给他写信？别做梦了！电话我都不可能打给他！他拒绝说出叔父的名字。

父亲话里的话我算是听明白了。

叔父也在我的电话里听明白了。只是他的明白与我的明白隔着十万八千里。儒？信？嗯，好的，我知道了，我懂！你们千万照顾好她，千万等我回来！我这学期的课程已经都提前结束了，正在办签证！我会回去陪她一段日子……

一段日子？一段是几天？父亲听完我的复述，再一次拿着放大镜挑着叔父电话中的刺。别说是我把她伺候死了，最好他现在就回来，马上，立刻！

父亲的话音未落，我们同时听到床上传来了轻轻的一声"吱——"，像是失去平衡的床板刚被压了一下头便被掐去了尾，只响了一半的声音将另外一半未及泄露的声音——那该是个"呀"声，急急收拢。

太祖母保持着原来的睡姿，一动不动。

到深圳去！到深圳去！我要到深圳去！

父亲在接连睡了三天后，从床上跳起来的时候冲祖父抛出了这个念头。它如此迅速地生成，又如此强大，占据了他的整个内心。祖父接到的是一个滚烫的火球，一团他从未想过的足以熔化一切的岩浆。漫长的几十个小时，我父亲没有把自己睡得天昏地暗，倒是几乎要把祖父两撇浓密的眉头点燃了。不行！我不同意！深圳是哪里？你去那里做什么？

你连深圳是哪里你都不知道，你还怎么教你的那群学生？深圳是哪里？深圳是整个中国最先睡醒的地方，改革开放的前沿，无数年轻人正往那里赶去。那里办起了一家家的服装厂、电子厂、食品厂，无数就业岗位，遍地是钱，×××去了，×××也去了，我的很多同学都去了，我也要去！这回你别想再拦我！父亲毅然决然地将几件衣裳往一个行李袋里装，装一件就用力地说一遍——别想再拦我！别想再拦我！别想再拦我！好像拦他的是那些衣服，又或者被他装进袋子里的是他一个个的爹。

你都已经结婚了为什么就不能安下心好好地代课？祖父抓住父亲的手，把袋子里的衣服往外掏。你去深圳能做什么？不行！你不能去！我不让你去！

你还想把我一辈子绑在观音岩上不成？父亲的手紧紧地抓在祖父的手腕上，俨然抓住的是一颗即将引爆的炸弹。当兵你不让我去，打工也不让我去，你难道还想要我接你的班不成？

接我的班有什么不好？很快你就能转正，只要转正你真的就有当校长的机会，一个月几十块钱，可以养活一大家子，你还想要什么？祖父感觉到我父亲手上的劲明显小了，便开始打算用他惯常的好脾气徐徐吹来一轮他最擅长的思想教育的和风。

而且你想想，当个小学校长可以改变多少山里孩子的命运？可以……

那我的命运谁来改变？父亲冷冷的发问泥石流般滚了下来，夹杂着冷冷的发笑。是啊，在你眼里，我顶多也就是个当小学校长的出息……可是凭什么？凭什么文儒可以去上海，我就不能去深圳？凭什么他就可以在大上海生活，我就得在这破山上？难道就因为我不是你亲生的？！你从来都不想我过得比文儒好！父亲索性撒开手，迈开腿往外走。我不可能像你一样一辈子困死在这岩上的。你绑不住我的脚！我一定要去深圳，谁都别想拦我！

你给我站住！祖父再没了好脾气。你个没良心的东西，你怎么说得出这种话？

难道我说得有错？父亲站是站住了，但他的理由比天大，愤怒也比天大。如果我是文儒，不是文生，你还会对我这样？

你——你——祖父的理智彻底被愤怒冲跑了。你走，你走，走了你就不要再回来！

好，是你说的！父亲拿食指直直指向祖父，好像生怕他的父亲会把那句话收回去。不回来就不回来！死我也死在外面！

当然，父亲并没有像他自己说下的狠话再不回来，死在外面之类的，真这样，怎么还可能有我呢？父亲去成了深圳，但是只去了几个月就偷偷溜回了观音岩。他可不是反悔，而是偷偷把母亲也带去了深圳。他们不只去了深圳，还去了潮州、汕头。聪明的父亲注定不会仅仅只是成为一个打工者，他在他打工的地方看到了商机——茶叶生意。几年后，他们带着我的姐姐重新回到了岩上。几个月后，父亲一个人又出发了。这回，他去的是汕头，一起上路的还有近千斤的安溪铁观音。很快，近千斤茶叶换成了几千元。后来，他在汕头开了茶叶店，雇请店员看店，自己则一次次往返于观音岩与汕头、潮州之间。再后来，我的大姐、二姐先后都成了他在汕头的得力干将，他自己则把心安在岩上自家的那十几亩铁观音茶园里，种茶、制茶、收茶、拼配茶叶，年复一年，日复一日。偌大的老厝和新屋就只剩下太祖母和父母三个人，他们近得只有几十米远，却每天在各自的灶头煮着，在各自的屋子住着，在各自的节奏里不大交集地过着——直到父母吵的那场架。

因为二姐早产，母亲不得不连夜往汕头赶。父亲一早就熬了粥、炒了花生米端到太祖母房间。她已经醒了，正木木地盯着从窗缝漏进来切向地面的几缕光线看。光线中没有他。

父亲开了灯，三两下就摇起了病床的上半部，太祖母的身体毫不迟疑地往前曲了十几度。在这个上升的过程中，呈半躺姿势的她一点点摆正了头，目光被拎着、被黏附着缓缓地移动，没有角度的改变，没有力度的改变，仍是愣愣的，散散的，泻在被单上。被单上那几朵暖色调的牡丹花开得正艳正红，他看到的只有一张衰老的脸。

父亲抓了把椅子坐下，拿汤匙打了满满一勺粥就往她嘴的方向送。她的双唇紧闭，偏过头去。汤匙在她的门口站岗。一秒，两秒，三秒。汤匙往她的唇中间顶，试图打开一条通道。一下，两下。门并没有打开。她抬手轻轻一拨，米汤洒在被单上。汤匙停在空中。她的手并没有停止，在收回的途中费劲地往上，往后，手指成了她的梳子，一下接一下地往后梳理着她的头发。额头一点点露了出来。

再明白不过的事情了。

父亲从抽屉里取了梳子伸给太祖母。她梳得非常慢，非常轻，好在髻子并没有散开，她把散乱出来的几缕头发往后别，总算将它们一根根压在脑后，这才住了手。梳头耗费了她仅剩的一点力气，她闭起眼睛，重重地呼吸。父亲举着湿了的毛巾犹豫了片刻，还是搭在她的脸上。毛巾还未及挪动，她睁开了双眼，手再一次上抬，只是这回，才抬到一半，便掉了下去。再抬，再次掉下。她闭上眼睛，别过头去。毛巾得到了特许，像是一条自由的鱼，开始在脸上一路顺畅地游走。

太祖母的眼角渐渐湿了出来。

总得有什么来打破这种沉默。

文儒的签证已经办下来了。毛巾在眼角多逗留了一会儿，父亲说。

哦——气息是弱的。

他买的是三天后回国的机票。毛巾游过耳后沟，顿住了。

嗯——气息是短促的。

父亲不再说话。晾过毛巾，他又取了水让太祖母漱了口。简单洗漱过的她仿佛连眼睛也有了亮光，原本几近枯竭的目光重新吸收了水分湿润了几分。湿润让许多坚硬的东西也柔软了起来。

她看起来真像个无助的小孩子——父亲讲述这段经历时总是这么形容。怎么都想不到，这个小时候在我眼里如此强硬的人此时也会柔弱得像一片枯黄的落叶，在风中颤着晃着，仿佛一不小心就会落下。人啊，唉——

一开始，我对父亲这一声"唉"也没多大感觉。这似乎只是再平常不过的一声感慨：说起二姑奶奶年纪轻轻就客死他乡，他"唉"过；说起1977年，叔父去参加高考的时候，他站在茶园里抢锄头，他也"唉"过；说起自己在二十世纪八十年代初挑着担子在汕头走街串巷地卖茶，他长"唉"过；说起两年前我执意到县城边上的电商园开网店时，他有了更长更长的"唉"……后来，我慢慢体会到，父亲每一声"唉"前的话语已经明明白白地摆在那儿，可没说出来的似乎比他说出来的还要多，都排在"唉"的后头堵着挤着，让这声"唉——"的尾巴沉重了起来。

我有一种强烈的预感，所有的"唉"在看不见的地方一定有着什么样的关联。它们伸出粗的、细的、长的、短的各种根须纠缠在一起，扯不清，掰不开。

观音岩上了年岁的人一讲起太祖母没有不夸不赞的，他们最常说的一句话便是，那个小脚玉啊，心比男人强大着呢，没有她，宏啊他们家恐怕早就绝了，怎么可能现在这样丁财两旺？很多时候，还会再加上一句，如果当年霞啊不跟人跑了，跟宏啊结了婚，日子得好成什么样？他们嘴里的"霞啊"是我的二姑奶奶。二姑奶奶失踪后，太祖母让祖父去邻村、邻社、邻县，各种能想到能走到的地方都去找过。有人说在同安见过她，太祖母自己跑了一趟，还是没有音信，没有结果，二姑奶奶像是一滴水没入了溪流里。各种关于她的说法也横生了出来。有人说，她爱上了曾来公社演戏的一个同安男青年，两个人经常偷偷摸摸在学校后面的山上见面，那天戏演完，戏子就把她拐跑了。有人说，她被挑担路过村头的一个外省货郎给下了蛊，迷迷糊糊跟人走了。有人说，她为了学校一个代课老师的指标被公社书记给欺侮了，指标最后给了别人，她想不开就自杀了……太祖母一点都不避讳别人猜测的这些说法，如果我们多问一句，那二姑奶奶到底是自杀了还是跟人跑了？她顶多就补上一句，你们二姑奶奶是读过书的人，怎么可能？尔后仍是一副云淡风轻的样子，好像他们说的不是自家姑娘，好像二姑奶奶只是去哪里旅行了一般。

若论太祖母对祖父视如己出的爱，大家都好理解。毕竟祖父是她唯一的儿子——哪怕不是亲生的。可要讲起太祖母对父亲的爱，便多了几分说不清的复杂。父亲两岁的时候成为祖父的儿子——太祖母在同安车站捡到了他——他被抱养到我家后，从来都是太祖母在照顾。她帮他洗澡，穿衣服，喂他吃饭，搂他睡觉，走到哪儿带到哪儿。很多邻居都说，他完全不像我祖父母的孩子，倒更像是太祖母的孩子。一听这话，她总笑眯眯地说，我的孩子就我的孩子喽！只要生儿不嫌我老！

阿嬷不老，阿嬷不老！父亲像只蚯蚓直往太祖母的怀里钻。如果他再小点，再细点，我怀疑他甚至可以钻进她的心里她的血液里。

叔父出生几个月后，太祖母曾带着父亲再去过两次同安。第一次只去了两天，还是没找到二姑奶奶。第二次去了一个星期时间，回来的时候，她的手里多了个盒子。到得厅堂，屁股刚挨着椅子，她就打开盒子，取出一个象牙白的瓷罐，那瓷罐圆圆的，表面有莲花的图案。

阿嬷回来喽！阿嬷回来喽！儒儿想看看，阿嬷给儒儿带什么好吃的回来了？听闻声响的祖父抱着叔父走到厅堂上，伸手就要打开罐子上的盖子。让儒儿看看……

谁能想得到那么漂亮的瓷罐里装的居然是一个人的骨灰？

太祖母抢先一步抓过瓷罐抱在胸前，像抱着一个小小的孩儿。她的双眼直勾勾地盯着祖父，眼泪成串地掉了下来。我苦命的霞儿啊——

这句话一出，太祖母就昏死了过去。那一瞬间，祖父几乎是条件反射地伸手抓住眼看就要掉落的骨灰盒。她像一截失去依附的藤蔓在父亲身旁倒了下去。

你二姑奶奶的去世对她的打击太大了，她的魂魄好像被掏空，跟着装进了那个骨灰盒里。祖父这样告诉我。整整五天，她没有吃一口饭，没有走出那座古厝一步。大家把注意力都放在她的身上，完全忽略了发生在父亲身上的变化。他开始不爱讲话了，他的目光里多了一种东西。那种东西可以把人挡得远远的，逼迫人不敢靠近。一个那么小的孩子与那样的目光是不相匹配的，但它就这么生出来了，还长出了根，枝干一天天茁壮。

一个月后，太祖母起早要去邻乡探望她的一个表妹。要喊父亲起床吃饭时，才发现一直睡在床上的父亲不知跑哪里去了。里里外外找了个遍，也没找到他。她只能一个人上了路。她一走，他就从她的房间冒了出来。

你刚才去哪里了？怎么到处找不到你？祖父有些生气，轻轻一个巴掌拍在父亲的屁股上。

我躲在柜子里了。父亲跳开几步，拿手揩几下鼻子，不无窃喜之意。

阿嬷要带你去走亲戚，你躲起来干什么？祖父又一次抬手，作势要打。

我才不想跟她去！父亲噘起嘴，一字一顿地说着跑开了。

那天晚上，祖父第一次陪着父亲睡觉。半夜，他被一阵喊叫连着哭泣声给惊醒了。

阿嬷！阿嬷！父亲哭着喊着翻身起床。

生儿，生儿，阿嬷出门不在家，阿爸在呢，阿爸在呢！祖父试图搂过父亲，被父亲扭转着身体挣脱了。我不要你，我要阿嬷，我要阿嬷！阿嬷，阿嬷……他一声声撕心裂肺的喊叫融进黑暗里，连黑暗都跟着发疼。

那一刻，我的心都被融化了——教了一辈子书的祖父至死都无法理解：你爸对你阿太明明是那么依恋，但不知为什么表面上又会表现出这种漠然甚至是敌意。

估计那次去同安你阿太不小心让他知道了什么，可问他他又一句话不说。应该是从那个时候起，他知道了他不是我亲生的，所以跟我跟你阿嬷产生了很大的隔阂。祖父总是这么推测父亲的变化。肯定是因为这个，他一直跟我们亲不起来……

村里的茶园在 1981 年进行了承包。第一次喝到属于自家茶园产的茶，已经六十几岁的太祖母不停咂巴着嘴感叹：饭吃饱了，才喝得出茶的滋味啊！无论是香气还是汤水，观音岩上的乌龙茶比我们家当时贩卖的茶叶好得多……小时候在家里，我们一家老少都会跟着我爹喝茶。我经常看见很多广东、厦门的朋友来找我爹买茶。他也把茶运到外地去卖，甚至卖到外国去。他还去参加各种茶王赛，还获得过茶王称号。外国人喜欢把这茶加了糖喝，真不知外国人怎么想的，加了糖就掩盖了茶叶本身的滋味，喝的简直就只是糖水了。喝茶就要喝出这种苦尽甘来的味道才有意思……日子好了，肯定有越来越多的人喝茶、买茶。现在茶叶是国家统购统销，不愁卖不出去。如果我们可以自己去多开垦一些茶园多种一些茶去卖……

不知道这样会不会被允许？已经当上校长的祖父小心得很。看看村里，都没人去做这种事。

有什么不被允许？等、等、等，等到别人都去做了，等到好山头都被占走了，那不是来不及？父亲第一次加入太祖母的阵营。现在政策放开了，鼓励大家靠自己的双手劳动致富……

你在学校代课代得好好的，不要净想这些没边的。祖父想施展一下校长的威严。

我不可能一辈子给你代课的。父亲从来都不给祖父留情面。况且，代课跟我开荒种茶有矛盾吗？王校长你怕你不用去，我去，开垦的茶园算我自己的，跟你、跟你那大学生儿子没有关系！

父亲似乎隔代遗传了太祖母的经营天分——尽管父亲与祖父皆与她没有血缘关联，但几十年的共同生活，我相信有一种比血缘更亲更近的东西流淌在他们的身体里。不管父亲承认与否，有些东西无法改变，也不以承认为前提。两年时间，父亲成了观音岩乃至整个栖鹏镇开荒种茶第一人，他带着两个妹妹上山开垦了十几亩茶园。果真，他抢先占据了朝向最好、离家最近、海拔最适宜的山头。当全村的人都加入开垦的队伍时，我们家的茶园开垦行动便收拢了。

父亲制作的茶叶有一小部分被破天荒地定为一等品，卖了个好价钱。有一家国营茶厂想聘请他去当制茶师傅，太祖母和祖父都劝他去。他对着祖父一阵冷笑。我为什么要去？同样是制茶，为什么我不制自己的茶？再说了，我去了，这十几亩茶园的茶你来做？

尴尬。别扭。一身书生气的祖父已经被逼到墙角，不好再多说什么了。他无疑是个好校长，却不是个好茶师。他顶多只能给父亲打个下手。

太祖母替祖父打了圆场。我知道生儿一定想再考大学……现在日子好过了，如果你想考就去考吧！

我为什么要去考大学？父亲又是一阵冷笑。

你当年不是一直想考大学？太祖母也开始说得小心起来。

当年是当年，现在是现在。都结过婚有了孩子还考什么大学？再说了，我又不是像别人只会读书，只有读书这条出路。父亲的鼻腔里塞进了东西，他在"别人"的字眼上下着力气，一抛一甩都撞着人。现在我有这么多茶园，还怕我要去倚靠别人才有好日子过？

你爸总是故意跟我们对着干，他从来都这样——祖父这样评价父亲。

你爸总有自己的想法，他一贯如此——同一件事情，太祖母的理解有另一个版本。

这是 1982 年的秋天。不仅是这个秋天，所有我不曾经历或者不曾记住的过往的日子与故事，关于父亲、祖父、太祖母的很多细节都是在他们的相互叙述中断断续续地拼凑起来的。这似乎已经形成一种奇怪的循环。我的祖父特别敬畏太祖母，太祖母对父亲似乎有几分难以说明的忍让，而父亲对祖父、对太祖母更多的是排斥，是抵触，甚至是不屑。

没人知道这是为什么。或许有人知道，但他或她不说。

对于叔父的回国，我充满期待。他所居住的美国是我的网店还未触及的区域，我希望他能给我一些指导。我主动腾出自己的房间，用临时从网上买来的壁纸和各种书籍，总算把房间装饰出几分读书人的气氛，还专门买了咖啡豆，买了简易的咖啡机。我想他会满意的。五年前，我们的两层楼往上加了一层半——完整的第三层加上只占一半面积的第四层"燕子窝"，并里里外外进行了全面装修，父亲还花了大价钱将房前的一片空地买下围成小院子，种上花花草草。我的卧室正居于"燕子窝"下，冬暖夏凉。卧室三面采光，铺的是木地板，通向走廊装的是落地原木门——房间是我选的，木头材质是我坚持的，它有别于其他任何房间。电脑、电视机、电话、空调齐全，还有席梦思床垫、有几分雅致的茶桌……叔父在美国的生活也无非如此吧。

不用白忙活了。父亲不知什么时候站在了门口。人家有志气，不住我这儿，说要住古厝自己的那个房间。

白费了我一番心思。我浑身泄了气。怎么这样？住在这里多好，通风、透气、向阳……

他爱住古厝就让他住古厝，咱们不必烫烫脸熨人冷屁股。父亲递给我一把钥匙。你把上厅大房收拾一下，再整点生活用的东西……

上厅大房原先是祖父母的卧室，父亲两兄弟长大后，他们主动把卧室让给两个儿子，搬到三房住。据说，太祖父的祖上曾是旺族，后来出了一个烟鬼加赌徒，败光了家产，家道才逐步没落。父亲结婚的时候，任几个长辈怎么说，他还是选择了上厅的四房。原本应属于长孙的大房便自然而然成了后来叔父的婚房。我把大房里一些老旧的物件搬到四房，往柜子里塞的时候，意外发现柜子里有一堆没有拆封的信件。

王文生？这不是父亲的名字吗？上海复旦大学王？这肯定是叔父寄的。从二十世纪七十年代末到八十年代初，几年时间，叔父给父亲写了几十封没有被拆封的信。说老实话，我有偷窥这些信件哪怕是其中几封的强烈愿望。在我即将撕开封口的时候，太祖母跟我说过的一句话蹦了出来：有时候，秘密不是对真相本身的一种保护，而是对咱们爱的人的一种保护。我无法确定这信里是否藏着什么秘密，但父亲不拆信的这个举动绝对藏着秘密。

母亲和大姐一家子都回来了。这样的夜晚，太祖母的目光里也暗藏着秘密。她常常会突然抓住一个人的手，然后木木地盯着人看。好半天，再放开。我们知道，她一直想要抓住一个人的手。可那个人不出现。

你去喊她一声吧！我按着母亲教我的话劝说父亲。她都一直不闭眼。她在等你！

正在看电视的父亲把头偏了过去。她等的不是我！

都这么多年了，都过去了。我意有所指，又不想让他知道我多少了解一些当年的事。

我不欠她的。父亲说着我听不太明白的话。她养了我十几二十年，我养了这个家二十几年，该还的我都还了。

谁都劝不动一个意志坚决的人。

这个秋天的夜晚，风微微地吹着，是暖的，是令人舒服的。一盏煤油灯像提前知道即将到来的消息，发出微弱的光，摇晃着，颤抖着。

无论如何我都要去参加高考！父亲非常兴奋。

我也要去！叔父更加兴奋。我们都去！我们明天就去报名！

幸亏这两年我不让你们松懈学习。只有不到两个月的复习时间，你们可得多用点功。重新开始到学校教书的祖父掏出一套皱巴巴的课本递给叔父，对两兄弟分头嘱咐着。文儒，从明天开始，老老实实待在家里复习，别到处跑。文生，你要帮助文儒一起复习。你们一人一套课本，相互不会影响进度。

两个少年笑着，说着。他们的两个妹妹也跟着笑着，说着。一旁堂叔公的三个更小的孩子正蹲在地上玩蝈蝈。

你们两个都去读大学了，家里的农田谁来做？太祖母缝着衣衫说。这么多口人，这么多张嘴，吃饭是个问题。

是啊，吃饭是个问题。这个问题将什么束紧了，厅堂上一下子凝固。从来没有人意识到这是个问题。除了一家四个孩子，三个大人，还有别人家的三个孩子——堂叔公因为国民党军官弟弟逃到台湾，被怀疑通敌，夫妻俩都被关进了牢房，直到二十世纪八十年代初才被释放。所有挨得上亲戚关系的人都躲得远远的，只有太祖母向他们伸出了橄榄枝。

把他们三个还回去，不就少了三张嘴？叔父率先想到了办法。

还回哪里去？太祖母问。你们说这样可以吗？三条命重要还是读大学重要？

没人应答。

考学的事，今年没考可以明年后年再考，三条命没了就没了。太祖母劝着叔父说。要不，让你哥先去考，你年纪还小，过两年再去考也不迟。

不要，不要，我要去考，我今年就要去考！叔父哭了起来。我爹说了，我的书读得比大哥好，去考一定考得上！

太祖母横了祖父一眼，转头跟父亲商量起来。要不，就多等一两年你们再一起去考？

难道今年吃饭是个问题，再多等一两年吃饭就没有问题了？父亲想得更深。

那就把大哥留下！叔父急得脸发红，把父亲端了出来。他是田里的好把式，我们几个加起来都做不过他。反正我比较小，我的力量也小，又做不了多少农活。多我一个少我一个没什么影响，少了大哥，田里的活肯定做不完。要留当然要留力气大的才有用。

祖父看看这个，又看看那个，不好开口。那么谁——去？

让他们兄弟俩再商量商量吧！太祖母也没了主意。

不用演戏了。父亲"啪"的一声拍在桌子上，人腾地站了起来。你们一定早就想好了，我不是你们亲生的，肯定是我留下来做农活，让你们的亲儿子、亲孙子去考大学。

文生，你要这样说就没良心了。一直坐在天井里切猪食的祖母再忍不住了。我们什么时候亏待过你了？

是啊，是啊，对于你们俩兄弟，我们从来都一视同仁。祖父接着说。

好，既然一视同仁，那就抓阄！父亲一拳砸向桌子，伸出的食指直直指向祖父。

说实话，我当时是想反对的。但我知道我的反对是微弱的，你阿太掌握着权威——祖父这样解释。当时厅堂上死一般肃静，所有的目光都聚拢到你阿太的脸上。

抓阄就抓阄，抓阄最公平。太祖母不急不慢地拿针在头发里一别，往衣衫上一插。我来做签。她在房间里磨蹭了半天，捏着两团纸出来。

让文生先抽！祖父跟叔父说。

让文儒先——父亲表现出了大哥的姿态。

叔父的手刚要够着太祖母伸开的手掌，她突然一握拳。等一下，我好像写错了！说着，返身进了房间。几分钟后，她再次走了出来，抻开的左手直接伸向叔父。

等一下！我先抽！父亲临时改变了主意，抢先一步挡在叔父前，一伸手抓住了一团纸。

太祖母迅速合起手掌，父亲捏住纸团的左手还是溜了出来。她伸出右手去抓，揪住了他的袖子。她半是乞求半是命令。让你小弟先抽！

为什么？为什么都是小弟先？为什么我所有事情都要让着他？就真的因为我是抱养的？父亲拿右手一扫，坚决让自己的左手突围，坚决要自己掌握命运。我已经让够了，这回我绝对不让！

太祖母的双手依然握得紧紧的。

父亲迫不及待地打开纸团，两个黑黑的字露了出来——"不考"。此后几十年，他的天一直没晴朗过。

这就是结果。

哦，哦，参加高考的是我哦，参加高考的是我哦！叔父欢呼了起来。

叔父是穿着丧服进的家门——这是母亲的说法。她说他已经提前有了预感和准备。可在我看来，那刚做过修剪的短碎发、黑色套头羊毛衫，加上深蓝色的牛仔裤、黑色休闲皮鞋，与其说它完全吻合死亡的氛围，莫若说它从上到下自然流淌出一种年轻、舒畅的都市时尚。咖啡色的方框眼镜、精致的机械表，将他镀上一层严谨的金属质感。时光平等地种在每个人的地里，却在不同人身上长出了不同东西。五六十岁的父亲长出的是一张忧国忧民的脸——母亲常说那是一张"生锈面"，他身体发福、手脚粗大、嗓门也大。同样已经五十多岁的叔父长出的却是满脸斯文，时光把他学者的气息浸染得更加深入也更加沉稳，仿佛他身体的任何一个部位都能渗出知识来，就连眼角、嘴角那一条条浅浅的皱纹也透着读书人的气质。

太祖母抓牢了他的手，目光直直地看了他好一会儿，尔后，松开手，也松开目光。叔父"阿嬷、阿嬷"地叫着，完全顾不得斯文体统地抹着鼻涕、抹着眼泪。她往门口望了一眼，胸口提住一口气，目光猛然放亮。父亲就是在这个时候走进她的亮光里。只一瞬间，气息松了，亮光就完全散了。

直至出殡，父亲都没有掉一滴眼泪。他一直是个泪点比较高的人。据说，几年前祖父母出车祸去世的时候，他也没哭过。当时，我刚到台湾上学，他甚至没让家人通知我。

同二十年前的生日宴会一样，很多不认识的人也来出席了太祖母的葬礼。这回，来的人更多，级别更高，范围也更广。镇里，县里，市里，甚至省里都有人来。电视台的摄像机来了，报社记者也来了，他们围着叔父左一声王院士，右一声王院士，搅得父亲浑身不是滋味。

不就一个教书的，有什么好嘚瑟的？叔父在众人面前的地位越高，父亲似乎就越得在话语中踩他两脚才解恨。特别是一知半解的村民也来询问"听说你们家文儒都当上美国的院士了？院士是个什么玩意儿"，他就更来气了。就一个教书的，院什么士？院士院士，不就我们这小院里的一个士吗？或者也就是个校长副校长之类的吧。我知道，叔父的出现撬动了他在岩上的牢固根基。我偷偷上网查过叔父的资料，他在美国享有极高的荣誉，只是墙外开花多年刚要香到墙内来。

在我的再三邀请下，叔父终于住进了我三面采光的卧室。头七后，叔父应邀去县里的几所中学进行了讲座。我当起了他的专职司机，亲眼见识了几千名学生夹道欢迎他的场面。他们对他顶礼膜拜，他对他们谆谆教导。对于我的网店事业，他也给予了高度肯定。他还说，等他研究的空气能充电器投入批量生产，指定我作为中国地区的代理商。我对这个伟大的事业充满了期待，父亲却浇了我一头的冷水——美国人的话也能信？顶多也就骗你开心几天。叔父在外人的眼里如此受人尊敬，可在父亲眼里似乎真的一文不值。

假期的最后两天，叔父拒绝了所有的社会活动。他亲自下厨，为我们煎牛排、做各种蔬菜水果沙拉和各种派，并在每次晚餐后用带回的不同咖啡豆为我们煮了味道各异的咖啡。他教我们区分拿铁、曼特宁、耶加雪菲、猫屎、蓝山等各种咖啡的香气和滋味。我们都往咖啡里加了糖，唯独他一个人喝的是黑咖啡。他做的各种美式餐点，我们都非常喜欢，父亲却是一口都不碰的。父亲就像是个性质稳定的绝缘体，永远与叔父保持着距离。

走，到古厝去坐坐。吃过晚饭，叔父向我和父亲发出了邀请。泡一杯你做的铁观音茶王吧！他的手上拿着一本厚厚的书。

父亲把水和沉默一同泡进了盖瓯里。瓯盖闷住了茶水，也闷住了每个人的心思。大家默默喝茶。就像合唱时必须有人起个调，我知道此时应该有人发出第一声——作为小辈的我断然找不到音准。

啧啧，再好的茶也多少会带着点苦与涩的滋味。两杯茶喝下去，叔父总算开口说话了。都说这茶如人生，果真不是一句假话。

有什么话直说吧！父亲生硬地说。他总是如此大煞风景。

都这么多年了，怎么就不能释怀呢？对阿太？　叔父的话语轻轻淡淡，像是往盖瓯里冲下开水时涌起的那缕香。

她是你的亲阿太，不是我的！父亲的注意力似乎都在茶里，说话的语气很是怪异。她向来眼里只有你这个亲孙子。

够了，你别再亵渎阿太了！叔父再没了好脾气。她一直不让我说！现在她都已经走了，还有什么不能说的？你难道不知道她当年为什么在我要先抽的时候又进了房间再出来？为什么她一直不让你先抽签？我们当时只看到了你手里的那张，我后来从阿太的床头找到了那另外一团纸，其实写的是一模一样的内容。都是"不考"。最初，她两张都写的是"考"，见你要让我先抽，她赶紧去补上了个"不"字。结果，你……如果当时先抽的是我，那么去读大学的就是你！你知道吗？

所有的好都你得了，你现在还要拿这个来骗我？你觉得这有意思吗？父亲反复地压着盖瓯里的茶叶，压过来，压过去，一下比一下用力。有意思吗？

你果真还是不信，还是放不下……叔父摇摇头，打开书，将夹在书本里的书签递给父亲说，你永远无法想象，每一张笑脸的背后都有着苦楚，人家只是不说而已。

哦，不，它不是书签。

应该是一封信。一封有年头的信。几页发黄的方格纸，很深的折痕，现在已经很少见的钢笔字。深蓝色的墨水字迹有深有浅，个别地方还透到背面来。似乎是分成几次写成的，又似乎有时下了很大的劲。我看到父亲的表情像那些晕开的字迹，先是被一点点打开了，慢慢又被重新折叠合拢了起来。

为什么不早说？父亲的话锋突然就缓和了。

阿太不让说。阿太不想让咱爹也活在愧疚里——她说，一个人愧疚已经够了。少一个人愧疚她就少一份罪恶感。

为什么又要说？

叔父看了一下我。父亲明白他的意思，补充了一句，没事。他这才往下说。阿太不想让你一直活在恨里。她说，仇恨会在你身体里切开一道缝，再多的美好和幸福都会从那道缝里一点点漏掉。人生不可以只有仇恨，没有美好和幸福感。她一直想着要帮你把那道缝合上。其实，很早以前，我在写给你的很多信里都有暗示，当时如果你追问我，我肯定忍不住会告诉你的。可是你没有。

信？父亲完全没明白过来。

你老厝屋子的柜子里……我一停顿，叔父就说话了。上大学那几年我不是给你写过很多信？你从来都没回过，后来，我也就不写了。

我——我——父亲已经说不下去了。他的嘴唇在颤抖，双手在颤抖，连眼神都在颤抖。

怎么啦？我看看父亲，又看看叔父，充满了好奇。我知道信里一定隐藏着一个秘密，既为秘密便不可告人。

哦，不，它居然是可以告人的秘密！父亲默默地把信递给我，便低头看他的茶杯。他的手指头搭在杯沿，并没有拿起，而是转着，转着，轻轻的。我瞥到他眼眶里的水位正在上升——他的泪点已经降到了最低处。

是太祖母的字迹。一手娟秀的钢笔字，一张张泛黄的作文纸。不是信的格式，但仍将此地与远方关联起来。它像打通阻挡河流前进的山体，迷雾般的历史被迅速贯通了起来。我看到挂在廊道墙上的那件蓑衣，像个人支在那儿，望着我们。它有话要说。

终于到了可以把秘密说出口的时候了。

我要说的是一个藏在我心里几十年的秘密。从今天开始，知道的人多了一个你。

为什么选择你？因为从高考结束第二天你告诉我你看过抓阄另一张字条时的眼光里，我没有看到原本应该有的愤慨、怨恨，特别是这么多年你哥那么对你，而你依然是好态度，我知道你有文化，你大度，你包容，你一定会理解我的所作所为。

如果我下不了手术台，请将这个秘密保守到你们父母亲都去世后才告诉给文生。如果我暂时没能死成，那么请有足够的耐性，等到我们三个都走后再告诉他。当然，前提是他放不下——倘若他已完全放下，谁是他的亲生父亲又有何意义？那就索性什么都不用说了。我这辈子最愧对的就是他和他的母亲。他是一个不幸的孩子，尽管我尽心尽力地去爱他，但有些东西是永远化不了，也永远代替不了的。他有理由对我充满怨恨。总得有人为一些事情负责——这个人只能是我。就像河流总要有出口（既然是恨，一个出口就够了），总要让他的恨有地方去，他才不会堵住。一堵，人就废了。当年，你们的祖父就是因为心堵，一口气没上来就走了。

我知道村里人都说我这一辈子吃了太多人的岁，我本不是这么自私的一个人，可老天爷安排我来承受这样的骂名。其实，我早就做好了随时走的准备。可能老天爷认为我该偿的债还不够，还要让我继续还债吧，所以让我一次次地活下来？这回，该是要我走的时候了。这样，很好。

我这一辈子唯一做错的只有两件事：一件有关你的二姑妈，一件有关你的大哥。

你们都知道当年我曾答应把你二姑妈许给你们父亲，后来她跑了。为什么跑？你二姑妈当时心中有一个喜欢的人，他们是同学，后来回了厦门岛。我坚决反对他们在一起，一方面是因为觉得外地人不牢靠，另一方面（这一点更重要）是因为你们父亲那么喜欢她，等了她那么多年，我不想让他失望。再加上咱家当时那么穷，说真的也怕你父亲娶不上老婆。如果真娶不上，那我对王家祖上是没法交代的。她后来也想通了，要你们父亲给她点时间，让她跟那个人说清楚。可是你们父亲太急了，怕她去了就不回来了。所以，就用了点方法，结果她就跑了。他从来没跟我说过，我也不知道。那一年，我其实在同安找到了你们二姑妈，她身旁还带着个一两岁的孩子。她那次逃跑后跑到了厦门岛，找到了她那个男同学，原本也已经决定在一起了。后来，她发现自己怀孕了。她觉得没脸待在男同学身边，就跑到了同安。我要带她回观音岩，她死活不肯。她说，她永远都不想再见到你父亲。我说，你不想回去可以，但是孩子我要带走！王家三代单传，不能在这里断了后（当时你母亲一直没怀孕，我担心她生不了）。你二姑妈哭着跪着求我，说没有孩子她活不下去，但我当时就铁了心要将孩子带走——他是你父亲的血脉，我答应过你们祖父，一定要让王家香火传下去。你出生后，我曾带着他再去过两次同安，我希望能找到你二姑妈，如果她还想要，我会把孩子还给她。第一次没找到，第二次找到的时候，她已经病得不行了（一半是因为想孩子，一半是因为她爱的那个人被迫害致死），我想把她接回岩上，她还是不肯。她死的时候，眼睛直直盯着我都不肯闭上，她用这种方式表达她的恨，那种恨就像是一根毒刺，扎进我的血管里，让我无时无刻不受疼痛的折磨——她这一辈子都不打算原谅我的绝情。她唯一的心愿就是让她的孩子读书……

　　人这一辈子都是用来赎罪的。对你二姑妈所犯的罪我是永远还不清了，我想在她的孩子身上进行弥补。但我忽略了孩子的记忆和聪明，正因为那次带他去同安与你二姑相认，你大哥知道了自己是抱养的，那以后，他整个人就变了。人的内心一旦被仇恨浸染，连爱都会变了颜色。好像我对他越好，他的恨便会积得越重。1977年，我让你们抓阄决定谁能去读大学。我以为他是大哥，怎么都不会跟你抢抓阄的先后，没想到，他那天像吃错了什么药，一定要先抓。这二十几年来，我经常会想，当年如果是你先抓，情况又会是怎样。你大哥恨了我几十年，好在恨归恨，他也终究做了一番事业出来。或许，有时恨也会产生一种动力，催人奋进，催人坚强……

　　要走了，要去跟被我"吃岁"过的亲人相聚了，有些事情总不能带到棺材里，还是得说出来。等我们老一辈都走了，再多的恨也再不用去发泄了。或许，也就都没有恨了。

　　这辈子，第一次有如此轻松的感觉。

晚风吹过

德茗大叔被连夜送回观音岩，一座纪念碑马上就要倒了。比起祖厝里即将到来的死亡这件事本身，岩上的男女老少似乎更关心死亡背后的另一件事——他唯一的女儿王娇蓉是否会回来？什么时候会回来？上了年纪的人惦记的是，已经知天命的老姑娘会哭吗？年轻人只是想见识一下那个传说中的漂亮姑娘是否真的美若天仙。

一个人的祖厝突然就热闹了。主厝、护厝，灯开灯灭，人进人出。紧接着，茶也冲泡起来了。德茗大叔躺在护厝下层最南面的屋子里，几乎没了生息。病来得有些急，凶猛得很，他却自有不容任何人反对的主张——我是谁？我会怕死？别想在我身上割这个切那个，插这管塞那管！谁都别想！回去！回去！他盯着天花板看，眼睛一动不动。他的儿子们当然知道他的心思。你放心，电话已经打了，你放心！

祖厝是典型的闽南大厝结构，坐北朝南，已经有一百多岁。与四周密布的新式楼房站在一起，它是老的。与岩上其他没有经过任何整修的古厝相比，它算是半新的。主厝分上下落，上落有双层，下落为单层，中间有天井，上下落之间有过水。比较特殊的是，主厝的西侧——德茗大叔是家中次子——建出四开间双层护厝，东侧并未往东延伸，这让整个屋子看起来像被削去了一角，显得有些重心不稳，似乎随时都有往一边倒的可能。一开始，护厝上层分给几个孩子居住，底层则完全作为茶叶加工空间，主厝与护厝相连接的过道摆上几条长椅做包揉，最南面的是凉青房，紧接着是摇青房、炒青房、烘焙房。现在，就像演出结束落下帷幕，好些房间退出了舞台挂上了锁。王家西护厝的建起在整个二十世纪八十年代一直是个传奇。那时候，深圳特区刚刚成立不久，好多人都跟着南下大军拥到深圳。观音岩上家家户户种有铁观音，统购后还会剩余一些，他就把各家各户的茶叶收购起来，挑到深圳去卖。到了深圳一看，大家都很忙，都没空喝工夫茶，倒是边上潮汕地区的人闲适，一喝就知道是铁观音。于是，就在潮汕地区安营扎寨。一开始，挑着担子走街串巷，卖得很辛苦。后来，他发现百货公司的人最多，就把茶担摆到百货公司门边，生意算是有了稳定的落脚点。一天晚上，他出门吃点心，碰上两个年轻人在抢一个骑自行车中年女子的包，他冲上前去左一拳右一腿，将两个年轻人轻松撂倒。因为不放心，他直接将中年女子送到了家门口。开门的居然是百货公司的经理。几天后，德茗大叔的铁观音登堂入室，直接摆上百货公司的货架。短短两年时间，王家成了岩上最早的万元户，西护厝底气十足地巍然屹立起。

二十年前，德茗大叔的两个儿子在祖厝西南面二三十米的地方合建了三层楼房，年轻人拖家带口地搬出去住，他让妻子收拾一番，从主厝二房搬到了牢固崭新些的护厝居住。上落西侧空了。十年前，他的大哥一大家子搬出祖厝，搬到往东十几米新建的二层小楼。上落东侧也空了。他妻子去世后，鸡鸭也都不养了，只剩一个人。去年，几个孙子联合将楼房重新装修成欧式风格别墅，把两边的几块菜园买下来，四面砌起围墙，有了前停车场后花园的搭配，别墅愈发显得奢华气派。他们将二十年前就为他备下的一楼房间重新布置了一番，可他还是不去。被两座现代建筑夹在中间的祖厝像是笔挺的黑西裤与白衬衫间的一条灰色塑料皮带，遍布斑驳裂痕，随时都有断开的可能，又像是他满口的烟熏牙，黑黄，黯淡，摇摇欲坠。

德茗大叔的女儿是另一座纪念碑。三十年前是，现在还是。谁也料想不到另一座纪念碑第二天上午就回到岩上，还穿着一身喜庆的红色连衣裙——她来赴的似乎是一场盛宴。这下，年轻人不满意了。谁说她是美女？就那脸？那身材？还黄蓉？开什么国际玩笑？

中年男人并不放弃。你们是不知道啊，她二十多岁时真的美得不行。整个岩上第一个穿裙子的是她，第一个穿高跟鞋的是她，第一个涂口红第一个烫头发，都是她。没人像她那么新潮。他们不好意思说他们当年连追她的想法都不敢有，但是他们不允许心目中那座高高的纪念碑倒塌。十五年前她母亲去世的时候，她也回来过，那时候也还是漂亮啊！

上了年岁的男人也来帮腔。当年，天天有人来提亲，老王家都快被挤破门了。若要排起队来，都可以从王家排到村口的那棵老樟树。如果不是那个654-2……

慢慢地，人们讨论的重心转移到了三十年前的那个654-2上。那一年暑假，德茗大叔从广东带回来整个观音岩的第一台电视机，每天晚上八点整，几十个甚至上百个族人围在他家祖厝观看《射雕英雄传》。那时候的祖厝如德茗大叔一样威严，厅堂上的大圆柱子也很威严。电视被摆在高高的厅堂桌上，从上厅到天井，挤满了大大小小的脑袋。电视里的黄蓉不仅聪明漂亮，还伶牙俐齿，总是惹是生非，却又人见人爱。每个人都觉得电视外的王娇蓉是另一个黄蓉，那眼睛、那鼻子、那嘴巴，都是一个模子刻出来的。她比黄蓉高出半个头，眼睛比黄蓉灵光。她不仅会像黄蓉一样吟诗，还特别爱笑，据说，隔着几里路，隔着几座山都能听到她的笑声。那一天，她穿着西瓜红连衣裙——跟电影《街上流行红裙子》的陶星儿穿的一模一样的款式——带回给她的靖哥哥。那时候村里的小姑娘们都穿朴素的单色衣衫，西瓜红显出她花枝招展的时尚。那凸显她胸部与腰肢的圆领红，与她身旁那个穿着花哨的男青年一样惹人注意。

王娇蓉的靖哥哥是她实验小学的同事，瘦瘦高高，奶白奶白，却一点不像黄蓉的靖哥哥那样老实。他是师专的美术生，且不去论他说话的怪腔调——他们管那叫"城里腔"，不去论他一刻不离的黑色的大眼镜——他们管那叫"蛤蟆镜"，也不去论他时不时地扭脖子甩头的动作——他们管那叫"上海滩"大佬样，单就他从正中间分开的又黑又长的头发，以及他身上那条几乎要拖到地板上的喇叭裤就让很多人受不了——最先受不了的是德茗大叔——但是，王娇蓉没看出来。她忙着跟堂弟堂妹们介绍，一副骄傲的口吻。

他可是个艺术家呢！在学校的时候，作品就获过学校的大奖。最近，正准备参加省赛呢……后来师范三年级的一天晚上，我肚子疼，亏得艺术家及时送来了654-2，把我解救于水深火热之中……再后来，我舍友们再见到他，便直接喊他654-2。

哦，原来是654-2啊，专门用来镇痛的啊！走，654-2！从此，在王家人嘴里，艺术家只剩一个称号——654-2。年轻人哪里知道，德茗大叔的痛刚刚开始。

艺术家回城的时候，忙着焙茶的德茗大叔没有让王娇蓉一同离开。闷热的烘焙房里，满是新焙出的茶香，他的脸上却摆出臭鸡蛋的架势。你不能跟那个654-2！

为什么？王娇蓉缠住父亲的手臂撒出一嘴巴的糖娇。她知道父亲一贯宠她。

一个男人，头发那么长，还穿那扫地裤，成何体统？你去看看，整个岩上有谁这么穿？看看你大嫂，你二嫂，你堂姐，哪一个不是人家介绍的？没有人介绍就把人往家里带，还有没有体统？

体统体统你就知道体统！现在都什么年代了还那么封建思想！

你说我封建我还就封建到底了！从今天开始，不许出门，不许跟654-2联系！

这么多年，王娇蓉听到"不许"依然心悸。它像是年年升级的超大细菌，无所不往，四处开战，她的身体里没有抵御它的抗体。她从不对自己的学生使用这个词。有一回课间休息，两个男生在班上闹着闹着就打起架来，她远远喊着，住手！住手！跑了过去。可单薄的喊叫声被一浪高过一浪的吵闹声给淹没了，离两个男生还有两米远，数学老师比她快了一步，一个大跨步冲上前抓住两个孩子的手大喊一声，不许打架！话音刚落，她突然眼前一黑，重重摔倒在地上。这一摔比什么都有效，所有孩子都像被按下了暂停键，停止了一切声响。没有人知道她对这两个字过敏。自动过滤掉这两个字的教学和带班方式，让她有了特别好的学生缘。她教出了十几届毕业班，年段的最高分常常出自她的班级。接到大哥电话的那天，她的学生正好来看她。一听说老师的父亲病危，学生立马主动请缨送她回观音岩。

她住进兄长家的小别墅。时间是一个轮回。那个漂亮的西瓜红女子依然穿得红艳艳的，显出的却只有说不出的土气。人们不明白问题出在哪里。当年的那些小姑娘们也都已经三四十岁了，她们都穿得或黑或灰，反倒显出与时代相契合的气息。这已经过去的几十年，她把一群农村的孩子领上了时尚的道，自己却被远远甩到队伍的后头。仿佛多年停摆的时钟，别人的钟"嘀嗒、嘀嗒"地往前不停走，她却兀自停在老时间里，不管不顾。

一连两天，看着自己的两个兄长，一群喊她姑姑、姑奶奶的小辈们从厦门、福州、广州赶回来，进进出出祖厝，忙上忙下，她立在二楼，岿然不动。像一尊红色青铜器，每天望着祖厝的方向。她不去祖厝。但她相信，她回来的消息，她穿着红衣裳的消息，以及她跟着手机里的音乐欢快歌唱的声音，都会随着晚来的风吹过去，吹到祖厝。就像当年，他把她关在护厝的楼上，他一步都未曾走近她的房间，她却什么都知道。

门被上了锁。钥匙只有一把，在他的手上。她先是以绝食抗议。没用。他进他的城，他卖他的茶。后来，撞门。无效。他喝他的茶，他睡他的觉。一天，两天，654-2没有像靖哥哥一般从天而降。三天后，她低头认错，发誓与654-2一刀两断。房门重新打开的当天晚上，她却风一般没在夜色中，悄无声息。

岩上关于此事流传着三个版本。有人说，654-2几天前已经偷偷藏在附近的一座寺庙里，凌晨三点架梯到护厝二楼把她接走，走时，她带走了所有的照片；有人说她半夜肚子饿去主厝厨房做点心吃，打开伯父家的边门逃跑；还有人说她把被单搓成绳索绑在二楼栏杆上，顺着被单索出了护厝，又坐上654-2偷派来接她的摩托车。无论是哪一种说法，最终都指向了观音岩上之前从未听说过的一个词——"私奔"。这个词刚由一个研究古籍的老先生说出口的时候，还有些时髦与新鲜的意思，一经解释，再经岩上家家户户你传来我传去，就像新采摘的茶叶在摇青筛里颠来颠去，颠得久了、过了，便发酵出似酸非酸似臭非臭的奇怪滋味。男人们找着各种理由到王家找德茗大叔泡茶，他们试图安慰他。姑娘大了留不住啊！

所有人替德茗大叔把这与人私奔的女儿的水一次次泼了出去，泼出足足几公里远。三天后的一个深夜，起床上自家茅坑拉肚子的邻居看到，有个女人扶着二楼栏杆望向远方，白白的月光照在她身上，她披散的头发仿佛也白了。他拼命揉醒双眼——没错，是王娇蓉。半夜起风时，邻居甚至还听到风里带来她的哭声。

德茗大叔的咳嗽病好了，笑容和话语也跟着回来了。他招呼几个老兄弟喝茶，喝最好的铁观音，喝几年前蜜制的茶。我家这个丫头就是太倔，她如果早跟我明说她要去跟那654-2做个了断，说个明白，我怎么会关她那么多天呢？这丫头……

他说的这话就像那天冲泡出来的蜜茶，甜中带着涩，涩中吐着甘，令人别有一番回味。

德茗大叔满嘴阳光背面的阴影面积无人算得出来，可王家门前提亲的队伍却似乎不受影响。大多在县城工作，有瘦瘦高高的中学教师，有白白净净的机关干部，有爱脸红的眼镜男医生，有一脸憨厚的银行领带男。姑娘还小，姑娘不急，不想见，德茗大叔也不急——反正条件这么好，想见就见，不想见就不见，慢慢看着挑着吧。他的茶生意越做越大，二儿子跟他去了广东，很快打开了出口市场，大儿子负责在岩上制茶、收茶，他在两地跑来跑去，女儿继续美貌。这样慢慢过了三四年，姑娘还是不急，德茗大叔有些急了。姑娘总说要上课总是没空，他就一次次往岩上赶，仿佛要找对象的是他不是他的女儿王娇蓉。中分头和长头发的免谈，小平头的留下；牛仔裤阔腿裤的走开，西裤直筒裤的考虑考虑；长条形的白面书生走走走，壮实的运动员再看看再看看……654-2像块暗礁，他一次次成功绕开。他像挑拣好茶一样，看茶形有无紧结、听茶声有无清脆、闻茶香有无悠长、观茶色有无透亮、试茶水有无甘醇，综合考量、全面把关，一番严苛评比，手头只剩下三个茶样：虽然矮点但壮实得很的供销社干部A，父亲是中学校长的斯文秀气的眼镜男B，祖父是南下离休干部的皮革厂技术员C。王娇蓉摇头，摇头，还是摇头。她说，那个供销社干部除了抽烟啥都不会，问他喜欢看什么书，他说就喜欢看连环画，这种人怎么可以？那个B连抬眼看人都会脸红，以后肯定成不了什么气候，怎么可以？那个C就更糟了，才见第二次面就要拉人家的手，一看就是色胆贼心，怎么可以？到了第五年，提亲的队伍明显短了，也没那么容易看得上眼了，德茗大叔更急了，偷偷把标准往下降。那年收购春茶的时候，表亲带来漳州部队的一个连长，高大、威武，眉目之间有德茗大叔喜欢的英雄气。他说，这个看起来还不错啊！工作、身高、家庭，都还不错啊！王娇蓉放下手头的书，按下桌上的录音机，跟着磁带唱了起来，"你就像那冬天里的一把火，熊熊火焰温暖了我的心窝……"她的脸上和嘴上都没有态度。煮点心的时候，他问她，煮不煮炕蛋汤？她懒懒地说，你爱煮就煮咯！观音岩的炕蛋汤是出了名的女婿汤，上不上与吃不吃直接表明了相亲双方的态度。一看这汤上了桌，部队连长连眉毛都会笑，一连吃下两大碗。回到部队，连长开始写信，一封接一封地写，开学就往学校写，放假便往岩上写。那年寒假，德茗大叔偷偷问她，谈了一年，感觉怎么样？她说，很好。过了正月初九天公生日，他感觉不好了。他把电话打到连长部队。这么忙啊，没回家过年？

回了，今天刚到部队。

回了怎么也没来家喝茶？

我写了一年信，娇蓉连一个字都不回，我还怎么去？连长说。

德茗大叔已经被女儿这冬天里的一把火给燃烧得快成焦炭，回到家，她居然还在听《另一个冬季》，"你问我何时归故里，我也轻声地问自己。不是在此时不知在何时，我想大约会是在冬季……"他"啪"的一声按掉录音机，一巴掌直接落在桌面上。这也不好那也不行，你到底想找什么样的你要说啊！不愿意你也明说啊，别耽误别人！

爸，你说的哦，让我明说哦！我再等他一年。王娇蓉软了腰身，软了表情，也软了话语。

你说什么？等谁？德茗大叔不敢相信自己的耳朵。你要等谁一年？

他过得很不好。王娇蓉的眉心皱了，说的话也皱在一起。

他？那个 654-2？你还在等 654-2？他过得好不好关你什么事？他已经结婚了！德茗大叔再也抑制不住的火。

他如果过得好，我也可以放心地嫁人。可是他过得不好。我觉得他们一定会离婚的。王娇蓉转过身去，重新坐下，声音越来越小。他说当年他是醉酒后被她下了套，迫不得已才娶的她。他说他根本不爱她，他爱的是我。这么多年了，他一直放不下我。

他放不下你？白给你读了一肚子的书，你书都读到牛背上去了？！还有体统吗？德茗大叔的拳头狠狠地砸向墙，那墙里仿佛不是一块块砖，而是 654-2。他说什么你都信啊？一个为了一千元钱就可以放弃你的人还有资格说爱？还有资格要你等他？

你说什么？什么一千元钱？王娇蓉抬起头来。

到了现在也没有什么好瞒的了，说出来也让你死了这条心！当年，我给了 654-2 钱，一千元，他收了一千元钱卖掉了你们的所谓爱情！

你——你——你怎么可以这样？王娇蓉往桌上一趴，号啕大哭起来。那哭声钻过墙，穿过窗户，借着夜晚的风吹啊吹，几乎吹遍了岩上的每个人家。

哭归哭，闹归闹，王娇蓉脸上的笑容很快又回来了。她又继续相亲，在岩上相亲，在县城相亲。她开始约会，在县城约会，在岩上约会。关于她每一次约会的信息，总像蒲公英挂在伞下的种子一样，借着东南西北各个方向的风不停飘飞，飞到岩上来。在那些漫天飘飞的信息里，她显现出一贯的新潮，却放下了骄傲的身段。她挽着别人家的手臂看电影，她坐在摩托车后座上双手揽着别人家的腰，她靠在别人家的肩膀上一起数天上的星星到底有几颗。德茗大叔觉得别人讲的和女儿说的是灶头上前后两口锅，前锅已经烧得不停沸腾，后锅还是温温暾暾。是时候往后锅加点木柴烧火了。收完秋茶，他赶到女儿学校下通牒。要嫁给谁赶紧确定下来，不能跟这个也见面，跟那个也见面。人家说得很难听呢！成何体统？

又是体统！王娇蓉从鼻孔里"哼"出一声笑。好啊，我嫁啊！你说谁好？你最希望我嫁给谁？

我觉得那个医药公司的小肖就不错，单位好，人也好，家庭也不错啊。

好，那我就嫁给他！明天就嫁！

女儿的懂事让德茗大叔压在心头的石子落了地。嫁妆是早早就想好的，二十五英寸索尼大彩电、嘉陵"70"哈摩托车、索尼 VCD 影碟机，三大件一样都不能少。《春天的故事》开始一遍遍地在录音机里播放，"春雷啊唤醒长城内外，春晖啊暖透了大江两岸，啊，中国……"婚礼当然不可能真如她说的明天。但什么都做得很快，先是选下日子过小定、过大定，紧接着赶去广东，托人找关系拿票买电器，担盘，十一月初八转眼就到了。凌晨 4 点半，福寿大姆按着约定的时间来了，新娘子房间的门还没开。德茗大叔在楼下唤了几声没有回应，妻子上楼一看，贴着红"喜"字的门上挂着一把新锁——

新娘不见了。

说一千道一万，不就是脸面的问题？人都死了，还要什么脸面？我都没脸面了，你们还要什么脸面？！清醒的时候终究比较多。躺在床上的德茗大叔依然固执，骂起人依然中气十足，一点都不像重症病人。他像茶叶最后成型反反复复的烘焙，一次次安排着自己最后的人生。最后再说一遍，我死了，不要给我摆上厅堂，出了这么个不孝女，我没脸见列祖列宗！他们要问我我怎么说？

爸，你怎么这么讲？谁不知道你是咱观音岩上的风云人物！儿子们做了让步。不摆厅堂就不摆厅堂，可怎么可以什么都不请什么都不做？人家会怎么说我们？

人都死了再请乐队再做那些事有什么意义？宣传？给人看？搞那么风光就有脸面啦？你们有脸面还是我有脸面？我的脸面早就被这个死丫头给丢光了！二十多年前就丢光了！德茗大叔讲着讲着，气就要堵住了。儿子们不敢再劝说。

大孙子读小学时，县城兴起大开发热潮。一座座五层六层七八层的楼房建起来，那火柴盒一般的房子不像乡下的大厝以"座"来论，而是以"套"论，人们管它叫套房。德茗大叔说着，嗯，那确实是套房，把人套在里头的房子，却第一个进城买了套房。买的是实验小学附近的房子，房产证上写的是他的名字，搬进去住的是他的妻子、女儿和他的大孙子。被原封不动保存着的那台索尼彩电与 VCD 同时离开祖厝，搬进了县城的房子里。只要她在，他就不去。但凡他要去，她就住到同事朋友家。他们心照不宣，他们避而不见。

王娇蓉三十岁了。这是一个可怕的天文数字，而且长势如此良好，德茗大叔无法再容忍它肆无忌惮地往上长。大儿子要进城看孩子，他丢了一句话给他。你跟她说，我不再插手她的婚事了，让她爱找谁找谁去！

一个星期后，观音岩的公路通车了。儿子们住进三层楼房的那天，岩上的秋茶刚刚采摘制作完，广州、厦门、北京的茶商、茶客纷纷赶过来。整个村庄已经香透了。落地音箱里循环播放着人们百听不厌的《相约九八》，"来吧来吧，相约九八，相约在银色的月光下，相约在温暖的情意中……"时隔五年，王娇蓉总算回家了。十年前回乡和五年前逃婚的轰动再次上演。这一次，她穿着紧身的黑色健美裤搭配宽宽的红色羊毛衫，与她的羊毛衫一般红的小轿车直接开到了家门口。她的脸蛋不再像当年那么汁水饱满，有了玫红色口红的点缀却也依然漂亮。开车的是一个手拿大哥大、满口泉州腔的中年眼镜男。眼镜男油光滑面，肚子海拔高且幅远辽阔，双手时常搭在肚子上，像极了抱着一只大水桶在行走。他上穿大格子衬衫，下穿小格子吊带裤，全身密不透风的小格子。在闽南语里，"格子"与"嚣张"的发音都为"砍"。于是，观音岩上的人们唤他"砍仔"。他们说——

砍仔真正是砍仔，从头"砍"到脚！

看，"砍仔"给小蓉喂东西了！

看看，"砍仔"搂她的腰！

看、看、看，"砍仔"的那只大水桶要顶到门框了！

去哪儿呢？走到跟前的"砍仔"问。

走，带你去看铁观音茶树！她的手迫不及待地钻进他的臂弯里，两个人紧紧地串在一起，昂首阔步从他的面前经过。

如果不是那天的音乐足够响亮，大家一定都会听见德茗大叔把牙齿咬得"咯咯"响。

一切已经无可挽回。所有的美好幸福似乎都停留在二十五岁那年。二十五岁以前，她负责貌美如花，二十五岁以后，她人生的最大目的就是负责让父亲生气，甚至是痛苦。一年甚是一年。

唉——德茗大叔不时长叹。糊涂的时候越来越多了。难得清醒时，他总是感慨，人生无法回过头去重新做一泡好茶。一开始，人们以为他说的真是茶。有人就说，这一二十年来，论制茶谁能跟你比？论卖茶，除了你二儿子，也没谁能跟你相提并论了！有人说，人这一辈子有几个能像你这么风光的？就算是名角上台演戏，总也有落幕的时候，是不是？慢慢地，人们听出了另外一层意思。在女儿爱情婚姻这泡茶的制作上，作为制茶大师傅的德茗大叔却永远控制不好火候，甚至控制不好摇青的时间与力度。

祖厝里越来越忙了。就像侄孙那把变了调的小提琴，琴弦上得太紧了。一团火焰正在慢慢熄灭。有些东西正在逼近。她觉得自己有些残忍。像在观看一场与自己毫无关联的屠杀。可他何尝不是在屠杀？他屠杀了我的青春、爱情，甚至是关于人生的所有希望。她的低泪点关乎电影、电视里的一段伤感音乐、一句动情的话，小说里一个凄凉的场景，以及所有可能的周边人周边事，唯独不关乎他。这么多年，在他面前，她筑起了一年高过一年的大坝，储量仍在不断上升。

　　这是他第五次提出好友申请。她断然拒绝。有一回，心差点就要软了，刚要点下"接受"，恰巧有人打来电话。她认定，这是上天的安排。连老天爷都不愿意他们是朋友。两个兄长轮流住进祖厝，住在他的隔壁房间——他不愿他的任何一个儿子睡在他的身边。他们在他的床头装上电铃，他一按，他们就赶到他的房间。这样避免了许多尴尬。

　　真不理解，都这个岁数了，还人老心不老。明明没力气，还坚持要自己擦身子。我们帮他的话，也就三五分钟的事，他非要自己整个半天。从祖厝回来的大哥放下一脸盆的换洗衣服，却放不下嘴上的唠叨。末了，他对她说，刚刚换了衣服……爸让你去一下。

　　我不去。她刷着微信不抬头。

　　怎么这年纪了还这么任性？爸说的真是没错，我和你二哥都只遗传了他的一半，我遗传他的手艺，你二哥遗传他的口才。唯有你，你遗传了他的全部。如果当年没让你去读师范，让你跟着他学做茶、卖茶，你肯定比我们两个做得都好。还是你最像爸。难怪爸最疼你。

最疼我才怪！我才不要像他！我也不需要他那样的疼法！

去吧——大哥拉起她的手臂往外拽。爸说有些东西要交给你！

你告诉他，我不要！他的东西我不要！

何必呢！他都已经这样了！你就当成了结他的遗愿吧！大哥像是在哀求。

什么东西割了她一下。她问，什么东西？

肯定是钱啦！小侄女说。阿公这么多年手头肯定攒下不少钱。阿公的私房钱传女不传男……

他的钱我不要。她的气无端又被勾起，身子也硬挺挺地站了起来。他总是以为钱可以解决问题。

钱确实解决了很多问题。大哥二哥陆续在县城买了房，孩子们一个个进城落户上学。她执意从他名下的房子里搬了出去，但没有拒绝两位哥哥的赞助，按揭了一个七八十平方米的小公寓。空下的大套房卖了个好价钱，很快就兑换成了他名下的厦门海景房。他偶尔也会进城，看看孙子孙女。有一回，大哥家又添新丁，她去医院看侄媳妇，他也去，观音岩上的许多亲戚也去。他放下钱就要走。亲戚们说，不在你们城里多住几天？他说，县城是他们的，不是我的。亲戚们又说，你钱那么多，城里那么多房子，怎么不是城里人？对了，对了，差点忘了，你现在是厦门有大房子的人了！你是大城市里的人！她实在听不下去了，偷偷塞了一句话过去。只是脚进了城，有什么用？

什么脚进城？什么意思？你们这城里的读书人就是不一样，说起话来文绉绉的，听都听不懂。

房子再大，装的只是脚。

怎么会只是脚呢？不是整个身子吗？那么大的房子……

德茗大叔转身离开。她相信他的不做任何抵抗在于他永远不会知道女儿这句话是什么意思。那以后，他的身体突然就不好了。一开始，说是甲亢，治着治着，胃也不好了。他的每一次生病，她的身体总会发出妥协的申请。十年前，他做了胃手术，切除了三分之二的胃，医生说他可能熬不过三个月。那一次，她最终说服自己默默原谅他了——如果不是后来又发生了那件事。她交代要出国的同事，帮忙带两条万宝路——除了卷烟，他唯独喜欢抽这个。她算着，暑假吧，暑假回去好好陪他两个月。

654-2 离婚离得有些突然。果真等到这个日子，果真见着他信守当年的诺言，在办好离婚手续的第二天就找到了她。那一刻，她的眼泪哗啦啦地往下流，任由手机音乐单曲循环播放着"天青色等烟雨，而我在等你。炊烟袅袅升起，隔江千万里"。她只想告诉一个人，告诉他，你错了，彻头彻尾地错了。20 年的等待终于有了回报。可是高兴似乎成了刹那烟花，只有三两天的绽放。就像是灶膛下那烧得正旺的半段柴火给撤出来丢进冷水里，湿漉漉地在阴雨天里待了十天半个月，突然有一天再直接被扔回灶膛，黑烟四起，要重新点燃却并不是一件容易的事。感觉这东西不知为什么说淡就淡了，说没有就没有了。就像镜头拉近，有些东西被一点点放大了——关于他的一些或真或假的说法就在这个时候陆陆续续传到耳朵里。有人说他离婚并不是因为她，而是因为怀孕的小三把照片发给他前妻顺利"逼宫"；有人说他生性风流，在外面起码有三四五六个相好的——二十年终究让一个人改变了太多。当年那么令她神魂颠倒的艺术家的懒散气质和凌乱美，成了现实中横在她面前令人发指的生活习惯。在第十九次提醒他不要把袜子丢在沙发上，第58次提醒他用完马桶要冲水，第一百〇三次提醒他只准碰嘴唇不准碰身子后，她像火山一样大爆发了。你能不能不这样？烦不烦啊？

我怎么样了？我连碰碰你的身子都不行？他的手上用着劲，把她强往自己的身上揽。

你就不能像以前谈点情说点爱之类的？她努力挣脱出来。

呵呵！如果不是你们家有人来求我，你以为我还会吃回头草？而且还是一把老得掉牙的草！干巴巴，冷冰冰，摸不得碰不得……

我们家谁求你？你说谁去求你？他？他又给你钱啦？

不要说得这么难听，什么叫他又给我钱啦？不过，话说回来，没有钱我怎么可能这么短时间离得成婚？你不知道当时他求我的时候多可怜，他……

654-2果然不是值得托付终身的人。二十年前，有人就看出来了。可她不信。现在，她信了。可是，他既然知道他不值得托付终身，为什么还要把她往火坑里推？为什么？他能把她往火坑里推，她就能把漂洋过海的万宝路往火坑里推。一切都烧毁了。

爸，小蓉来了。

人们看到德茗大叔的眼皮连续眨了好几下，才勉强把眼睛睁开。头微微地往外侧偏过来，只是一点点。他的喉咙里骨碌碌地响了几声。有些东西被堵住了，有些东西往深一处打了桩。日光灯兀自发着白光，一切都陷进静止里。静止是一片沼泽，唯有眼睛在沼泽中艰难地挣扎眨动。

被子下面开始不安分起来。像是藏着一只毛毛虫，被子一拱一拱。他的双肘撑在床上，身子却似乎被千斤万斤重的棉被压住了，动弹不得。他的喉咙里"嗯——嗯——"地响着。儿子们知道他是什么意思。二儿子扶他坐了起来，又说了句，爸，小蓉来了。

茶……茶……德茗大叔嗫嚅地说。

不屑。或者是不为所动。唯有这样才能显示他的尊严。她想。

在两位兄长的目光引导下，她端来了茶，递到他面前。不说话。曾经的高大，被压缩成床上短短小小的一截倒"7"；曾经的强硬，被什么揉在了一起，拱起的肩缩起的脖子，歪着的身子，蜷缩成一团绵软。人生是一个不断外放又不断回缩的过程，终归要回到虚无。

他颤巍巍地往怀里掏，摸。依然不屑。依然不为所动。她把茶放在床头柜上，转身，想走。身后的大哥挡住了她。

这个，给……德茗大叔颤着手掏出的是一把锁匙。给……

二哥托住他的手在空中举着。大哥把她整个人往前推，边推边说，爸给你的，赶紧拿着，快啊，爸的手会酸——她只能勉强接过。

茶……几乎是接过的同一个瞬间，他的手离开了二儿子的手，手指头指向天花板，茶……

爸要喝茶，赶紧给他端上。大哥提醒她。她再次端起茶，他却摇头，连带着摆手。手指头再次指向天花板，楼上……茶……去……说完，看看大儿子，又看看二儿子，说，你们……都去……二儿子抱起他，大儿子搭手，两人一起帮忙把他放平，重新装进了棉被里。

正对着他房间的楼上，是她当年的闺房。楼板"咚咚咚"响得厉害，大家提着劲小心地踩着，担心多用点力气楼板就会断裂坍塌。一连几个房间，门上结着或大或小的蜘蛛网，落满灰尘。已经有些日子没人上楼来了。她的房间上着锁，锁上却是干净的。房间内也是干净的，一股奇异的清新。

茶！一屋子的茶！大家都惊呆了。所有的茶都装在塑料袋里，一袋一袋地叠堆在一起，堆成一座小小的山。老旧的木桌上，一个白瓷盖瓯，一个大茶杯，一个烧水壶。桌前那张老藤椅上，凹进一个深深的窝。

怎么都是1992年十一月的茶？大哥先看到了塑料袋上标注

的一个日期。二十五年的老茶，而且都是一级铁观音，哪来的这么多好茶？

她的心头隐隐作痛。那是深深刻在生命的年份和月份，怎么就这么凑巧？那时她多么年轻？她才二十五岁，正当好年华，正是一朵花。

我想起来了！二哥拍着脑袋提醒着大哥。还记得小蓉逃婚那一年？咱爸原本接了广东一大单几十担的生意，茶叶拼配好并重新进行了烘焙，只等小蓉出嫁后他就要送货出去。谁想到……意识到王娇蓉就在现场，他转而对她说。你这一跑，对咱爸打击太大了。男方要不到人，天天来家闹，中指都戳到咱爸的脸上了。你也知道，咱爸那么要面子的人，怎么咽得下这口气？一开始是到处找你，他不相信你会就这么走掉。后来，死了心不找了，却总提不起劲来做生意。人家催货，他一拖再拖，最后人家就不要了。我们都不知道这些茶都到了哪里去，原来它就一直在这里啊！见她不搭腔，二哥解开一袋茶，抓起一把，一握，一闻。你们闻闻，真是好茶！顶级好茶！现在市面上哪里去买这么好的茶？

大哥拿双手捧起一大把，深深一嗅。嗯，真是好茶！而后，意味深长地望向她。看来咱爸是要把这茶当作嫁妆啊，一直给你藏着，这么多年提都不提，更别说动一动了！

王娇蓉兀自开窗，看向窗外。就这么久久站着，不动，不说话。远山层层叠叠，像莲花瓣铺陈开去，墨绿做底，翠绿、浅绿、鹅黄，勾勒其间。手机铃声响了起来，"入夜渐微凉，繁花落地成霜。你在远方眺望，耗尽所有暮光，不思量自难相望……"她不接，也不看，任由它这么响着，唱着。音乐停下的时候，她这才掏出手机。她点开微信里的"新的朋友"，在一排"糟老头"上点下"接受"。

你赢了！她发送出简短的三个字，拉过老藤椅，坐了下来。当年那台老式录音机还在。一抽屉的老式磁带也在。孟庭苇的《冬季到台北来看雨》《你看你看月亮的脸》，张雨生的《大海》《我的未来不是梦》，王杰的《安妮》《一场游戏一场梦》，郑智化的《星星点灯》《水手》……老朋友们一个个都在。当年的日子多么美好啊！搬进护厝居住后不久，父亲从广东给她带回来索尼录音机。每次回岩上，她都会带几张新买的唱片，每天清晨，醒来的第一件事就是按下录音机，来一首抒情乐曲。微信提示音响了。"糟老头"说，不，我们都输了！

她没想好如何回。也许回一个人真的挺好。也许不用回。

起风了。起身关窗的时候，王娇蓉才发现，大哥二哥不知什么时候已经下楼了。

那些黑得发亮的日子

1

802的门只开了一小道缝，鸭舌帽探出了头。又圆又大的墨镜后，僵住表情的半张脸。他朝她伸出一只手。她不由得猜测他遮在门后的身子是否正光着，或者正像电视里经常播放的一样，只在下身裹着一条浴巾。

这几乎是一个全民点外卖的时代。兼职当骑手这几个星期，她给几百个客人送过餐，什么样的接餐方式她都经历过。一中午马不停蹄送出五张单，总共十八份餐，都还算顺利，客人一个个都在。午餐这个时间段最热，送餐最累，其他骑手都嫌弃，唯独她喜欢。中午十一点到下午三点，摊位前没多少客人，她正好利用这个时间段给几家熟悉的餐馆跑腿。这种兼职骑手不像美团、宅急送、饿了么的专职骑手那样分片区负责，十几个小时工作。有空的时候她送，没空的时候，她可以不接活。她给802送过餐，但以前接餐的总是一个漂亮苗条的高个子女人，这次是一位男人，男人好像有些紧张。他的目光不在食品袋上，而是冲着她上下左右，甚至扩展到她的身后、整条廊道进行一番扫射。她可不想被人当成贼，或者是偷窥私情的人。她把袋子往门缝一塞，转身就走。中年男子倏地打开了整扇门。

请留步。他说的是普通话。

她惊颤了一下回过头。这个"请"字像女儿常吃的软软透明的石花膏弹到了她，让她有种说不出的感动。他跟自己不是一个生活频道的人——虽然跟自己惯常穿的一样也是黑衣黑裤，却分明有什么实质性的不同。上衣左上方那只鳄鱼向外张着口，却一点都不凶，甚至还带有几分温顺。洋气！她想不出更好的词。在街头摆摊经营的这么多年，好些东西本是见怪不怪了。城里乡下的人，南来北往的人，每天都在她的摊位前上演各式各样的剧目，她将它们在油锅里炸进炸出，炸成各种口中美味。可还是对他生出了好奇。

差点忘了给你钱。鸭舌帽递过的是一张全新的百元钞，普通话烙着一层城里的斯文。

她这才想起这一单店家特别交代需要货到付款。当时单上留的是座机号码，她到小区门口打电话的时候还以为店家搞错了。这年头，还有谁会用座机叫外卖？

我没带钱。她用蹩脚的闽南式普通话接着。要不，80块我转你微信吧。

不，不用，我不用微信。鸭舌帽显得尴尬，不自然地揪着下巴。他的目光飘过她的肚子。我看你送我这边是最后一单了，要不，你帮我做下卫生吧，剩下的钱就当工钱？

刚才的一个"请"字再加上现在的一个"帮"字，以及那种客气得让人舒服到不行的语气，什么东西软软地环抱住了她。十六单的跑腿费是个不小的诱惑啊。她忍不住多看了他一眼。他的左侧嘴角下方有颗不大不小不深不浅的痣——那是富贵痣。她右侧嘴角的上方也有这样一颗痣—— 可惜，祖母告诉她，那是贪吃痣，不好，长大了会好吃懒做。祖母还说，如果长到嘴角下方那才好，那叫有得吃痣，走哪吃哪的富贵痣。长着有得吃痣的他站得直挺，显出一种尊贵的修养。他是当官的，还是做生意的？如果不是一份外卖，她不可能与他如此近距离地站着。天啊，她居然有一种受宠的感觉。

可以吗？见她没有应答，鸭舌帽问得很是小心。

需要做多久？

随便。你愿意做多久就做多久。

进了屋，鸭舌帽摘了帽子和墨镜。屋里看不到女性的衣物，甚至闻不到女人的味道。想来，房子已换了租户。男人并不年轻，五十岁左右，很是精瘦，皮肤有几分粗黑，该不是坐办公室的人；眼袋很大，睡眠应该不好；颧骨周边的皮肤附着一层浅黑的色斑，该是饮酒有些过度。眼睛不大，一道锐利的光从眯眯的缝里射出来。她被射到了，赶紧别开。

男人递给她一杯水，交代了主要打扫的区域，尔后坐了下来。他开了电视，不停换台。她在房间里忙了起来。先擦了桌椅，再拖了地板，又重点洗了卫生间。男人倒是会整理，一屋子还算整洁，除了这一两天换下的衣服还没洗以及没扔掉的两三天的生活垃圾，基本不留什么事。厨房估计是少起烟火的，冰箱里没肉也没菜。换洗的衣服不多，一件件整整齐齐地码在行李箱里，像是刚出门回来，也像是随时准备出门。垃圾桶里五六个方便面桶，表面已经结了一层。床头柜上有一个上了锁的黑色手提袋，很沉，她刚挪了个位置，他立马冲过去，一边喊着，别动！像是里面藏着一个随时会引爆的炸弹。

"炸弹"当然没有引爆。接下来的几天，他直接找她订餐。她叫他802，他则干脆用"你好"替代了称呼。后来，他甚至连餐都不点，直接让她安排。安排就安排，其他客人点的餐里什么看起来特别好吃，她就帮他多点一份，有时是一份蛋炒饭，有时是一碗牛肉面。再后来，也不知怎么的，她偶尔会特意跑远一点去帮他买一份女儿爱吃的牛排——她一直坚信女儿是城里人的口味。他对她越来越友善，主动告诉她自己姓刘，留她下来做卫生的时候，有时会问她要不要喝茶，她总说不。有时会问起她的家庭。一个会写诗的爱人，一个学习优异的女儿。他目光里有东西流淌出来，浸润得她周身舒畅。

你应该也有孩子吧？她顺口一问。现在做什么？

他像是踩到了地雷，脸色一变，身子一僵，什么都不说就直接走开。她意识到自己越界了。他的身上一定藏着什么秘密。那个秘密就像这屋里的门和窗一样永远是关着的，连窗帘都一定是合拢的。每次她进门出门，他都要在猫眼上左看右看，开的门也总是只留一道缝，总是要探出头东瞧瞧西看看一番。她看不到什么，也不知他在看什么。

很快，有人给她印证了她的猜测。那一天，她做完卫生提着垃圾刚进了电梯，有个老太太随即跟了进来。她一眼认出是803的奶奶。803的胖子是个大学毕业生，父母在外地做生意，他一个人生生在家宅了两年，叫了两年的外卖，成天打游戏，打得工作不想找，连门都不想出了。跟着他叔父生活的奶奶偶尔会来看看他。偶尔碰上老太太来开门，她总是被逮住听一大箩筐抱怨游戏害死人的话。孙子就在屋里喊，你再啰唆，我等下掐死你！老太太就不敢再说了。她以为老太太又要说她孙子的事，不想说的却是关于802室的。

我看你挺着个大肚子赚辛苦钱不容易，我才告诉你……老太太指了指802的方位说得神神道道，这个人一定有问题，你一定要小心啊。整天在屋里，都不出门的，偶尔出门一定很晚。跟他说话也不应直不应弯，像是个哑巴。看他一副黑黑瘦瘦的样子，又穿得那么好，不是搞毒品就是做诈骗的，搞不好还是个杀人犯。

她倒吸了一口气，尴尬一笑。她不相信他会是这样的人，但她还是忍不住开始留意起电视台的报道。第二天去送餐时，她特意提起这个事。他耸耸肩，一副无辜无奈的表情，而后笑着说出一句似乎一点都不挨边的话。那么，如果让你帮杀人犯办一张手机卡你愿意吗？

她判断不出他是否在开玩笑。

两千元，可以吗？他的表情切换进了严肃里。

2

他完全料想不到她会拒绝这到嘴的一大块肥肉。

可是，拒绝反倒坚定了他的判断，也加重了他的信任。他对皮肤黝黑和身材肥胖的人天生充满无法抗拒的好感，对乡下人也感觉亲近，而她三者兼具。尤其，她还是一个女人。她其实不是一般意义上的胖。她的脸不胖，脖子也不粗，皮肤自带一层光亮。她胖的似乎只有 B 罩杯的胸部和圆滚滚的身子，却都胖出一种莫名的可爱。她的五官其实也不错，只是被她肥胖的身子给淹没了而已。他隐约记得似乎在哪里见过这张脸——当然不是她说的摊位前。剔除她的肥胖，她的眼睛也会亮出来，那里汪着的是少见的纯净如初的水。他相信他的直觉。这是一个不能轻易信任人的特殊时期，每一分信任都可以带给自己危险。可是，没有可以信任的人，他又委实迈不开步。像是蜻蜓折了翅膀，像是青蛙断了腿，每天都是煎熬。他必须建立新的关联，在保证安全的前提下。

事情原本不该这么被动。这个时候，他本该在新西兰，带着他美丽的小月儿和三岁的 ANNY 漫步在一望无际的牧场里，享受着蓝天、白云，享受着绿绿的草、幽幽的风。出了事后，儿子旺仔一拍屁股跑到加拿大，把一大个烂摊子留给了他。给他几年时间，他或许可以让企业起死回生。可没有谁愿意给。千不该万不该，临走前两天，他不该又上了趟山。风水先生说，上次你不是说要迁你父亲的坟？他恨父亲，恨那个没有给过他温暖家的父亲。可这两年，他莫名经常梦见父亲。现在迁还来得及吗？不行不行，这大张旗鼓地迁坟肯定不行！有其他补救办法吗？简单点的。

现在最简单的办法就是整一整坟头，改一下墓碑的朝向。

怎么整？怎么改？我没时间，也不方便。

没事，其他事我来做，你只要到时出现一下，自己跟你爸说一声，马上就可以走。很快，很简单的。

他决定留下来，妻女先走。就是这几天，事情发生了根本转变。他也完全料想不到事态的进展如此凶猛，他走不了了。知道消息的那一刻，他正在父亲新改过朝向的墓碑前许愿。手机瞬间粉碎，银行卡也成了废物。好在，辗转几手，聪明的小月儿托人送来了一大行李箱现金。乡下不好待，城市又去不了，最保险的便只有这半生不熟的县城了。这样的时候，临走前驾驶员给的一张身份证派上了用场。只是，它能派上用场的地方少得可怜。

803是个麻烦。当初坐车进城经过天将御园时正好看到802的房主在大楼外墙上张挂的招租广告，电话一联系，房主提的所有条件他都一一答应，他只提了一个条件——安装一部座机。天将御园处于城郊，是一处新建成的楼盘。出小区往东走两三百米，是人口密集的城乡接合部，人来人往，谁都难以注意到谁。唯一的不好是，附近只有一家网吧，他去了两次都是满座。小县城几乎见不到的士，出行也是个问题。但这些都可以克服，可老太太的问题不可避免。老太太最近来得太频繁了，每次来的时间也在延长。她有强烈的偷窥癖。有一次在电梯里，她居然还问他，你叫什么名字？做什么的？她想干吗？同一个楼层住着三户人家，801 住的是一对年轻夫妇，带一个上小学的孩子，唯独碰上过一次，只有老太太总喜欢在他门前转悠，甚至会透过猫眼往里看。那天他正想出门，一看猫眼，有一双眼睛正在往猫眼里凑，他猛地一开门，老太太往旁趔出了几步。好不容易站稳，她拿起手中的扫把往地面胡乱扫起来，嘴里叨叨着，这通道太脏了，太脏了，我扫扫，我扫扫！

当天晚上，他不顾已经预付的三个月租金，连夜找了新住处。新租处往城中心移了两三公里，明显繁华了许多，也方便了许多。走几十米就有超市、小饭馆、菜市，再走一两百米就是美食一条街。最为重要的，周边几条街上开了两三家网吧。他给她打过几次订餐电话，她都说最近没空跑腿，要他直接找餐馆订餐。再后来，他打过去的电话居然没人接听。有些东西不用说，便明白了。又一个有心计的女人！

墨镜、鸭舌帽，再加上口罩，他觉得自己真像个贼——盗取活动空间的窃贼。周末上午九点钟，菜市场里热闹得很，各种店铺也都纷纷开张了。操着湖北、广东、四川腔的外省人与平着舌头说普通话的本地人混在一起，砍着价做着买卖，没有人留意他。

第一家"超速网吧"正面对着马路，来来往往的人特别多，他直接跳了过去。隔着一排房子背着街的"方方网吧"规模相对小一点，负责看场的是个精明的小伙子。前天晚上 10 点多他第一次进到网吧，身份证刚递过去，小伙子只瞄了一眼，便摇摇头说，假的吧？

像是当众被人扇了一巴掌，他转身就要走。

你不会是第一次上网吧吧？小伙子拉住了他，手指在柜台上轻轻弹跳。昏暗的灯光下，小伙子的眉目中闪动着狡黠的光。也不是没有解决的办法。

他掏出一张百元钞票放桌上推向前去。小伙子没接。他又加一张推了过去，小伙子拿手指一压，手掌一按，往回一搓，那钞票像坐了滑梯，滑进了柜台抽屉里。他被带进最里面的包间。包间里有两台电脑，只有他一个人。他注册了一个新邮箱，开通了一个新的微信号。接连几次申请加旺仔和小月儿新西兰表姐的微信，没有获得通过。后来，冒险找一个女学生借了电话。旺仔的电话处于关机状态，上午九点他肯定还在睡觉。小月儿表姐的电话起先是没人接听，后来，直接处于关机状态。非常时期，他不敢继续冒险。她的表姐十年前就移民新西兰，应该会把她母子俩照顾得很好。只能这么想了。

微信上没有任何新通过的好友。旺仔一定是没有领悟或者是没有注意到他预留的信息内容。原名肯定是不能用的，太抽象的又怕头脑简单的旺仔看不懂。后来，他想到有一次两个人一起去洗桑拿，旺仔指着他的腹部惊叫，老爸，你居然有六块腹肌！他在备注信息里标注了"六块腹肌"。给小月儿表姐微信里标注的是"ANNY"，居然也没有通过，这就完全没法解释了。

他注册了一个新邮箱，再次向两个人发出了添加好友的申请。

依然联系不上。只能是接受，只能是等待。好在，电视新闻里并没有相关的消息出来。他又点过很多次那些餐馆的外卖，可是，奇迹如她一样并没有出现。日子慢慢过着，也就习惯了。每天的这个时候，是心情最为放松的时候。总算又一天即将安全地过去了。几分钟前，屋主约他一起去散步，他再次拒绝了。屋主长他十岁，看起来却已经是个糟老头。老头是个典型的空巢，有事没事总来敲他的门，这让他有些烦。连夜找房子的时候，图的是清净，图的是老头的干脆和不太好的视力——老头只是瞟了一眼他的身份证就同意租了。老头二十多年前与朋友联手买下了城南的这块地，十几年前房产商要来开发周边区域时，曾出高价要买下它，他坚决不同意。小区初具雏形时，他们的私宅也开建了。现在，这座五层高的民宅就这样与建了十几年的住宅区隔路相望，专属于老头的二层和四层分别住着他和老头。

3

　　两个人又吵架了，还是因为房子。当初白舒笙看上的是老城区的曼哈顿，她嫌贵。同样的钱，过一座桥，在新开盘的盛世华庭就可以多买五十平方米。这五十平方米很重要，比住得最宽敞的表妹家还多出了整整八平方米。而且，他们一直在准备二胎，他就想要个男孩。十八年前，她嫁给他只图他是个城里人，哪怕没有房没有钱也够了。二十几年后，她相信不会再有女孩想法这么简单。眼见那小区轰隆隆地动工了，眼见他们买的第一期的房子热热闹闹地封了顶，又眼见第二期的房子才在打地基，预售证还没出来，房地产商就紧急推出了预存二十万可优先排号购买还可计算利息，等着排号的人在售楼部前排起了长龙。听说第二期的房价要整体上浮百分之二十，她庆幸自己下手得早。仅仅几个月，一切都变了。先是有风声说房地产公司资金链出了问题，工程队要不到钱。她相信那一定是谣言。楼房建设的速度虽然慢了下来，但好歹也还一层一层地往上加。她说，谁能以百米冲刺的速度去跑一千米？不久，售楼部关门了，接着工地也停工了。现在，连项目经理都找不到了。白舒笙很生气。他确实有理由生气。

　　昨天盛世华庭的业主们相约去银行，投诉他们把贷款划给不良房地产商，要求暂停按揭。大门进不了，她跟着大部队在门口站了一下午，回到家就中暑了。她努力克制，接连打出的几个喷嚏总算被她压扁了，没有产生浩大声势。她看了一眼白舒笙。好在，他睡得很沉。她擤了几把鼻涕，下了床。半个月过去了，订制的大铁鼎、大不锈钢锅都已经到了，可白舒笙还没把店面确定下来。原本说好要找最繁华的黄金店面，做足以爆街的盐鸡，她也为此专程去漳州学了手艺。可大同路、中山路、民主路、大东街，一条条地看下来，房租动辄五六千元。一想到每天要白做那么多只鸡，他便打退堂鼓了。后来又说是他一个诗人朋友的一小套房子租期马上到，可以低价租给他。他先把订金付了，去了一看，居然是个储藏间，相邻十几二十米就是个废品回收站。再后来，又说有个中学同学可以帮他低价租到中心位置的商铺……有些事不能急，也不能多说，否则后果会很严重。那一年临近春节，正是樱桃有价的时候，她要去水果市场补货，让他帮忙照看一下摊位。出发前特别交代，樱桃就放在那个装有冰块的保温箱里，有人要买才拿出来，买后要再放进去。一定不能让人拿手上下翻搅那箱樱桃，容易翻烂。还教他如何拉住袋口，轻轻一颠，下面的樱桃就轻松翻转到上面来。回来时他正埋头看他的《斗罗大陆》，一看，只剩下半箱的樱桃就放在摊位的最外沿，被阳光任意晒着。她忍不住嘟囔，樱桃怎么没有放进保温箱里？怎么让人家翻拣成这样了？怎么……他一听，脸跟书都翻不过去了。

她赶紧解释，我不过提醒一下，这一箱好几百呢，晒坏了翻烂了就不好卖了！

不好卖就别卖了！他把书一扔，快走两步上前，直接抱起半箱樱桃就往地上摔。她惊呆了，一边叫着，你疯了？！那是钱啊！一边弯腰捧起樱桃往箱子里放。他还不解恨，抬起脚就往樱桃上踩，钱、钱、钱，你就知道钱！除了钱你还知道什么？我让你钱！我让你钱！那以后，足足一个月的时间，她绝口不敢再提让他帮忙看摊的事情。那时，婆婆患了重病还在床上躺着，没有人帮忙看摊，她就不能回家做饭，他一头栽进小饭馆，她为着那每天丢给别人的几十元几十元伤心到流泪。她几次主动跟他说话，他几次直接把头一扭。这一次少不了又要冷战几天。城里人总是这样，她不跟他计较。

日子继续松松软软、没精打采地过着。中午给 803 送完外卖，那个从来不说话的白胖子原本已经忽地关了门，她走出几步，他又开门出来喊住她。以前住在 802 的那个人好像生病了，说是打你电话你没接，你手头有治病的药，让你帮他送过去。末了，又说了一句，你别听我奶奶瞎叨叨乱说。她很好奇，正想问，他怎么会打给你？胖子已经关了门。想了一下午，她终于还是给他打了电话。

她前往他的新租处，上楼梯的时候，碰上一个老头。知道她要找住在二层的那个人，问东问西问了一大堆，还执意要同她一起上楼。敲门的时候，她听到老头喊了那人的名字——阿坚。好一会儿才开的门。他看都没看她一眼，捂着头东倒西歪地走回床铺重重地倒下。

阿坚你生病了？怎么也没告诉我？我们这楼上楼下的你打声招呼，我就来了。我还想着这两天怎么都不见你人呢。老头很热情地抢先进了屋，又是摸头又是捏手。他背过身去，像刺猬一样蜷缩起自己的身体，连手指头也捏紧了。老头不明白，还想上前掰他的身体。她猜出来了，阻止了老头。你可以去帮我煮些绿豆水吗？这天气，估计是风热感冒，热要散出去。

老头倒也识趣。门刚虚掩上，他便微转过身来，硬硬地笑。我就知道你一定会来！

像一截枯朽的断木，他整个人呈现干裂状态。她拿手背一碰他的头，被烫了一下。怎么这么严重？不怕被烧死？明明才认识不久，明明是半生不熟的关系，她不知道自己的话里怎么就有了道不明的亲切成分。

不怕，我的命贱得很。要死几十年前早死了。他虚乏地闭上眼，像是在专心感受她的手，又像是在努力回忆。那时才多大？十二岁，被雨淋了一个晚上，躲在树洞里，我以为我快死了，居然又活过来。

你刚才说当年你多大？十二岁？怎么会躲在树洞里？你爸妈呢？她喂他吃了药，忍不住还是问了。

我很小就没妈，我爸整天喝酒，喝完酒就打人。我学习不好，没考好就打，偷改分数也打。我实在受不了就跑了。也没跑远，就在我们隔壁村的山洞里躲了几天，他也不找。这几十年，我什么苦没尝过？工地搬砖差点被砖砸死，煤矿挖煤碰上瓦斯爆炸，商场搬运货物碰上火灾从二楼跳下，茶店帮工遇到小偷被砍了两刀，当饭店伙计，后来自己开店……

疼痛是一剂苦药。他讲着讲着居然睡着了，她心底里的怜悯就此泛滥。七八点收了摊，她买了苦瓜、西红柿和一块瘦肉。

门半开着，他歪歪地半躺着，床头柜上有没吃完的稀饭、没喝完的绿豆水。老头应该来过几趟。她煮了一大碗苦瓜瘦肉汤，他三下两下就吃完了，发了一身汗，人也精神了。这时，老头又来了，没有敲门。她起身收拾碗筷，顺便把房屋也收拾了一下。还是那么整洁，黑色手提袋还在，还上着锁。如果老太太说的话成立，那毒品一定在这个袋子里。她想。

她听到老头小声地问他们的关系，他说，一个表妹。老头说，她说是朋友你怎么说是表妹？他赶紧补充了一句，远房的表亲，也相当于朋友了。他取了钱要老头到老城区的阿顺白斩鸭店买些卤料，老头乐意效劳。

她也起身要走。他说，老头要去好一会儿，你尽可以帮我再收拾干净些。她说，没什么好收拾的了，你自己整理得很好。

那看来以后我要整理得乱一些，这样你就能多陪我一会儿了。他笑。

她不知道怎么说，莫名有种奇怪的不好意思。她绞着手上擦汗的几张纸巾，绞成一股绳一般的纸索，走也不是，不走也不是。

你是不是觉得我是个坏人？他笑得有些勉强。

她莫名就讲了小妹之前跟她讲过的一件事。说是有个大学生坐飞机时，旁边的中年人说自己行李超重，想挂在他的名下托运一件，大学生想着帮人一个小忙还有三百元的好处费，就给办了，结果安检就过不去了，里面装的是毒品。

你很善良！他歪着头，轻轻一笑。

4

醒过来的第一时间，他试着再给她打了电话，这回居然就
接了。中午一点多，她来了，白米饭加干扁土豆丝，还有蚵仔
煎。他不停夸着饭菜，她咧着嘴笑，露出满口白牙，这给了他
特别的感觉。他不怎么说话，他只是需要有个人来陪。而她似
乎比他更有倾诉的欲望，似乎都是她在说。他这才知道，之前
他想多了，她只是太忙了，又要忙生意，又要照顾母亲，又出
了趟远门，张罗着开一家白舒笙说的盐鸡店。

白书生？他没听明白。

哦！她嘿嘿地笑。我老公姓白，叫舒笙，舒服的舒，那种
可以吹奏的芦笙的笙。他的诗人朋友都管他叫白书生。我们摆
了十年水果摊，存折上好不容易突破了十万。我跟白舒笙商量，
要不我们开家真正的店，他很不屑，开什么店？你做的都不是
我想的。

他想象着白舒笙的眼白以压倒性优势战胜了黑眼珠。

我说，开家茶叶店啊，你不是一直就想开茶叶店？像你说
的，清清香香，又有那什么文化气息的那种，她流露出小小骄
傲的神情。他是个诗人，总喜欢这些有情调的东西。

他觉得白书生的眼睛一定被什么点亮了。

她继续骄傲着，我说，到时你负责茶叶店，我就在门口摆
水果摊，连摊位钱都省了……他不干了。哦，我里面卖着茶叶，

你在外面卖水果？那像什么？要摆，你也要摆远一点。

好，好，远一点，远一点。她像在讲一个笑话，居然笑了出来。在她丈夫面前，她似乎总是没一点脾气。她似乎一点不知道生活的疼，也一点不知道生活的酸，继续着他听起来又酸又疼的故事。开始找店铺的时候，婆婆突然就病倒了，手术，化疗，折腾了一年多，把十几万都扔进去，老人还是走了。茶叶店泡汤了。我老公一听说我还要摆水果摊就来气了，还摆水果摊？烂苹果你还没吃够？

那你说，没有本钱还能摆什么？

我怎么知道摆什么？反正不要再卖水果！烂苹果你没吃怕我见易见怕了！她居然又笑了起来。我老公总是很尊重我的决定。他继续翻他的书，我的这一页却停住了。他说的总是有道理。两三天时间，我在县城各条街巷转了个遍，你绝对想象不到，我只看了几眼就学会了一个本钱省又不用操心卖不出尾货的行当。我整了煤炉，整了电炸锅、电磁炉，卖起了各种油炸食品。先是水果与简单些的炸地瓜、炸萝卜粿、炸豆腐结合着一起卖，后来炸紫菜、炸香葱酥肉丸也上，再后来，用来搭配油炸食品的肉片汤也上了，水果摊彻底收摊。生意居然还不错。眼看着积蓄又开始一点点垒了起来。四年前，住不了人的老屋被列入改造范围。镇政府的工作人员来量了面积，做了登记。后来，又没动静了，说是经过全面测算，需要安置的面积太多，难以实现就地平衡，失去开发价值。那时候，女儿三天两头说"同学们都住电梯房，我们还住这破出租屋"，我也早早做了打算，拿所有的积蓄在城南预交了房子首付。最终打动白舒笙的是开发商半价赠送的一两百平方米大露台——他说将来要请诗友们来家里开露天诗会，我看中的是离学校近。去年，老房子总算被列入了拆迁范围，新的问题又来了。安置房只有两种规格，选择六七十平方米的，余下十几平方米总是心有不甘，选择一百五十几平方米的又不符合条件。真要到大套的还得补不少差价，加上装修，需要投入不少钱……他左算右算，怎么算都不轻松。讲到这儿，她突然笑了起来。那天，他像小孩一样，把夹炸粿的夹子往油锅里一丢不干了。靠你这些一块几毛钱几毛钱地赚，得赚到什么时候才能有钱装修有钱开茶叶店？他就是这样，总有使不完的小脾气。钱，总是个绕不过去的问题。

他想象着她埋头挤出一个香葱酥肉丸，拿汤匙一抠，往油锅里一放，"哧哧哧"地响。她的语气依旧温和，像见了高温的肉丸子，酥酥地释放出香气来。后来呢？他问。

后来？她笑得有些不好意思。他使劲揪着耳朵，说，做鸡！做鸡最赚钱！我立马就跟他急了。你让我去做那个？你居然让你的老婆去做那个？你怎么说得出口？哈……她笑个不停。你一定也以为是做那种职业，不是，不是，他说的是可以吃的那种盐鸡，你知道有一种漳州盐鸡吗？ 一只六七十元，每只赚个二十元，一天卖个五十只都有一千元挣了，一年下来就有三十几万了。我基本就是个文盲，但我一定不会看错，他的点子总是多。这一趟拜师算下来，花钱的坑又多了一个，我必须加把劲赚钱。你还继续请做卫生的吗？她连牙齿都在笑。

一屋子的阳光全部洒在她的身上，黑黑的她闪着金色的光。彼此不知道过往，不清楚来路，他如此放松，如此安静。他希望时光一直就这么走下去，单单听她讲都是一种美好的享受。可是她来的时候总是少的，总是短的，一个下午过去了，还要等待很长的时间。他不知道自己从什么时候开始，居然会如此具体地想念一个并不熟悉的人。一开始，他以为只是因为空虚，后来，慢慢地，他发现，不全是，再后来，他确定，不，不是。每个夜晚躺在床上，闭上双眼，她的脸和那个小女孩的脸经常交织在一起，有越来越多的相似性。一样大大的眼睛，一样尖尖的下巴，一样右侧嘴角一颗小小的痣。怎么有那么巧的事？他相信，她一定是老天爷为他送来的福星。不能再提手机卡的事情——有些东西会被亵渎。

5

盐鸡店铺的事情又出了岔。白舒笙原本计划参加完端午诗会去看店铺，结果诗会还没结束就跟人打了一架，连着在家窝了几天。据说是因为一个女诗人侮辱了她的事情。具体怎么侮辱，他不说。她听邻居们讲，女诗人嫁了一个年纪很大的鱼贩子，鱼贩子住着特别大的房子，这让他受不了。她怎么都想不明白这两者有什么关联。她见过女诗人一面，人长得很漂亮。几年前，他邀几个新结识的诗人到家里吃晚饭，她忙里忙外煮了一桌好菜。叫你妈一起来吃啊！女诗人对他说，正端着汤走出厨房的她听到了。

我妈？他正想说"不在了"，突然意识到女诗人看的是她。他不知道怎么往下说。

女诗人直接冲着她喊了起来，阿姨，别忙了，一起来吃啊！

旁边另外一个人想拦已经拦不住了。你喊错了！她是白书生的老婆！你喊人家阿姨，岂不得喊人家白书生叔叔？

他的面部绷得死紧，自圆了一句，以我的年龄，当她的叔叔确实也差不多，差不多！

女诗人配合地装起嫩来，一句比一句嗲。哪有啊，哪有啊，才大了十岁好不好！

有人插了一句，这年头，美女都喜欢小叔！

那就敬小叔大婶一杯！敬小叔大婶一杯！众人起哄。那一晚，他第一次喝醉酒。这以后，他给的脸色就更难看了。就像此刻，明明让他丢脸的不是她，他也要把碗筷摔给她看。不就是房子吗？不就是房子吗？如果我这边有套大房子，再加上盛世华庭的大房子大露台，我就不信了，还有谁敢小瞧我白舒笙！这两套房子无论如何都要夺回来，否则我白舒笙真的成了无用书生了！去，去县政府，去把房子给我要回来！好歹，他主动说了话。

她小心地把地上的碎碗片一块块地捡起。总是这样，她的菜还在锅里炒，其他人还没上桌，他就一个人开始吃上了。她不怪他。最近，所有关于房子的事情都搅得人心烦。盛世华庭所有业主联名的状子已经递上去了，事情还没着落，房屋拆迁安置的事情又起了波澜。他托诗人朋友找了镇里的领导，说好的没问题，没问题，可问题终还是不管不顾地来了。躺在合同里的依然只有一套小面积安置房，他拒签，立场坚定意志坚决。第一波奖励两万元＋优先选房的没有了，第二波奖励两万元的也没有了，第三波没有任何优惠的也都签了，唯有他不为所动。他不动，叔伯家的合同也动不了。她相信他说的，可就是迈不动腿。不是怕不怕的问题。从小到大，她怕过什么？上树掏鸟蛋，溪流里抓虾，跟男孩子打架，为女同学打抱不平……即便生活中有那么多艰难的坑洼，她也从没怕过。可是，一定还有其他办法，她想。

有什么不好？有什么丢脸？他拿脚一踢，她右手刚够着的一块碎碗片便飞了出去。别人可以要大套的，我们要小套的这才丢脸！你咽得下这口气这才叫丢脸！他知道她的软肋，一直都知道。就像她知道他的脚踢到了自己的手，手像被扇过的脸一样阵阵生疼。没错，她是舍不得房子，可有些他不明白的东西她更舍不得。

每天下午两三点，送完外卖拐到长安街成了一种美丽而又漫长的期盼。每次她来，老头总会及时跟进，他很快便会给老头派任务，不是让买西瓜，就是让买冰啤，有时是让买卫生纸，需要的不需要的都买了个遍。很多时候，他也不多说话，只是看着她忙，听着她说，又总是在提起"我以前""我儿子"时用着劲儿捏下巴，把要说的话也捏没了。仿佛那是一道过不去的坎，每迈一次就会摔一次。他不说，她也便不问。

她只知道他其实不叫阿坚——一个连名字都要盗用别人的男人该深藏什么样的秘密？这些秘密与她无关，她不想探究。她喜欢这种没有挑明状态下纯净、安然、有品质的时光，甚至于是一种毒品般的迷恋。在家里的那种紧张、不安与小心，就像没入溪流里的几粒盐、几滴醋、几颗小石子，全都散开了，不见了。想到什么就说什么，想到哪儿就说到哪儿，于他都是新鲜的，于她都是再自由不过的。她感觉得到他在认真听，不仅用耳朵，更用心。听着听着，他的眼光里甚至会流露出羡慕与欣赏来。这与白舒笙完全两样。白舒笙的嘴里似乎永远卧着一瓶醋，每句话出来都要抹一抹、蘸一蘸，甚至是泡一泡，出了口都是酸的，批判、嘲讽、挖苦。而他总能在她讲到的精彩之处插上一句："你可真有办法！""你很厉害！""你居然连这都能想得出来？""太有意思了！"哪怕是再简单不过的"嗯""哦"，也因为他诚恳的点头与目光的配合而令她心花开了一朵又一朵。他是读过书见过大世面的人，天大的事情在他那儿都是小事一桩。他总能给她好的建议，只要他开口讲，总是一套一套的。比如，关于孩子的教育问题，关于行千里路与读万卷书一般重要，等等。

她总会用他每天给的两百元钱买些东西带过去，不很贵，也不多，但冰箱里的内容还是有层次地丰富起来，肉、蛋、蔬菜、水果等都有了。他不提另外算钱，她便也就不说。一天天出现的烟火气让同样的屋子有了不一样的味道，也让同样的一个人有了不一样的光彩。那天，她给他做炒面的时候，他意外地削了两个她新买来的苹果。她把炒面端到手上的时候，他边嚼着苹果边说，你买的苹果特别好吃。

那肯定！我卖了十几年苹果还不知道什么苹果好吃？她满满都是成就感。

他叉了一块苹果送到她嘴边。你吃，你吃，这苹果真的太好吃了！

她很自然地张了口，喉咙却涌起了什么。刚摆起水果摊那会儿，有一回白舒笙散步走到这里，也剥橘子吃，一瓣一瓣地往嘴里放。她把嘴伸了过去，说，渴死了，给我一瓣。白舒笙朝着水果努一下嘴，把最后两瓣一齐塞进嘴里，拍拍手上的碎屑说，要吃自己剥，你自己又不是没有手。是啊，她有手啊，可她的手一刻都没有歇过啊！

吃啊，吃啊，这是我有史以来吃过的最好吃的苹果！他不停地催促，又叉了一块等在她的嘴边。

苹果入了口，她的眼泪突然就下来了。她以为这样的生活会离她很远很远，却没想到也能这么近。正怀着女儿的时候，有一天，白舒笙给她送饭。她捡出两个烂了个小窟窿的苹果让白舒笙带回家，只是磕破了点皮，不好卖，但同样好吃，吃起来一点没差！

白舒笙横了她一眼。凭什么我要吃烂苹果？我就连吃个好苹果的权利都没有？从小到大我就没吃过烂苹果！他伸手从她垒成金字塔的苹果堆里挑了一个最漂亮、最鲜艳的来，难不成，你这么辛苦，就是为了让我和我妈有烂苹果吃？！

那以后，她成了所有烂苹果的去处。不摆水果摊以后，时不时也会买几个苹果，定然是最好的红富士上等苹果，却总是削一个给他削一个给女儿，没有留给自己。一开始女儿总会把苹果伸给她，妈，你咬一口。他总酸酸地说，你妈以前摆苹果摊都吃腻了。她笑着不再说话。她几乎都要忘了苹果的味道了，他却以这种方式让她重新记起。

他吃她买的好苹果，他吃她做的炒面。她是甜的，她看出他一脸的香。几乎是狼吞虎咽，几乎是三两分钟，一碗面就下了肚。他抹着嘴角的油不停吧唧着嘴，如果你能天天来给我做碗面吃该多好，一个有烟火的房子才是家该有的味道。

她居然就答应了。临走前，看到他又不停地捏下巴，她忍不住还是说了，你别再捏你的下巴了，说吧，是不是想让我帮什么忙？

他连下巴都笑了。就像是给了他一条绳，他顺着绳索果真往上爬了。他进了卧室。她听到开锁的声音，还听到拉链声，出来的时候，他的手上多了两小捆钱。帮我另外租套房子，用你的身份证……你也看到了，老头很烦人，整天爱打听。他说。

租个房子也不需要这么多钱。她把钱往回推，被他止住了。顺便帮我办张手机卡，最好是厦门的号码，不要本地号码的。再帮我办张银行卡……

她明显被惊到了。他的掌心出奇的冷，带着一股冰湿。那只手与他的脸如此无法协调，细腻、柔软，但很薄——厚度应该不及她的一半。它没有体力劳动磨砺过的粗糙，却有一股体力劳动才有的力度。他一点点偏过头去，继续往下说。也没必要再瞒你了。没错，我是摊上了点事，不过你放心，不是杀人放火的事。我是被兄弟义气给害的。有个朋友公司贷款到期，需要资金转贷，我借了几千万给他。以为不过几天的事情，哪想银根收紧，朋友将钱还进去，银行却不再贷款给他。后来，自己公司也转贷不成，在社会上以五分一角的利息四处揽钱融资。因为想多赚点钱，拿了几千万放了高利贷，没想到被倒了，公司散伙了……

他的侧脸看起来怎么有些怪异？她意识到了什么。他的下巴呢？他几乎没有下巴，从鼻子往下，急急往里缩，往里缩，直接过渡到了脖子。那样子看起来像是理应往外翘起的一个角生生被削掉了，又像是突然出现的一个陡坡，让侧脸的线条没有了去路。没有下巴的人命苦。祖母总是这么说。她握紧手上的一大把钱。刨去三十五十的小开支，每天还会多出来一百五十元左右的赚头，还会有一段放松的时光。她希望这样的日子一直持续下去。

6

握着属于自己的手机，他第一次感觉到了惊慌。他一直相信不可能，不会，不应该。可是联系不上的电话、微信、邮箱，已然耗尽了所有的希望。事情一开始出的时候，他也害怕，但那种害怕是实心的，它有着落，有地方安顿。就像射出的箭，他判断得出它即使落不到靶心上，也会落在靶心的外围两圈三圈的位置。而现在的惊慌没有依靠，在半空中悬着、荡着，那根箭他甚至连射向哪里都不知道。儿子倒是很快就联系上了。警察没有为难他，但都到了这种时候，二十几岁的大人却还完全像个没睡醒的孩子，还在玩，还在巴望他能汇钱。公司会走到这一步跟儿子有关系，儿子会走到这一步跟他有关系。他跟前妻轮番宠爱，舍不得孩子吃任何苦，甚至不愿他受任何委屈。小时候，孩子说保姆做的饭不好吃，要吃肯德基，好，他马上派驾驶员去买。孩子说今天心情不好不想做作业，好，那就不做作业；长大些，孩子说国内读书很辛苦不想读，好，就让他妈陪他去加拿大留学。没学会什么本事，倒是学会了大手大脚地花钱。这中间，他离了婚，娶了年轻的女秘书。他觉得亏欠了孩子，尽一切方法来弥补。再长大些，孩子说要当副总，好，那就回国来。当了公司副总，让孩子去收个旧账，收回四千多万，入到公司账里的只有两千多万，其余的拉回来一辆凯迪拉克，又拉回来一辆保时捷，连女朋友都换成外国的……那会儿他刚认识一个省领导，满脑子想着的是企业的上市。他只是说了说，没收了儿子的财权，并没有撤掉儿子的副总，哪想到儿子居然会模仿他的签名把公司的钱转到澳门去赌博，还打着他的名号四处借钱。这给了他致命一击，让他完全没有了退路。好在，母子俩在加拿大总还是安全的。

儿子的麻木不仁他可以理解，可小月儿的举动却是他所不能理解的。连续这么些天，所有的通联方式全部关闭，就连她表姐的手机也打不通了。他知道她有两个微信号，一个关联手机号码，一个关联新浪邮箱。换手机号码他可以理解，关联手机号码的微信关闭他也可以理解，可明明关联新浪邮箱的那个微信号还在使用，他还用了"月儿弯弯"做了标注，她没通过他的好友申请，也没有通过其他方式加他好友。一切再清楚不过了。他早该料到她会留有一手。他比她大了将近二十岁，也是情急之下，他居然信了她的话把能转移的钱都转到她表姐的户头上。她如果真存有二心，他这回真玩完了。除了身边的这几百万元，他还剩什么？

好在碰上了她。只有她来的时候，心才会落地。她是个聪明的人。她帮他选择的这个住宅区坐落在老城区的半山腰，规模不大，规格也不高，却还比较规范，是十年前建的一个半新不旧的小区。新城区和二环路上陆续建起一家四星级大酒店和一家大型 KTV 娱乐城后，租房的重心转移了出去，住户的成分相对简单了些。房子是一对老夫妻为在欧洲留学的儿子装修的婚房，装修不到两年，家具还都是新的，装修的格调比较欧式，电器非常时尚。据说婚事办完第二个月，一对新人就去上海工作了，两个月前，老夫妻也跟过去带孩子，把房子委托给了中介，因为租金高，房子一直没租出去。这是他想要的。有了手机和银行卡，两者一关联，什么都方便了。没几天，他便学会了唯品会购物，给自己购了几套品牌衣物、菲利浦剃须刀，还给她买了瓶兰蔻的香水。她笑了，我哪里用得着这玩意儿？

他说，你是没用过，用用就习惯了。这才收了。运动器械一到，一天二十四小时便不再那么漫长了。最近，她来得有些疏。有时候放下东西就走，有时候买来的肉和菜直接放在保安亭。他学会了叫美团。

可是，另一重惊慌出现了。银行卡在她手上。起先，只是让她帮忙往卡里存了一万，后来又存了五万，再后来，又给了她五十万，尔后，是全部。这以后，连续几天她都没有出现。给她打过电话，总说，明天，明天。明天却成了遥远。她会为了钱背叛他？假使她不会，她老公也是道风险。他不确定她手上是否还有另外一张副卡。他想到了修改银行卡密码。

门铃终于响了，他从跑步机上冲下来。门口站着的却是一个女孩子，十五六岁的样子，皮肤很白，大眼睛骨碌碌地转了几圈，尔后惊叫一声跳了起来。哇，真的是耶！你跟我妈真的是同样有颗痣啊！他还没反应过来，女孩轻轻一闪就进了房间。我是许如金的女儿，我外婆摔倒了，我妈送她去医院……不用担心，只是扭到了，点滴几天就好了。喏，她让我拿这个给你……女孩递过来一张银行卡，看他一脸愕然，又补充了一句，放心，她让我偷偷地来，我爸不知道的。

不错，很有品！很有型！女孩拿屁股当球在沙发上弹了两下。

房子租的。他不知道如何跟一个孩子对话。

我说的是你。女孩笑得"咯咯咯"。

他这才注意到，女孩正盯着他发达的肱二头肌。她刚才一定也看到了他强壮的腹肌群和胸肌。她的目光没有任何一丝怯意，直勾勾，看得他无端生出几分不自然来。逃离家乡的那一天，那个阳光明媚的午后，那个四五岁的女孩也有一双这样的眼睛，无畏、无邪、无知。经商这几十年来，商场中、政界里、风月场上，什么人他没见过？什么样的目光他没承接过？许多人怕他的目光。谈判桌上的对手称他的目光里有一把剑，政府的高官称他的目光里有迷雾般的毒，娱乐场所的女人说他的目光里有熊熊燃烧的大火。眼前的这目光透明无瑕、天不怕地不怕，它要穿透他。

连续三天，随着女孩一起来的食物也完全不一样，鸡腿、汉堡、可乐，薯条、比萨、烤面包，还有辣条、薯片、烤紫菜。他的胃肠并不适应这些新潮、热辣的东西，但他的嘴巴、耳朵、眼睛和头脑都乐意接受。就像是老树照射到了新阳，心中的阴霾去了三分。而老旧的夕阳似乎也能给那棵新绿的小苗以和煦的安抚，小苗也觉出了新意。他对她的家庭有了更多的了解。女孩的学习与生活应该都不错，该是像她的笑容一样好。而女人的生活该是严重背叛了她的表情，女孩把女人的生活翻到了背面。好在，村庄和年纪都对上了，这比什么都重要。

7

她来的时候，他还躺在客厅的沙发上，病恹恹的。怎么啦？她问，他没答。她把带来的盐鸡往桌上放，依旧一脸的欢喜。我们家小妍惹着您啦？她又问，他兀自翻过身去，还是没答。她麻利地解着包盐鸡的锡膜纸，兀自跟他"汇报"这几天的进展：盐鸡店铺终于租下来了，离家不远，店租两千元，不便宜，也还在可以接受的范围内。今天开始装修，两个星期后就可以开张。请你尝尝我自己做的盐鸡，帮我提提意见，他们都说还不错！

你不用弄，吃不下，没胃口。他把身子转回来，终于开口了。她这才止住了动作，跑过去摸摸他的头，又拿头跟他碰了碰。确定没发烧，她倒了杯水给他，进厨房熬起米汤来。稀稀的米汤，再加上很咸的炒荞头，他只吃了几口，就一阵狂呕跑去卫生间。她急急跟了进去，轻轻拍着他的背，小心地问，怎么会这样？

明明很饿，可就是想吐。他半直起身来，频频摇头，嘴角挂着黏黏的呕吐物。胃里热热的，一直往上涌。

你这几天都吃什么了？会不会吃坏肚子了？她帮他擦着嘴角。

也没吃什么，鸡腿、汉堡、比萨。他又趴下身去一阵狂呕。

你有没有上卫生间？她迟疑着，决定还是要说出那个词。我说的是，大便。

有几天没去了。

那怎么办？去医院？

不、不、不！不去医院！我以前也有过这种情况，用一下药就好了。

用什么药？

开塞露！

买回开塞露的时候，他已经一个人扭曲地蜷在床上，像一只受了惊吓的马陆。成串的汗水顺着额头、脸颊、脖颈、后背往下流，他的全身几乎湿透了。怎么办？怎么办？她拿着开塞露不知如何下手。她对那东西太熟悉了。婆婆躺在床上的最后那半年，三天两头都要用这东西帮助排便，都是她帮的忙。可是，眼前，这样一个半生不熟的外人？这样一个无依无靠的病人？像是一只刚放下水的纸船在急流里打着转，她在原地转起圈来。

我帮你？她终于鼓起勇气。他没有回应。语言和肢体都没有回应。她俯下身子，趴在他耳旁小声说，我帮你？

不、不、不！他双手抱着肚子，身子扭曲得更加厉害，却还在拼命地摇头。可是他只会摇头，却不懂得接过开塞露。这样下去，事情只会越来越严重。

要么我们去医院，要么我帮你！她大声喊道。要么你就等死！她野蛮地往下扯他的裤头，他使劲腾出一手往后往上提自己的裤头。你再这样我不管你了啊！她松开手，橡皮筋弹在他的腰部，发出响亮的声响。我再说一遍，要么我们去医院，要么我帮你！要么你就等死！几秒钟后，她再扯他的裤头，他的手已经慢慢松开了，她便把话往软里说。这其实没什么的，你官当得再大，钱挣得再多，吃喝拉撒都是再正常不过的事。你就当我是护士……或者你就当我是你妈，是你姐妹……他配合地向左转过身去，把一个弯曲的后背留给他。她有足够的经验留足他的体面。她拿枕头把他的臀部位置垫高，又在剪开的瓶口涂抹了甘油，把裤头拉到刚好露出整个肛门的位置，插入，挤药，拔出，动作娴熟连贯，没有任何停顿与迟疑。

每个病痛中的人再无富贵贫贱之分，人生大抵如此。她想。重要的是健康，是活着。

8

突然有一种想哭的感觉。再健美的躯体在病痛面前都是丑陋与不堪的悲哀。除了医生护士，谁会愿意无偿去触碰？四年前的那一次发作，尽管正在热恋中，尽管小月儿一再表示要亲自为他上药，可当他真正抛却自尊，暴露自己的丑陋，要她掰开他的屁眼时，她连续呕吐了三次，让他受了三次侮辱。可是，现在，一个陌生的女人，她没有让他难堪，她给了他最大的尊严空间。或者你就当我是你妈，是你的姐妹……那句话随着她插进肛门的那管药作用在他身体的每一个地方，有一种很微妙的东西在莫名生长。通畅的不仅仅是身体。

她再来的时候，他正在按摩椅上看书。按摩椅离门只有两三米远。同样的时间点，依然是先在门口跺几下鞋，轻咳两声，再掏钥匙开门。依然用胯部顶着门轻轻合上，依然两脚相互作用地脱鞋。一切都很自然，像是什么都没发生过。他闻到了兰蔻香水的味道。淡淡的香，空气非常柔软。他觉得昨天之后的这第一次见面需要有所表示。他站起身，习惯性地伸出右手，说，昨天，谢谢你了！她同时伸出了两只手——他笑了，她的两只手上各拎着一袋东西。想来，她并没有听到他说的话。又或许，她以为他要帮她的忙。他伸手接住——什么都不用说，一切倒更自然了。

他主动问起她房子拆迁的事情。白舒笙还在动着各种不正经的歪脑筋，一会儿要她带母亲去找镇长，一会儿让她在信访日去信访局反映问题，一会儿让她给书记、县长专线打电话。她是他的子弹，她却总让他射偏，或者干脆就在关键处卡壳。她把与他斗智斗勇的几个回合讲得津津有味，像是在讲别人家的故事。

你倒是乐观。他看着她，像是在欣赏一幅水墨。

不然还能怎样？生活嘛，总有各种苦。她熟练地切着牛肉，一口接着一口地吃。不过，现在的日子再苦，也没小时候苦啊。小时候在乡下过的什么日子？吃穿都是问题。

那倒也是。他不再说话。餐厅里安静得很，只有刀叉偶尔碰在瓷盘上的声音，只有汤水吸进嘴里时的"咻咻咻"。餐厅的时钟"嘀嘀嗒嗒"地走了三大格。她比他先吃完，收拾起自己的盘子起身。他喝完最后一口汤，放下汤碗的时候说了句，你其实完全可以离婚。

离婚？为什么要离婚？！她一边收拾他的盘子和碗一边笑。她的牙齿很白。白舒笙起码提过几十次，之前婆婆对我那样，我都没想过，何况现在？我可不想回到乡下去。

为什么一定要回乡下？为什么只有乡下？他的脸干着。

真离了婚，除了乡下娘家，我还能去哪儿？她捏起桌上的残渣放进垃圾桶。

就在县城，就在这里，甚至到大城市里，哪里不可以去？！离开他你依然可以过得很好，你的生存能力那么强，你怕什么？哪儿都去不了的是他！他离开你肯定活不下去。你们这样的婚姻没有一点感情基础，完全只是物质上的依附，你怎么就不觉得累呢？好的婚姻让你幸福加倍，反之减半。他把手上的纸巾冲着垃圾桶丢了过去，说。甚至归零！

婚姻不都这样吗？她"扑哧"一声又笑了。连宋丹丹都说了，大凡十几二十年以上的婚姻里，至少都会有两百次想离婚的念头，五十次想掐了对方的想法，可日子不还得过下去？

为什么活得这么没尊严？！你太爱尊严，太在乎尊严，却又不知道如何维护尊严。这么多年，你就一直在仰视人，你把脖子都仰酸了，人家还在乎你吗？只有俯视，愈发轻蔑的俯视。几十年都换不来一次平视，生活还有什么意义？

他不抽烟、不嫖也不赌，也不买股票，也不是很经常喝醉酒，这年头，好像也没有什么可以嫌弃的。他一个诗人，能跟我这没读书的一起生活，我还要嫌弃什么？再说了，我又赚不了大钱，又没文化，长得又不好看，还有什么尊严可言？谁会在乎我？她停住了手上的活，嘴角残存的一点笑已经完全合拢。没人会在乎我！

你自己都不在乎自己，谁还会在乎你？他脱口而出。你知道地底下的煤吗？他问。

你这是在羞辱我，你明明知道我难看，明明知道我胖得变了形，绕了一大圈不就是要说我黑得像煤吗？她显然生气了。

不，不，你误会了。他急急走到她的那一侧，你只看过煤球，最多就看过碎煤块。我以前在煤矿里待过，我是看过整片的煤矿。你知道那是什么感觉？那是黑金啊！黑色的金子啊！黑得发亮，黑得闪光……

她避开他的手，继续拿纸擦桌上的油渍。他无趣地坐回刚才的位置，点了烟。只是那么一两分钟的停顿，他又找到了新的话题。你是桃口村的？用的是闽南语。她一脸惊讶，是。他又问，你小时候有没有救过一个被绑在房梁上的十二三岁的男孩？还是闽南语。她摇头，进了厨房。他有些失望，但眼里依然是希望，又说，你再想想。她还是摇头。也是，四五岁的孩子能记得什么？他连着点了几下头，像是在安慰她，又像是在自我安慰。这以后，他们又说了很多话，用的都是口音相近的闽南语。有好几次，他真的感觉自己有了姐妹。他交代她下次买些释迦果来，这个季节释迦果应该上市了。她说她没卖过这种水果，问他怎么挑。他说，不要挑那种硬的，还没熟不能吃。也不要挑那种很软的，买回来一两天就会烂掉。她就笑着说，等盛世华庭的房子装修了，我干脆把城里安置的房子租给你，附近有一个超级大商场，什么水果都卖，你想吃了就去买一个熟得刚刚好的吃，保证绝对新鲜……

盛世华庭？他猛地僵住了。你买了盛世华庭的房子？

是啊！怎么啦？她拿着抹布从厨房走出来。

开发商？听说……他吞吞吐吐。

王爷抓去，全世界的人都知道开发商跑路了。但是，没事，我们业主正在联合起诉开发商呢。这个没良心的，听说逃到国外去了，一定要把他抓进去判刑，判得重重的。她手上的抹布在桌上用着力，仿佛抹布就可以给人判刑。我七十八万在那儿呢，都是辛辛苦苦的血汗钱。

七十八万？他把还没抽完的烟往烟灰缸里捻，一捻再捻。为什么有的人一直犯错别人都会选择原谅，而有的人哪怕有一点点过失也会被人死死揪住？

谁让他开发商是强者啊，强者就不可原谅！她直起身来，依然一脸的笑。

他不说话了。久久坐着，像是被太阳晒蔫被风吹瘪的一条老瓜。再开口说话，已经转换了话题。再帮我办一张卡吧，建行的吧。

9

那天以后，他再没给她打电话。送卡去的时候，他不在。第二天再去，放在桌上的卡不见了，人还是不在。她打他电话，没接。她不知道问题出在哪里，他又变回陌生。她回想最近这两次跟他的接触，她不知道自己说错了什么，又或者做错了什么。已经是第四天，他还是没有回她的电话，连短信都没有。

心里装着事，她都不记得多久没跟白舒笙说话了。好像也习惯了。那天，母女俩在街上走了一个多小时，东西也买了，烧烤也吃了，脚也走酸了，再不知往哪里去，又不想回家。

去有痣青年家吧？女儿先提议的。

有志青年？她没反应过来。

哎呀，就是你那个1001的小黑子啦！

那是——那是你表舅！她的脸热了一下，幸好夜色够深。那次送银行卡回来，女儿就给他取了个外号"小黑子"。她问，为什么不是"小黑"，也不是"大黑子"，而是"小黑子"？女儿笑答，你不觉得他很亲切吗？是啊，多么"亲切"啊！还有什么好犹豫的？！女儿说，我们坐滴滴？她说，还是走走吧，缓缓地走，把脚下的路走长走宽走明。

妈，你谈恋爱了吗？女儿拉住她的手问。你会不会跟表舅结婚？

你瞎说什么？！她瞪了女儿一眼。

你瞒不过我的，妈。你眼里有亮光，我看得出来。女儿一脸骄傲的神情。以前没有。

我说了，他是你表舅，是我表哥。她的语气变得特别坚定。

门铃响了几次，没人来开门。她只能用了钥匙，两人蹑着手脚进了屋。屋内的每个门都关着。拖鞋收在鞋柜里，餐桌上空空如也，桌罩闲挂在墙上。她昨天买来的两个释迦果还在原来的位置，茶杯一个个老老实实地待在消毒壶里，时钟嘀嘀嗒嗒地走着。一切都静止了。

怎么像没人？女儿推开了客卧。她正想阻止女儿，主卧的门轻易就被推开了。他不在。真的不在。她的心突然就慌了。衣柜空了。行李箱不在。一切都再明白不过。他真的走了。

妈——她听到女儿的呼喊。女儿跑了过来，手上举着一张写着字的纸和那张建行卡。

不要再联系我，也不求谁的原谅。你们的问题钱可以解决，我的问题是钱解决不了的。卡里有七十八万。纸上只有几行字。

妈，我们发财了吗？女儿晃着手上的建行卡，一脸惊喜。他给我们七十八万？这么多？

她意识到了什么。七十八万？他为什么给我七十八万？为什么刚好是七十八万？

妈，晚上我们住在这儿吧？女儿在屋子里转起圈来。这房子可真好，像酒店！

王爷抓去，王爷抓去死！她对着空气中的他骂着，好久才说了一句。住，住，就住这儿，住这儿，这儿像家……

后记：多年以后，我的企业终于成功上市了。十年前，因为诸多原因，企业在上市的冲刺阶段轰然倒下。资金链断裂引发的多米诺骨牌效应把我逼上逃亡生涯，一个个最亲最近的人离我而去。没有人猜到我会躲回我陌生的故乡。隐居县城的那几个月，我遇到了一个女人。我坚信她是小时候救过我一命的那个女孩，虽然她一再否认。那个女人把最稀缺的信任给了我，而我却伤了她。我的过往不可饶恕，但我还有将来。

逗　阵

凌晨三点，防空警报声刺耳地响起。

密集的"轰隆"声由远及近，先是远远地飘来一阵轻轻的"轰轰"声，接着是重重的"隆隆"声在城内炸开，炸出一片转瞬即逝的天光。

目光代替了王章焰的手，缓缓移向屋内的每个物件，犹如在倾心抚摩。他的手是粗糙的、干硬的，结着厚厚的老茧。每个茧里都藏着一泡好茶，甚至可以渗出茶香。他的目光却是细腻柔和的，聚敛着商人的精明和热情，一寸寸地溢出离情别意。

王章焰与妻子郑雪怡的目光撞在了一起。曾经，她就像茶树上最顶尖的那片新芽，细嫩中带着青涩，翠绿中带着鹅黄，蓬勃中带着娇羞。而今，那初始的新叶早已成熟，一天天下降自己在茶树上的位置，于是，又有了那第二片，第三片，第四片新芽，连着他这枝最早的老茎，构成王家这棵经风历雨的老茶树。三叶连着一心，本是铁观音茶叶从树上采摘下来的样式，可从去年开始它们却一片一片四分五裂地被剥离。老大被赶出家门，老二老三都到外地求学。而现在，与自己结合得最紧密的这一片叶子也要离去。他的心再次被绞出了苦涩的汁液。

"我留在茶行里。"王章焰搂过郑雪怡的肩膀，往自己的身体靠，"兵荒马乱的，孩子们万一回来，也好有个照应！等战争停息了，你们再回来……上凤凰岛后直接去找刘会长，我给他打过招呼了，他会关照你们……"

郑雪怡的眼眶已经红了。二十三年了，她知道但凡他决定的大事情都是对的，也是不可辩驳的。但她还想劝说："逗阵走吧……要不，让司机跟着你留下？……"她的闽南口音轻轻的，柔柔的，正像四月里茶叶尖上的露珠，带着风的味道，带着阳光的味道，细腻温润，婉转含情。

"不用！我一个人更容易对付，你们上岛拖家带口，需要有个人在身边照应！"王章焰淡淡地说。

"想办法把邀青找回来……"郑雪怡带着无限的爱怜，"你说茶要多摇几遍青才会香，孩子要多摔几个跟头才会长大，可摇青不也要把握个度？发酵过头，茶就酸了。酸，就变质了……"

王章焰咀嚼着自己曾经说过的话。

炮声更紧了，也更近了。把几个人送上船回来，从凤凰路到嘉元路再到观音路，炮弹似乎追着汽车行驶的路线，总在车后不远处落下炸开。观音路上整齐划一的骑楼在一次次的轰炸声中振荡，摇晃。

王章焰备下几天的食物和水，抓了个茶壶，独自躲进地下室。

地下室置于一楼茶行的正下方，四周摆放十几口大陶缸，陶缸里有历年精选的上等铁观音，还有今春刚刚收购还来不及销售出去的一小部分茶。当初在置下观音路上大量商铺的时候，王章焰预见到了今日茶叶的销量。早年挖这样一个用于存储茶叶的地下室，他绝想不到，若干年后，这里居然成为自己的栖身之所。

王章焰从缸里捏出一小撮茶叶，丢进茶壶里，瓷质的壶里发出清脆的声音。密闭的空间无形中放大了这种声响。他微微一笑："这是好茶该有的声音。"第二遍茶水刚倒进杯里，一股淡雅的香气便迅速四处乱窜，整个房间里暗香涌动。王章焰深吸一口茶，杯中的茶水急急顺着舌面直接冲向舌根，发出一长串不间断的"咻咻"之声。茶水刚冲到舌根，他就缓缓收住气息，让茶水停留下来，不被吞下。茶水浸润着整个舌面，王章焰很陶醉地感受茶水的安抚。而后，他轻合嘴巴，上下牙齿相互紧扣，往内轻吸几口气，让原本留驻在舌面上的茶水迅速被挤向口腔两边、齿缝之间。这时，便有"呲呲"之声撞击着口腔，也撞击着密不透风的墙。

王章焰平时的生活，总是如此这般在茶中度过。早起空腹一泡春茶，下午饭后一泡秋茶，晚上睡前一泡陈茶。妻子不止一次地笑他，他连呼吸都带着茶香。一泡茶的时间，无非是一转眼的工夫。怎想到，一个人在焦虑中冲沏的一泡茶，却是如此缓慢悠长。他用茶水一遍又一遍地冲淡孤独与忧愁，冲淡担忧和恐惧，却也冲出了一层层悔意。他一直以为自己是最好的制茶师，他也一直以为调教孩子与制茶并无差异。孩子们不听话了或者哪里做得不好了，丢到生活的摇青筛里摇几回，凉几下，再扔进社会的炒鼎里翻几个身，慢慢就好了。去年，因为店里生意失误，王章焰怒责长子王邈青。借酒浇愁的王邈青被人拉进了烟馆、妓院，欠下了一屁股债。王章焰一气之下将其扫地出门。他决意像摇青过后的凉青一样冷却儿子暂时的狂热。不想，熬不住凉青寂寞的王邈青纵身一跃，提前跳进炒青的鼎里。他从雪怡处骗得商铺的地契进入赌场，结果血本无归。他斩断小指发誓洗心革面，但心灰意懒的王章焰交代所有茶铺都不要收留他。从此，他消失在他们的视线中。将近一年了，他没有任何音信。他能在哪里？或许，雪怡说得对，我虽然是一个好茶师，早年也有炒青过火的时候，也有摇青过度的时候。每个人都需要在文火中慢慢烘焙，才有成为一泡好茶的可能，而我对儿子，是不是操之过急了？

有一阵子，炮声稀疏了。甚至，停住了。王章焰走出地下室，开一缝店门。几乎就在同时，一阵飞机的轰鸣声在城市上空诡异地响起。"呜——呜——呜"声音越来越稠，越来越大，透着越来越可怖的压抑，随后炸弹已经炸开。王章焰迅速合上刚刚开启的店门，重新钻进地下室。他果断地割断原本拉到地下室的电线，点起煤油灯。微弱的煤油灯光在一大片的漆黑里扑闪扑闪，犹如他此时的心跳。上了岛的雪怡他们应该已经安顿下来了，岛上是租界……煤油的气味逐渐覆盖了茶香，恐惧也随即覆盖过来。

轰炸声终于长久地停止了。取而代之的是隐约的枪声和此起彼伏的哭泣声。情形越变越差，日本人真的要来了！

对于日本人，王章焰是熟悉的。

做茶叶出口生意二十多年，他认识了山本、松井等七八个日本茶商茶人，与他们结下了深厚的情谊。他们长得跟中国人没什么两样，也是黑头发黑眼睛，也是黄皮肤扁平脸，他们爱茶也爱盛产茶叶的中国，也有着像茶一样的善良、温情与美好性格，甚至，他们学会了说闽南语。可是，据说，日本军最先攻陷的虎歧村那边，他们对待中国男人就像掐茶树叶，男人的头纷纷被摘掉，女人一个个被先奸后杀，小孩直接被活埋，海滩那边已经是横尸遍野。他想，那作孽的肯定不是他所熟悉的日本人。

莫名的巨大声响爆开的时候，王章焰抱着棉被僵直坐起身子。他习惯性抬起手臂，才发现山本送的那块日本手表居然没在手腕上。他摸着空空的手腕，怅然若失。残酷的战争里还有人与人的交情吗？他突然想到了虎歧村的汉奸，传说那汉奸一家六口，夜晚被锄奸队的人用绳子勒死在家。他睁大眼睛，惶恐地四望。地下室内依旧是墨一般的漆黑。他不敢点煤油灯。他屏住自己的呼吸。他无从判断时间。无从判断缘由。他竖起耳朵倾听。

声响来自头顶的水泥地板。有人进了茶行！很多人！应该是坚硬的皮靴踩在水泥地上，"嘭、嘭、嘭"急速、杂乱地撞击着地板，一个，两个，……七个，八个，……该有十几个。有三四双皮靴往柜台的方向去，有四五双皮靴往茶几的方向去，有五六双皮靴往后门的方向走，没了动静，该是直接上了二楼。桌子被拖动，椅子被砸，陶罐、瓷罐、瓷杯被摔碎，木制的茶桶滚动……有几双皮靴，已经逼近地下室的入口处。他们会掀起那块红木茶桌吗？王章焰浑身冒着冷汗。一股冷气在后脑勺上发出飕飕声，每根汗毛都立了起来。茶盘，茶瓯，茶杯，先后在地上发出刺耳的声响。还好，那几双皮靴又折了回去。王章焰忽然注意到，无论四周的皮靴如何扑腾，有一双皮靴始终单独在茶行的中间区域徘徊，独自发出沉闷的声响。"嘭、嘭、嘭"，缓缓地向东，"嘭、嘭、嘭"，又缓缓地向西，"嘭、嘭、嘭"地朝南，"嘭、嘭、嘭"地朝北。所有的靴子都向着这双靴子靠拢，而后，散开，朝着四面八方。开始有扫把扫过地面的"哗哗"声，破裂的瓷器陶器刮过地面的"嚓嚓"声，桌椅拖过地面的"嗡嗡"声。而后，所有的声响一齐走出屋外。

尽管声音已经走远，尽管头顶已经没有声音，但王章焰不敢贸然行动。好不容易憋到晚上七八点，估计天已黑透，他喝下最后一口茶水，推开红木茶桌，摸出了地下室。左右察看一番，确认周边没人，他点亮了微弱的煤油灯。昏黄的煤油灯光下，房间内一切出奇的工整，出奇的完好。有一瞬间，他怀疑自己在地下室的时候耳朵出了故障。眼前，桌柜、椅子、凳子全都待在它们原有的位置上，无论朝向还是相互间的距离，都与先前无异，抽屉也是严丝合缝地箴言闭嘴。唯有一旁的畚斗里装着的陶瓷碎片，泄露着这里曾有过的风声……试茶桌上的一个大锡罐被拧开了罐盖，此时豁着嘴张着。锡罐旁边，是一块日本手表。王章焰本能地戴上手表，四下里又找了找，终于在柜子下方找到了罐盖。他拧紧盖子，又扶正了绕墙而立的一排茶柜上几个铁罐。二楼三楼也基本保持着原貌。这样的工整与完好让王章焰平添了几分担忧。他有种预感，他们还会来。他们似乎是在寻找什么。但他们还没找到。

屋外，黑暗与寒冷笼罩在沦陷后的阴森里，看不到丝毫带人情味的景象。不远处，时不时传来军车、军用摩托呼啸而过的声音。王章焰不敢久留于地面。他拿了些食物和水，迅速钻入地下室。果不其然，第二天，又有皮靴进入茶行。这回，皮靴来得比较少，声音相对稀疏。皮靴待的时间也比较短，仿佛例行公事的检验。令王章焰疑虑的是，那双单独的靴子依然踯躅在茶行中央，应该是在试茶桌前有了较长时间的停留。那双皮靴似乎是顺着一整排茶柜的轨迹走，缓缓地，有节奏地，"嘭、嘭、嘭"，画出一个漂亮的90度角。所有的靴子都向着这双靴子靠拢，而后，散开。

连续几天都是如此。一个人在地下的时光被无限拉长，就像那扯不断的麦芽糖拉着长长的丝，黏黏的。王章焰的理性终究扛不过心中的好奇，夜里十点，他再次摸出地下室。他擦着火柴正要点煤油灯，一束耀眼的强光骤然齐刷刷地射向自己。他下意识地丢掉火柴，抬手挡住光芒。门被踢开了。一伙人硬邦邦地挺进屋内，填满了屋子。强光被收起。取而代之的是室内暗弱的灯光。

日本人！王章焰一阵眩晕，提在手上的煤油灯滑落地上。有几分钟，他的耳朵里听不到任何声响。整个屋子里只有两种颜色。上半部的茶绿色和下半部的黑色。它们端着枪，尖尖的刺刀在眼前晃来晃去，将自己团团包围。

有一团茶绿色和黑色从这圈色彩中分离，"咚、咚、咚"节奏分明地走过来。那团茶绿色朝着包围圈挥了下手，一把把刺刀收了起来。王章焰逐渐回过神来。他看到，那人穿着同样的茶绿色军装和黑色皮靴，胸口的口袋上方同样绣着红色倒山字形胸章。不同的是，他的腰间佩挂着一把大军刀，他的红底衣领上绣着两条金线金边别着一颗金属五角星。金属五角星戴着一副窄窄的的金边眼镜，眼镜后的大眼睛爬满得意的笑。这笑，带着似曾相识的味道。

"果真就在这屋内！"金属五角星开口说的是中文，微微带着闽南口音的蹩脚的中文。他走到试茶桌前，摸着桌上的大锡罐，说："我等候多日了！"

王章焰知道了，因为自己顺手的一个细节透露了自己的行踪。事到如今，他已没有退路。他捡起煤油灯，就近在试茶桌旁安稳地坐下。

　　"我知道，"金属五角星不急不慢地说，"你是茶商，我还知道你，人称'茶王'。"

　　嘉元戏院已经挂上"共荣会"的牌子。王章焰被带进戏院二楼廊道尽头小舞厅旁的一个房间。

　　此时，房间里只剩下两个人。

　　金属五角星若无其事地泡起了茶。茶具用的是素净的白瓷杯，茶叶一看就是铁观音。气氛陡然在茶香袅袅中峰回路转。他提起水壶从高处俯冲，又迅速回落，因为没有章法，茶叶在杯中左右乱撞。他调整了几次瓯盖，让它与瓯杯间留出足够的缝隙，而后用食指扣在瓯盖上，拇指与中指搭着瓯盖的边缘，轻轻一提，一回落，一大股的茶水猛冲出来，冲出了茶杯。他重新调整瓯盖，再轻轻一提，这回茶水如涓涓细流般落入茶杯。王章焰看得很不自在，似有自家孩子被抱入狼窝一般的感觉。自己泡茶惯用的手势，缘何如此走了样变了调地嫁接在日本人的手里？他应该是知道音高位置的，但他挨不上调。这样的茶，泡出的不是茶水，唯独剩下让人琢磨不透的心机。

　　"你们中国人真厉害，可以制出这么美的茶……"金属五角星斟出茶水，举起茶杯，面带笑意地冲着王章焰做了个请的动作说："来，逗阵喝，好朋友！"

王章焰的心猛地震了一下。地道的闽南语！而且还说得那么自然，那么亲切，俨然是一种习惯。那语气？仿佛听谁说过？他盯着对方，试图找出答案。

"茶王，这可是你们家的茶王……"金属五角星喝了一口茶，轻轻一亮杯底笑着示意。

"并不是所有的人都可以泡出茶王的味道！"王章焰面无表情地端起茶杯。

"怎么？我泡茶的方法不对？"金属五角星盯着王章焰诚恳地问。

"泡茶讲究的不是技术，而是一份对茶的敬畏之心……"王章焰避开金属五角星的目光，啜进一小口茶水，口腔里先是"咻咻"声，而后是"呲呲"声。茶水入喉，他"吧嗒"了两下嘴，皱了下眉头，说："这不是我们家的茶……"

金属五角星出了神地听着，看着。他微笑着说："王叔叔，这确实不是你们家的茶。哦，忘了自我介绍……"金属五角星收起双手支在大腿上，身体往前倾，目光里流淌着友善与温馨，"有个日本商人山本太郎……他是我父亲……"

像炒青时手背不小心触碰到被柴火烧得滚烫的鼎，王章焰被烫了一下。大眼睛，往上挑的眉脚，特别是那浅浅酒窝里盛着的笑，都是一个模子里出来的版本。"难怪第一眼看见你，我就觉着有点眼熟。难怪你会说闽南语……你父亲现在可好？"

"他……"小山本低下头，喉结处接连往下蠕动。"就在我来中国前两天，他去世了……"

王章焰下意识地摸了一下手腕上的手表。十八年的手表，二十年的交情，二十三年的生意……从此，就都断了吗？许久，他才问："得的是什么病？"

"母亲说他得的应该是茶思病。父亲最喜欢王叔叔每年送的茶王。他临终时还说，你到中国帮助中国人，记得要去拜望王叔叔，记得要带王叔叔的茶王回日本祭奠他。"小山本托起眼镜，擦了擦眼睛，指了指茶杯问："对了，您怎么喝得出来这不是你们家的茶？这也是非常好的茶呀！"

"这确实是非常好的茶。"王章焰又啜了一口茶水，"这茶凉青的时候开着窗，风很大。啧啧，可惜了！就因为风大，水走得太快，没能锁住茶的醇厚。就像跑长跑，前面跑得太急，后面就没力了。如果自然凉青，这汤水会更饱满！"

小山本似懂非懂地听着，连连点头道："怪不得父亲会那么喜欢您的茶王。"他从口袋里掏出一张纸，在茶几上展开，推送到王章焰的面前。"这几年，父亲一直在研究这一串数字。我们知道这肯定跟茶跟铁观音有关，但不知道具体如何关联。父亲对这些数字的痴迷简直到了走火入魔的地步。一天晚上，他一边做茶一边研究这些数字，当第二遍摇青后的茶叶端到他面前，他又是摇头又是叹气，直喊胸口疼，第二天就病倒了。因为这些数字，他成日里郁郁寡欢……王叔叔，您能不能告诉我，这是不是茶王的密码？到底有什么蹊跷？"

王章焰看到纸上密密麻麻地写着几串数字：

1812-65-1901-101-2237-68-0415-75

1755-58-1857-95-2203-64-0359-69

1825-67-1908-98-2229-72-0423-72

······

王章焰端起茶杯。摇头。沉思。不语。

"父亲知道制茶的技艺是不能随便外传的，所以他一直不敢求教于您……"小山本面露窘意，收起纸条说，"父亲常说，您和他是好逗阵，逗阵喝茶，逗阵讲古……说实话，我带着美好的愿望来中国，很快，我就后悔了。但为了我的国家，我又只能卷入这场战争……不过，请您放心，我一定想办法保证您的安全！"

"可实际上，我和我的国家并不希望这种需要保护的日子到来……"王章焰缓缓起身，说，"你，还是让我自己走吧。这样，也省得给你造成不必要的麻烦！"

小山本跟着起身，抓住王章焰的手，说："王叔叔，现在兵荒马乱，到处都不安全，好不容易在中国的人海中找到您，我不会让您走的。"

王章焰不愿再说话。

那一刻，他再次想到了汉奸的下场。

小舞厅旁的这个房间表面上只是普通房间，实际上暗藏玄机。打开衣柜门，掀起天花板上的隔板，可以进入一条狭长的只容一个人通过的通道。通道贴着墙体走，直通戏院一楼的舞台，据说是专为魔术表演而设。王章焰白天就蛰伏在通道里，晚上才进到房间，房间和通道外有荷枪而立的日本兵，他逃不出去，他被保护着。小山本做了充分准备，房间里有足够的食物和水，还有供休息的床。

小山本偶尔也会来。天黑了才来。除了带来一些衣物，常常是一壶茶两个人静静地喝上一会儿，但沉默填满相见的每一分钟。王章焰觉得，随着时间的流逝，他正在成为观音路的"汉奸"，而保护他的小山本，正在徇私枉法。这里相当于小山本个人工作之余的休闲室，有时，小山本就只是一个人看一个晚上的书。没有谁会来骚扰他，自然也没有谁会来骚扰他安顿下的王章焰。

有天夜里，辗转难眠的王章焰先是听到廊道上有人开窗户的声音，夹杂着一句被捂住嘴没发完整的"啊"声。闷闷的一声枪响，王章焰一骨碌翻下床，迅速钻进天花板上的通道。一片宁静。只有"咚、咚、咚"的心跳声和"嘀嗒"的钟表声。已经是凌晨两点多。贴着天花板的耳朵清晰地听到，廊道窗台上"扑通""扑通"地接连跳进几个人，走廊上响起或远或近或轻或重杂乱的脚步声，都敛着力气。脚步声汇聚到了门口。门被撬了开。一群人进了门。差不多有五六个。他们压低了声音在说话。一个问："你确定是这个房间吗？"另一个回答："肯定是这里。那个少佐把他带进来，就没看见他再出去过！"一个又问："可是，人呢？会不会被日本人转移了？"另一个又说："要转移就一定要走出这个房间，没看见啊！"

尽管声音都压得低沉，王章焰还是听出了几分耳熟。他的手心热出了汗。他们是来锄奸的吗？会是他吗？会是他吗？怎么可能是他？他怎么知道我在这里？跟他来的都是些什么人？

"他已经被杀了？"一个人的声音在发紧，颤抖。而后，伴随茶杯被摔在地上的声音，另一个人咬牙切齿的吼叫喷薄而出："可恶的日本鬼子，我跟你们没完！"

突然，一句久违了的呼唤从寂静的坝内猛烈地冲了出来。"爸！"那呼唤深厚有力，一声接着一声，直往通道上冲撞："爸！爸！爸！"

一个声音说："王队长，您父亲果然不是汉奸！"

真的是他！真的是他！王章焰全身颤抖起来，他在心里大声喊："邀青——我的儿！"他多想冲出去拥抱他，像往常一样拍打他的臂膀，像往常一样跟他搭手逗阵摇青……可是，不行！一直以为自己早晚可以离开这里，但此刻，他清醒地意识到，自己其实哪儿也去不了了，他不能活着从狭窄的魔术通道里面爬出去了。

出口近在咫尺。但相见的路却是那么漫长。

戏院内响起刺耳的警报声，可能已经亮起了灯，大皮靴的声音紧随着响起来，"嘭、嘭、嘭""嘭、嘭、嘭"，不仅极有节奏，还强有力。整个戏院在警报声与皮靴声的叠加中震动着，震动着。儿子到来的温馨瞬间，被这台无形的机器破碎成沾着黑暗的恐惧与紧张。有个中年人的声音大喊："鬼子来了！鬼子来了！"屋内的几个人纷纷端起枪，"咔、咔、咔"地上镗。

"你们赶快走，你们赶快走！"王章焰心里叫喊着。

"情况紧急，大家准备撤退！"王邀青在外面喊。

"走！走！走！赶快走！日本兵已经到门口了！"另一个声音喊，"赶快从窗户跳下去！"

"爸——儿子走了！保佑我，杀汉奸、打鬼子！"王邀青对着空荡荡的屋子喃喃自语。

王章焰从通道中爬出来，看见一个壮实的背影消失在黑乎乎的窗口——那是邀青。

室内室外已经一团黑，楼下枪声乱作，接着，枪声进了戏院，顺着楼梯往上爬。王章焰把脑袋伸出窗口，只想看上一眼，楼梯口隐约躺着一具尸体。个头不是邀青的。王章焰缩回脑袋，儿子还活着！他双手捂着胸口，舒了一口气。

楼梯口密集的枪声渐渐地稀疏了。

一种令人无法安心的宁静不小心从稀疏间漏出。

这只是一瞬间。之后，密密麻麻的脚步声浪潮一样地涌了过来。房门被野蛮地撞开了。鬼子们端着枪在门口的两边站开。

一个留有八字须的矮胖军官迈着八字步晃荡着身子走了进来。小山本诚惶诚恐地紧跟。王章焰走到茶桌旁，像迎接等候已久的暴雨来袭，表情冷峻。他轻拂两下真丝马褂的袖子，手搭在茶桌上。那人的红底衣领上绣着两条金线金边，别着三颗金星。三颗星双腿开叉，挂着手中的军刀，带着极度愤怒的目光直逼王章焰。他问身后的小山本："你怎么解释？"

小山本"嚯"地立定，他指着王章焰说："这是茶王王先生。我让他研究一个茶王密码，将来可以为我们大东亚共荣圈服务。之前一直没有跟大佐报告，是因为他还没研究出来！我本想……"

"茶王密码？为大东亚共荣圈服务？"三颗星抬了下手拦住小山本的话，他的话中满是狐疑，"果真如此？"他绕着王章焰转了半圈，一脸的坏笑，"你真的愿意为大东亚共荣效力？你真的愿意把茶王的密码献给皇军？"

"我不知道什么茶王密码！"王章焰凤眼一挑，王家男子标志性的五官此时在他脸上放大着特征。剑一般的浓眉，高高的眉骨，深陷的眼窝，长长的凤眼，狮子大鼻，宽阔的腮帮，薄薄的嘴唇。

"这就是你的解释？"三颗星冷问小山本。小山本躬下身子，肩膀内缩，唯唯诺诺地说："我会再做工作！"

三颗星在房间里踱起步来，敲敲墙壁，打开柜门，上下左右看了个遍，又问："不是说有六个人吗？怎么少了一个？"

王章焰惶恐地盯着三颗星，搭在桌上的手指下意识地用着力。他往上提着气，生怕呼吸会泄露天机。小山本的目光从他脸上轻轻滑过，指着廊道说："可能从那边窗户逃跑了！"

三颗星转向王章焰："他们都是谁？是什么人？"

"我不知道。我不认识他们！"王章焰平静地回答。

"不认识？"三颗星被激怒了。他冲着小山本咆哮起来，一句接着一句，王章焰有限的日语听力跟不上。小山本左一声"嘿"，右一声"嘿"，频频点头，频频哈腰，就像绕着支点不停捣米的碓杵，一上一下，一下一上。

三颗星朝门外招了下手："把这个人带回去！"两个荷枪实弹的日本兵迅速冲进来，架住王章焰往外拉。小山本挡在日本兵的行进路上，对三颗星说："请大佐再给我两天时间……"边说边把目光望向王章焰。见王章焰用劲地摇着头，小山本刹住话语。

三颗星回头看一眼小山本。小山本立定，伴着一声有气无力的"嘿！"

浓郁的血腥味从楼梯口游游荡荡过来，带着地狱的阴冷和霉腐。血，火一样的血在燃烧。人，血一样的人横七竖八地躺着。惨烈的厮杀定格在最后的肢体上。一个高个小伙的脑袋被打爆了，白白的脑浆混着一地的鲜血。一把大刺刀插进中年人的身体，肠子被拖出了体外。一个瘦子直挺挺地躺在地上，瞪着大眼睛，却永远说不出话来……如果不用穿着来区别，王章焰根本分不清躺在地上的，谁是中国人谁是日本人。

大佐已经下了最后指示：摆在王章焰面前的只有两条路，除非他效力皇军，否则只有死路一条。效力的最好方式，是解密茶王。他没想到小山本情急之下脱口而出的说辞，居然成了捏在大佐手里的一个把柄。他暗自冷笑，没有发出笑声。

该来的终究要来。第二天，他想，死在这里其实也挺好。这样想着，一切就如冬天过后的春水，坦然地化了。

王章焰环视着曾经熟悉的嘉元戏院二楼的小房间，心如文火中烘焙的老茶，温暖，宁静，散发着岁月的暗香。原位摆放的床、柜和依然素净的茶几，茶几上如故摆着茶罐，茶盘，茶壶，盖瓯，茶杯，还多了一壶日本的清酒和两个酒杯。任何一个物件都罩上了一层久违的亲切。

此刻，听不到手表齿轮咬合发出的嘀嗒嘀嗒声，隔壁小舞厅的留声机里正在播放《四季歌》。甜丝丝、清爽爽、软绵绵地传来歌声："春季到来绿满窗，大姑娘窗下绣鸳鸯。忽然一阵无情棒，打得鸳鸯各一方……"

小山本端端正正地坐在面前。他先为王章焰倒上一杯清酒。杯子是带点绿色的瓷杯，淡黄透明的酒水在杯里微微漾着清亮。

小山本端起酒杯，喉头有几分哽咽地说："作为山本的儿子，我实在愧对王叔叔，也愧对我父亲的亡灵。我敬您！"说完一仰脖，杯子见了底。

王章焰轻轻抿了一小口，轻松地砸吧着嘴说："这酒再不是当年你父亲拿到我们家喝的那个味了！"

小山本连喝了三杯，也为王章焰续了三次酒。眼看小山本又拿起酒瓶，王章焰说："还是喝茶吧！喝茶好！酒，容易让人迷醉，脑子犯浑。而茶，总是唤起人的清醒……"

小山本拿过盖瓯，王章焰说："我来吧！"他走到衣柜边，从角落里掏出一小包茶叶。这是他住在这里时特意让小山本从家里带来的。他往盖瓯里丢进一小撮茶，紧结的茶颗粒发出极其清脆的"吭"声。他缓缓地说："每泡茶，总有它的良心所在。它应该是纯粹、纯洁、纯正、光明的，就像人。"他提起水壶一冲，一回落，茶叶在杯中顺时针方向旋转。他利索地盖住瓯盖，食指、拇指、中指各就各位，轻轻一提，一回落，汩汩而出的茶水均匀安稳地入了茶杯。"今春的茶王……好茶，好水，好人，一定可以泡出好喝的茶！"

小山本深深嗅着茶香，一口就是一杯："还是茶好！"

王章焰深吸一口茶，发出一长串不间断的"咻咻"之声。茶水刚冲到舌根，他就缓缓收住气息，让茶水浸润着整个舌面。而后，他轻合嘴巴，上下牙齿相互紧扣，往内轻吸几口气，这时，便有"呲呲"之声撞击着口腔。如此反复。他闭上双眼，享受茶水的抚摩。

有很长一段时间，两人都不说话。在飘满茶香的空气里，似乎说什么都是多余的。

"现在，该是告诉你密码的时候了！"王章焰放下茶杯如释重负地说。他要小山本拿出那张纸条，指着上面的数字说："其实你父亲如果早问我，根本不用搞得这么辛苦。我也是这两天才琢磨清楚，你父亲所记的数字应该是这么一回事。这第一行：1755-58-1857-95-2203-64-0359-69，应该是指 17：55 开始摇青，摇 58 下，而后摊青；18：57 摇第二遍青，摇 95 下，再摊青；22：03 摇第三遍青，摇 64 下，再摊青；到了凌晨 3：59，摇第四遍青，摇 69 下，再摊青。这第二行：1812-65-1901-101-2237-68-0415-75，是另外一批茶叶的摇青时间……"

"您居然真的肯把密码告诉我？"小山本惊呆了。回过神来，他突然极其兴奋地蹦了起来，说："我现在马上去告诉大佐，您有救了！"

"不！"王章焰断然打住小山本。"我说这些，是出于我跟你父亲的情谊。况且，密码是死的，茶是活的！单靠这些所谓的密码，也是做不出好茶来的。土壤不同，气候不同，做出来的茶肯定不同。同样是第一遍摇青，不同时间，不同茶叶，摇的次数力度都是不一样的……"

"也就是说，父亲当年看您做茶，记的这组密码并非关键？"小山本问。

不知过了多久，王章焰往面前的茶杯重新续上茶水，连啜了几口，说："其实，茶王本无密码，就像友情没有密码一样。凭的都是感觉，讲的是交情。有了不透明之处，才有了密码之说。"

王章焰放下茶杯，又举起桌上的酒杯，问："你知道，为什么中国的茶杯和日本的酒杯都是圆的？"

小山本摇头。

王章焰转动着手上的酒杯说："我相信，不管中国人还是日本人，都希望圆圆满满……"

之后，沉默像窗台上的藤蔓伸展。隔壁小舞厅的《天涯歌女》瞬间漫了上来："天涯呀海角，觅呀觅知音。小妹妹唱歌郎奏琴，郎呀咱们俩是一条心……"

王章焰早就想起来了，那一年，山本和他那个叫山口杏子的小姨子一起上了观音岩。山口杏子穿着布鞋爬了一大段山路，到了王家的那片茶王园子时，却执意换上那双漂亮的高跟鞋。雨后的红黄土壤又滑又软，山口杏子就这样穿着高跟鞋用力踩在茶园松软的黄土上，凹陷一个个又深又宽的窟窿，她的鞋跟装满了茶园的泥土，那些泥土跟着山本回了日本。

王章焰想起来了，那一年，他光着膀子，撑开两腿站成马步，两手抓牢摇青筛，往上一提，一转，一放："1，2，3……"满满的一筛晒过的茶青像被施了魔法欢快地旋转、跳动，绕着吊住摇青筛的吊绳，"唰唰唰"的声音开始极有韵律地响起，屋里也逐渐升腾弥漫起淡淡的青草香。那香是叶片与摇青筛亲密接触后被激发出来的原始叶香，带着山野的味道，青青的、生生的。四次摇青，摇到最后，那经过多次发酵的香里已经饱满得几欲裂出夏天的气息。那时，雪怡、山口杏子就在身边，邀青带着弟弟妹妹把玩着筛篱上的茶青，而山本君拿着铅笔，坐在一旁写写画画……

夜更深了一寸。黎明更近了。

王章焰取下手表，连同桌上的一小包茶叶，一起放到小山本手上。他说："别糟蹋了好茶！也别脏了你父亲送的手表！"语速沉缓，语气有力，就像每个茶季开采前，他总对长子邀青说："要好好善待我们的茶！"

"再泡一壶茶，逗阵喝，该有多好！"小山本说完，拿出一套日本军装，"王叔叔，穿上吧，我送你离开这里。"

"不，不，我不能这么做。"王章焰把衣服推回给小山本。他知道，战争正在让茶失去意义。这种气氛下，即使冲泡的是自己的茶王，也绝对泡不出一泡好茶的味道。他说："你走吧！我不会走的。我怎么可以只顾自己活命，不顾你的安危？——你的长官不会放过你的！"他拍着小山本的肩膀，像拍着自己儿子的肩膀，"我已经活了这么大岁数了，你，才刚开始。要活下去，离开前线。"许久，似乎只是不经意的，他又说："或者，逗阵走？"

"逗阵走？逗阵走？逗阵走？"小山本重复着王章焰的闽南语，一遍，又一遍。这短短的三个字悠悠地在小房间里回荡，久久，久久。突然，他摇了摇头，用闽南语问："那我日本的母亲怎么办？"

何处安生

两个人的对话是从单曲循环的一首歌开始的。

你也喜欢冯绍峰？她先开的口。

嗯？像是一颗被轻轻压到的弹簧，他微微一弹，瞥了一眼后视镜，又迅速复位。

我说你喜欢冯绍峰？她突然意识到对方性别上的差异，转而问，你喜欢赵丽颖？

哦，不，只是喜欢这首歌。他的回答简短到极致，像他短到极致的寸头，也像他身上硬邦邦的西装——她知道它价格不菲，但就是毫无道理的硬。这与他的车、车里音乐氤氲出的绵柔氛围，以及他整个人的气质都不相称。

两三个小时的路程，她特意找了这么合适的一个好球发给他，对方明明可以顺势接出一个漂亮的回球，或者拉一个长球给她，但他不。他只是伸手一挡，她便不可能再死皮赖脸地往下自慰——她不知道自己头脑里为什么会冒出这个词来。如果他开的是卡罗拉、福特等最为一般的滴滴车，她会这么想吗？她问自己。答案当然是否定的。约定的九点半，约定的五缘湾东门，来的是这么一辆崭新的迈巴赫，车牌没错，可谁会开着奔驰车出来跑滴滴？驾驶室的窗户闭得严实，她点开滴滴出行软件确认，还真是准确无误。有那么一两秒，她心头止不住窃喜的浪潮涌来。她推着行李箱走过去，后备箱便自动打开。放好东西，她习惯性地往后排走，刚碰着后排车把手，有个想法突然冒了出来——总不能真把一个开大奔的当司机吧？就那么一刹那，打开的是副驾驶室的门。刚跨进一只脚，屁股还没挨着座椅，迈巴赫说话了，你还是坐后排吧。那语气生冷，像极了那天的风，扇着人。那身板硬直地戳在座椅上，没有任何缓和的弧度。她怀疑她没能对视到的眼光也是硬的……哪里都硬得很。

她一脸生疼。低头抱着背包和几乎残掉一半的左脚，她灰溜溜地关门，灰溜溜地上车，故作镇静地看窗外。以她的容貌、身材，以她的气质，她以为她在给人面子，别人却甩了她一个大嘴巴。无非一辆豪车，他就敢对人如此无礼？要在以前，她定然给他摔回去。可是现在，不行。哪里都需要钱，什么都得省着花。兴许，是我想多了，这半路上还有他的朋友会上车？她想。可是，没有。她在心里头又狠狠补了自己一巴掌。

一路继续无语。反反复复的"知否知否"在车厢内翻滚，沉闷跟着滚成一个大雪球。窗外也看累了，她从背包里取出书来。刚翻了几页，手机就响了。是那个不让人省心的小弟。她不想接，随意按了边上的按键，任由它在边上安安静静地响了又响。在这件事情上，小弟倒是很执着，不厌其烦地一打再打。她不想打扰到别人，只能接了。说的还是钱。他滔滔不绝地埋怨，挡也挡不住。她一边听着，一边连续按了几下音量键，听筒里的声音越来越小。好了，好了，我已经在路上了，路上也生不出钱来，等到家了再说！好了，好了，别再说了！

看书的心情全被破坏了，一揽子问题被窗外的风裹着包着狂烈地砸了过来。人生真是一条暗河啊，到处是礁石，到处是险滩。好不容易读了一所"211"，好不容易大学毕业了，好不容易找着一家大型企业当了白领，以为领着不低的薪水生活就好过了。结果呢？母亲倒下了，得的还不是一般的病。那病像吸血鬼，三天两头吃着钱，而且吃的都是大钱。总是这样，她以为问题快解决了，新的问题又出来了。一天只有二十四小时，她不可能掰成那么多份，即便每分每秒都化成钱，也填不满那个大窟窿。她好想停下来喘口气。可是，现实摆在那儿，怎么停得下来？风呼呼地吹着，一头长发怎么捋都是乱的。索性就不管了，乱就让它乱吧！她无力地闭上眼，浸在那句"无余岁可偷"里，多想就这么一直睡下去。

不知过了多久，似乎轻轻"嗖——"的一声，头发静止了，风声也停歇了。一切都睡着了的样子。她睁开眼睛。以为你睡了，就把窗户关了。要开吗？他意外开了口——那更像是在对机器说话。耳朵和眼睛都还没反应过来，窗户玻璃重新被降了下来。不用不用！她慌忙按下玻璃上升键，感谢的话未及说出口就连同窗户一起被合上了。拿手捋顺头发时，她瞥到他往后视镜迅速看了一眼，那目光并非尖锐的硬，却也有着说不清的棱角。怎么啦？他问。

没什么。她借鉴了他的极简主义。嘴上漫不经心的意思，眼睛却开始不老实起来。她坐在他的右后方，这个角度可以很清楚地看到他的大半张脸。皮肤偏白偏嫩，脸偏长，下巴微翘，眼睛很大，嘴唇很薄，头发微卷发黄。他其实长得并不像他一开始说的话那么让人讨厌，甚至还有几分足以撩动她内心的气息——那线条大幅度起伏的侧面轮廓太像她喜欢的大明星胡歌了。这样想着，嘴上便多了一句，家里出了点事情。

什么事？他又往后视镜瞥了一下，见她没有马上回应，又说，这年头，钱能解决的都不算是事。

他的五官其实线条疏朗，但这种没有情感温度的话语让什么东西都紧在一起。她往他的方向向前向左挪了挪，以便更清楚地听到他说的话。你说这话的前提是有钱。可是，钱本身就是个问题。话只说了一半，后面的她一忍就打住了。那样子的一个妈，那样子的一个弟弟，那些长长的债务，谈起这些心就烦。

那倒也是。他瞥了一眼后视镜，语气明显温和了些，你是观音岩的？

是观音岩山脚下的。

哪个村的？

畲内。她换成闽南语表述。她一直觉得地地道道的闽南村落名如果用普通话说出来，会有一种不伦不类的感觉，就像穿西装打领带，再配一双解放鞋。她回问，你呢？

福阳村。他也很自然地转用闽南语，笑了——他居然笑了，还主动说出一句较长的话，你这说起普通话来让人觉得像外省的音，讲起本地话来还真是咱们观音岩的腔。

山上山下，村庄离得很近，完全一样的口音，话题跟着心理一起近了。居然读的是同一所小学，他早她五届，只是他读完初中就出来打工了，现在在广西一家工厂，一年回一趟家。而她大学毕业后在厦门建发集团办公室做文员，做了半年，最近正考虑跳槽。

很羡慕你们读大学的，有知识，有一个好的工作。

其实也没什么好羡慕的。出来工作才知道，有没有读书，读什么样的大学，跟工作并没有多大关系，有好工作的并不一定要读什么书，书读得好的并不一定有好工作。

你说的"好"跟我说的"好"好像标准不太一样？这回，他的头往后偏了更大的角度，越过后视镜看了她一眼，笑着。他的牙齿很黄，甚至带点黑。

我知道，你说的"好"是指体面，可这年头，没有钱哪来的体面？一点点饿不死的工资能有什么体面可言？要我说啊，你们这样的生活才体面，才让人羡慕啊！

我一个开滴滴的能有什么体面？他笑得很像胡歌。

如果你开滴滴养家糊口，那是算不上体面。可开着大奔玩滴滴，那玩的可是高境界了。

你们读书人说的就是不一样。他叹了一口气，可惜啊，这车不是我自己的，是我老板的。

哦，这样哦。这似乎挨近了她的判断。

听他们讲，国内滴滴顺风车挺好玩。

国内？她有点摸不着北了。

哦，我们老板经常在国外……讲到这里，突然就沉默了。他低头看了一下吸挂在仪表盘右侧的手机，伸手点了几下。她以为他要打电话或者微信，可是都没有。就像是掉了链子的自行车，对话一时半会儿也接不上。她继续看窗外，咦，你没走高速？

是啊。他答得如此平静，像挡风玻璃前那只小白兔，幅度微小地摇着头晃着脑，这省道也很好走啊，又不用担心堵车。她想想也有道理，明天就是除夕了，多少人赶在回家的路上啊。

迈巴赫突然踩了刹车，她整个人几乎冲了出去。抓住驾驶位座椅站稳的那一刻，小腹上紧紧地抽了一下。她下意识地一摸，猛然想起了什么，便迅速放开双手，坐回位置上。她几次调整坐姿才坐正了身子，把大衣往中间拢了一下，这才问，怎么啦？他没说话，甚至连偏一下头都没有，只是死死踩住刹车，一动不动。有什么东西绷住了他的脸，腮帮子鼓出了疙瘩来。她往前探了一下身子，释然道，肯定是查酒驾，最近全省集中行动。你又没喝酒，你怕什么？开过去啊！

　　他这才反应过来，车子徐徐向前，窗户玻璃也缓缓降了下来。不远处，交警不停放行，接连几辆车都过去了。离着三五米，他早早就踩下了刹车等着。她看到交警比了一下手势，见他还没动，就忍不住拍了一下他的手臂，走啊！没让你停啊，人家让你走啊，走啊！

　　车开出一段距离后，她笑着问，你是不是做了什么见不得人的坏事？那么怕警察？有什么好怕的？你看，你开着几百万的车，感觉警察怕你啊！

　　如果我告诉你我根本就没有驾照，你信吗？他微微咧一下嘴，笑得有点坏。

　　她判断不出他话的真假，但他说这话的语气让她生出些许不安来——他好像一下子又变回那个坏坏的人了。她有些后悔自己跟一个陌生人开了这样的玩笑。直到下车，那种感觉还在。你等一下。他说。他从副驾驶位下面抓过一个黑色的大旅行袋，从里面抽出两沓钱来，这个你拿着。

　　给我？你给我这么多钱？她捂嘴尖叫，为什么？

　　最近中了张彩票。有人告诉我，这轻易得来的钱一定要做善事。你不是正需要钱？拿着！

　　她并没有伸手，只是问，你中了大奖？你是见人就发？

　　也不是，见着喜欢的才发。他笑得更坏了，当然，如果你过意不去，你也可以当我几天女朋友啦，就几天。

　　你看错人了！她感觉受到了莫大的侮辱，狠狠地摔上车门就走。她后悔刚才的友善。

喂、喂、喂，不愿意的话，就当作送你了，无所谓啦。他摇下副驾驶位的窗户，倒车追上，冲她招手笑，跟你开玩笑呢，别跑啊，行李不要啦？

她抱起行李箱，一路小跑。太过分了！太过分了！怎么能这样？怎么可以这样？如果他只是要个微信，或许我会给的。她想。

往外给的钱，他这是第一次被拒绝。望着那仓皇的背影越缩越小，他把表情一点点塞回严肃里。这不是他的本意。他甚至不明白自己，就那一瞬间，他像被什么力量差使着，开起了这么大的玩笑。或许，只因为那一刻他恰巧瞥到了她左手上那个绿得有些过分的镯子。这一两年，他跟着一个玩玉石的朋友看过太多缅甸翡翠，他断定它定然是 A 货之外的或 B 或 C 甚至是 D 选项——那么透又那么绿，如果真是 A 货，它应该是放在保险柜里而不是戴在手上。如非虚荣，何必用虚假来装点？他进而断定，因此轻薄。如果他换一个正经的表情、一种正经的语气、一种正经的说话，或许她会把钱收了？他把过程再往前倒带，或许从她一开始就要坐上副驾驶位，他就断定她也是个拜金女。这一两年，这样的女人他见得太多了。一只只英勇地往粘蝇纸上冲刺的无头苍蝇，一个个黏附在他做的糖上便动弹不得的刷子般的身体。读中学时，他自制过粘蝇纸，融化的一小勺白糖、透明的液体胶，先后涂在白纸上，苍蝇们便义无反顾地往上冲，前赴后继，在所不惜。是啊，谁能逃得出人民币的手掌心？居然还真的有。多好的女孩！得是多好的女孩才能如此绵软？她的声音那么软，腰肢那么软，目光那么软，连眉宇中的神韵都是软的，像春天的风一般软。他心头多少有些歉意和惋惜。

迈巴赫直接开进了院子里。家里跟过年似的，都是人，都是东西，都是声音，挤挤挨挨，杂七杂八，吵吵嚷嚷。哦，不，本来就是要过年——不同以往的是，今年这年过得跟娶亲似的，只差一个红双"喜"字了。烧十二颗煤球的大煤炉搬出来了，巨无霸大铁锅烧起来了，两个大蒸笼全摆上来了，高低错落的木桌子一长溜排开去了。各种小的盆、大的锅、超大的桶铺陈四散，菜刀、铲子、勺子横七竖八，簸箕、菜筐、畚箕都没了章法，连着叶子的大萝卜、大花菜，连着根的油菜、小白菜、大白菜堆了一地。父亲坐在大门外的台阶上箍一个大砂锅，小妹在水槽边拔鸡毛，堂姐在剁肉，堂妹在剥葱，堂嫂在捣鼠曲草，母亲跟两个姨妈在包鸡卷，把鸡卷一条一条地往蒸笼里放，几个男孩子举着玩具枪跑来跑去，嘴里发出"突、突、突""砰、砰、砰"的声响。

太多人的喜悦堆积混杂在一起，往母亲的脸上贴着挤着。她拿手在围裙上抹了又抹，乐呵呵地迎上来，远啊，回来啦？刚刚那小榜村的公鸡送来一只杀得好好的猪，还带来了两瓶酒，说是一瓶要一万多元的那种。她望两眼自己的妹妹，哎哟，也不知道什么酒那么贵啊，比一只猪还贵。

是路易十三啦，阿姆不晓得说。小妹甩着手上的水迎了上来，补充了一句。

哦。他不想搭话。从后备箱搬出一大箱海鲜送到小妹手上，又取了几袋野生三红红菇、几条大中华塞到母亲手里。母亲显然还重点沉浸在一只猪的喜悦里，抱着东西冲着两个妹妹的方向说，你看，我们远啊这一年真没白带他。那么大一只本地黑猪，说是养了一年多，绝对好吃。是不是？现在很少买得到这样的猪肉了。

他冲着两个姨妈点点头，推着行李箱走到副驾驶室，拎出那个黑色行李袋，这才跟着母亲往里走。米白色暗花大理石干挂外墙体，古铜色大双开防盗门，大理石与铁艺搭配的艺术化围墙，非常欧风的户外草坪灯、庭院灯、八角壁灯，这些都是他想要的。可是，看起来哪里都不对劲。昂贵的大理石桌椅成了砧板和柜台，电话里一而再，再而三强调的花花草草是什么？除了茉莉花、菊花，就是太阳花、三角梅。一只鸭子在大理石门口拉了一堆屎，他抬脚跨了过去。一只母鸡带着一群小鸡从客厅里大摇大摆地走了出来，"叽叽叽""叽叽叽"地叫。他实在忍不住了，都跟你们说过多少遍了，住了这大别墅就不要再养什么鸡鸭了，怎么还养？

这么大的房子，又不是没地方，当然要养了。不养你们回来吃什么？

买啊，找别人买啊！有钱还怕没地方买？一年能吃多少？

找别人买的哪有自己养的好？

我不管你们，马上就要搬进城里住了，赶紧把这些东西弄走。到处是鸡屎鸭屎，脏死了，跟原来住旧厝有什么区别？

好、好、好，听你的，听你的。母亲终是做了妥协，她伸出一只脚"霍、霍、霍"地把儿子脚边的一只小鸡往边上赶。

先去的大妹妹房间。窗户关得严实，味道不是很好。大妹夫躺在床上休息，床边有个不锈钢支撑架。他不相信他能睡得着，但也只能当他睡着。一个多月前，他坐摩托上街的时候被货车轧断了双腿，在一家小医院手术一个星期后，拍片发给国内医生看，才发现断掉的骨头并没有接好。第二天，大妹妹送他回国重新做了手术，出院后就直接送到了娘家来。

见他进了屋，大妹妹的泪水就下来了，昨天刚去复查了，情况不好，说是左膝盖那边的一根神经被压碎了，没有弹起反应，以后会瘸。他才三十二岁，这以后可怎么办？还怎么出国？不出国肯定也做不了重活了，我们这一家老小怎么办？早知道这样，当时还不如不出国。不出国也不会出这个事……

好了，好了，别说这个了。母亲打住了大妹妹的话，他那天要不是自己想出去玩，还能出这个事？又不是给远啊做事给出的车祸，你怎么把事情怪到出国上了？

放心吧，让他在家好好休息，不用想其他事！我在县城帮你们买了套房子，水晶城学区房，明年你们把孩子带到县城去读书……他把房子钥匙递给大妹妹，又给了她一个塑料袋，里面是 30 万元，先拿着用吧。

大妹妹不再说什么。有一句没一句地聊了一些后续治疗的事情，她像是突然想起来，对了，我婆婆说，既然他不能再出国，干脆就让他弟弟顶替他出国。

他妈就是个财奴，眼里就只有钱。一看他断了腿，怕咱们不管他，直接就给送家里来了。你说当初，也是你们自己要出国的，也不是你哥硬让你们出去的，出了这事，责任也不在你哥。现在，又要塞一个过来。他那弟弟能做什么？这不明摆着就是来要钱的？

你不是也答应两个姨妈要带他们的孩子出去？还答应堂嫂了呢。

嫁出去的女儿真是别人家的，说话都向着别人。母亲数落了大妹妹一番，又回到刚才的话题上，那几个孩子我看都挺不错的，脑子灵活，手脚勤快，有的还读到高中了，你小叔子跟人家能比吗？再说了，我只是同意跟你哥说一下，我可没答应人家。

还没答应人家？不是说好明天晚上一起吃饭的时候，让她们把人都带过来？自从大妹夫断腿后，大妹妹一天天理更直气更壮了。

你们不要乱答应人好不好？他听得头都快炸掉了，不想再蹚这摊浑水。我现在那边也不缺人手，而且，说真的，做这个风险也是很大的，出去很可能就回不来了。你们以为这种钱真的这么好赚？你们不知道，我这回差点就回不来了……有些话，他不想细说。细说说出的是另外一条路，也会说出更多的麻烦。但凡多一个人知道秘密，便会多出一分危险来。

是啊，我们这次回来，护照也被收了，想再出去帮忙也出不了了。大妹妹赶紧附和了一句。

他当然知道妹妹说这话的意思，但他实在没有欲望也没有力气再多说任何一句话。昏昏沉沉睡了一个下午，天色暗下来的时候，他拎着一瓶路易十三、两条软中华到了村主任家。见客厅里很多人，他把东西放在门口的暗处，空着手往里走。多是不认识的人，他给每个人都递了烟。村主任跟大家介绍，这是我们村里的大能人，生意做得很大。他心里有种说不出的感激。他们继续聊六合彩，后来又聊到"特朗普那个疯子"，顺带聊了一下什么时候收复台湾的问题。有人说，没那么快。有人说，迟早得打一仗。有人说，现在中国这么强大，要我说，干脆直接打过去，无非一个福建省那么大，分分钟的事情。他坐着，干听，干喝茶，偶尔看看手机，不参与他们的讨论。好不容易等到都走了，村主任马上招呼他往上坐到茶几旁。他起身走到门口，把东西拎进来往村主任的跟前放。

村主任把东西放到身后的地上。什么都不用说，一切都心照不宣。重新沏上茶的时候，村主任开口一笑，听说都开上迈巴赫啦？整个村里，现在就数你最有钱了。

没有没有，大家都夸大了。他给村主任递了烟，点上火，其实赚的都是辛苦钱。

我这说的还是保守的，有人说你是全镇最富的……村主任吞了云吐了雾，眼角和嘴角都闪烁着狡黠的光，你放心，不会找你借钱的。

您这话言重了！我那手机店的生意确实不错，一年卖了四五千部。他收起烟和打火机，指了指刚才的袋子说，给您带了台华为最新款手机，一点不逊色于苹果。

哎哟，对我你还要隐瞒啊？村主任吐了两个大烟圈出来，那话也跟着烟圈飘啊飘，你什么情况我还不知道？

我确实在那边也开了家手机店……他说话的底气明显弱了三分，但他还想继续解释，他们很多都跟我买过……

谁不知道你那是副业？村主任把身子往后一靠，高高跷起的二郎腿悬在半空中晃荡了起来，你也知道，前阶段县里强拆了几座大别墅，全都是新建的，有的刚建到一半……你们家这新房子可是我力保下来的，咱村里这数一数二的大别墅我总不能看着它被毁了。昨天，县里又开了会，对于那些经济情况与工作收入不相符的人员要进行重点排查登记，村里有人又提到了你，当场被我给压下了……

我明白，我明白。他坐在椅子上频频作揖，就差起身鞠躬了，谢谢，谢谢，谢谢主任！新的一年还请主任多多支持，多多照顾！他不希望对方继续这些陈芝麻烂谷子一套接一套的话，便又指了指袋子说，上次您说有个领导想喝路易十三，这回特意从国外给您带了一瓶回来。

村主任思维的落脚点显然不在这里。他肢体上不为所动，连言语上的客气都没有。这让他一下子尴尬了起来。恰在这时，村主任的电话响了，他正好起身告辞。村主任摆摆手，说，你等一下。他接了电话进了屋，很快又出来了，将两三捆钱放到他手上。

他一下子慌了，赶紧把钱往回塞，您误会了，您误会了，我哪能跟您要这酒的钱？只是一点小意思，一点小意思，您不必这么客气。

让你拿着你就拿着，跟我推来推去的干什么？！村主任有些生气了，"啪"的一声把钱拍在他的手里，指着门口又说，我不过是想投资你的手机店，你这样让村民们看见，还以为你要行贿我呢……

这场景确实有点像。他的手不敢再坚持，举着那些钱嘴里依然冒出了疑惑，可是我新年没想扩大规模啊！

不想？村主任的脸上瞬间晴转阴，一大片飘不动的乌云。他老大不情愿地伸手要重新拿回他的钱，很是不耐烦地说了句，不想就算了。

目前是没想啊……他刚想把钱还回去，突然明白了什么，便紧紧地攥住了钱说，想啊，我今年是想扩大规模的呀，我自己怎么都给忘了？好，那我回去了，今年运营情况如何我再给您汇报。

村主任顿时乐得像尊弥勒。他的胸口涌起了一阵酸溜溜的东西。刚过了宗祠，就接到一个陌生的厦门号码。一个绵柔的女声，您好，我上午搭您的顺风车回的观音岩。

是她？他的心头颤了一下。她终究还是主动来联系了。

是这样的，我刚结算滴滴车费，才发现只有四十七块八，我想您一定是弄错了。

没错。

下单前我看到明明提示要一百四十多元的。

没错。他没有心情再跟她开玩笑，匆匆挂了电话。她又打来，说的却是另外一件事，想麻烦您帮我看一下，有没有一本书落在您车上了？女声很小心。

哦！他多少有些失望——这应该才是她真正要说的主题吧。临睡觉前记起这件事，又下了楼。去车上一看，后排果真有一本《树上的男爵》。并非新书，书页间有些翻开过的蓬松感。书签夹住的那一页，用铅笔画着一句话："我哥哥好像在站岗放哨，什么都看在眼里，而什么都漠然视之。一个女人挎着篮子从柠檬树下走过。一个赶骡人揪着母骡的尾巴爬上斜坡。他们互相看不见。"旁边写着一句话，他们互相看不见。

看来，他只是高看她了。又是一个落入俗套的搭讪方式。所有的攀附都需要一根藤蔓，或粗或细，或长或短。之前搭他宝马车的女人经常会落下这样那样的东西，不是一根口红，就是一瓶香水，有时候，甚至是一条短裤。无非是一种暗示，创造一种条件。

她跟她们的差距只在于一本书所代表的文明。

怎么都睡不着。四个多小时了，一直没等到他的回复。她后悔给他打出那个电话——她如果不打招呼直接找到他村里，他想推托也没理由。只是一念之差，便生出了这事端来。她只能相信自己的直觉——他不会是说话不算数的人。可事实摆在这儿，三分钟就能解决的事情，为什么迟迟没有消息？如果只是一般的书，她想也就算了。可是，这本书不行，她绝不能落下它。没错，分手是她提出来的——这边是母亲的命，那边是自己的爱情，她必须做出选择——她需要借这本书的长度和过程来回忆，来慰藉，而后告别。彻底告别。

她不担心他不给她书，她只担心有人在他不知道的情况下把书拿走了。坐迈巴赫的都是些什么人呢？她以他的初中学历来推测他的朋友圈，这样一推测，她为那本书的前途与命运充满了无限担心。在她手里，那是一块宝，一块青春的美好记忆——她已经对不起他的人，再不能对不起他的书了。而于别人，那可能只是半斤不到的废纸。

母亲也还没睡，虽然没有像她一样翻来覆去，但那轻轻的呼吸显然一点都不均匀，像自家田里种的马铃薯，有的大，有的小，在簸箕里安静地待着。母亲的心思一向重，睡眠原本就不好。这半年来，天南地北的各种偏方几乎试了个遍，肌酐指标不降反升，体重还在下降，睡眠也越来越差。睡眠差，肌酐指标就跟坐火箭似的急剧上升——已经突破了六百，这是一个很危险的警戒线。过了八百，就一定要血透不可了。进入血透，随着机器的介入，肾脏的功能会慢慢消失殆尽，而且会一点点波及其他器官。用医生的话说，如果有合适的肾源要尽早替换。等到其他器官都坏了再换，单有一颗好的肾也没用啊。她希望母亲的两个肾至少可以扛到来年国庆后，到时，钱有了，她也自由了。自由了，她还回得去吗？他们当年说好的西藏之旅还可能成行吗？她想跟着他去一趟西藏，去看一看金碧辉煌的布达拉宫，去转一下经筒，尔后背靠背坐在草地上，看圣洁的天空和云朵，看蓝天下云朵般的羊群……多想再抱一抱他。

她伸手搭了过去，空空如也。母亲不在身旁。屋里一片漆黑，厨房传来零碎细微的声响。她披上大衣，走了过去，妈，天还没亮，你干吗呢？

我看一下煤炉会不会熄火。母亲丢给她一个黑黑的后背，蹲下身子，端起地上的大陶锅就要往灶上放。她抢先一步接过手，跟你说过多少遍，什么重活累活都不要干，让我来做。我不在家的时候就让小志去做，你就是不听。身体都这样了，还什么都要包着。你能不能听人一句劝？

母亲侧着身子，小心地说，小志还是个孩子。

你不要一直把他当孩子，这样他永远都长不大。大陶锅里装满了水，她端得有些吃力。急急放下的时候，水溢了出来，煤炉上地冒着白烟，一股令人窒息的煤气味。母亲面向着她，身子顶在灶角上，并没有挪动位置的意思。她感觉母亲似乎拿身体在遮挡什么。除了灶头的煤气味，空气中还掺杂着一股奇怪的味道。母亲身后有一个大盆，盆里装着黑黑的水。你背后那一盆是什么？她问。

母亲转身抓起那个盆就要喝，她一把抢了过来。这里面装的到底是什么？她大声质问。母亲不说，她便端起来往鼻口送。

别喝！母亲失声叫道，伸手就要过来抢，你让我走吧，让我走吧！我知道我这病是没救了！你没回来，我怕吓着小志。

终于等到你回来了，你会帮我把后事办好的，我可以走了。我不能再拖累你们。

你怎么这么傻？！她把盆里的液体往一旁的水槽里一泼，打开水龙头冲走，你为什么要这么想？跟你说了，这病有救，急不得。这肾源哪能是想有就有的？得等，得排队。

也不知道能不能等来合适的，别还没等来就……

不会的，已经都找好关系了，你不用担心，钱我也已经准备好了。

五十万啊！你哪里能来那么多钱？母亲抱着自己的脸痛哭，你不要骗我，不要骗我。我不能拖垮这个家，不能……

跟你说有就是有，你怎么就不相信我呢？她双手搭在母亲的肩膀上，好啦，我告诉你啦，我同学的哥哥给我介绍了一个很好的工作，只需要十个月，我就可以赚五十万。现在，已经两个月了，五万元的订金也打过来了，再过八个月，只要再过八个月，就可以拿到所有钱了。

什么工作可以赚这么多钱？母亲不解，怎么可能有这么好的工作？

你不要管这些，跟你说你也不懂。现在科技这么发达，还有几秒钟就可以赚几百万、几千万的呢！她把母亲往卧室的方向带，现在好好去睡觉。你只要把身体养得好好的，国庆节以后，我们就可以去广州做手术了。

对了，村里说了像我们这样的情况，可以把我跟小志列入贫困户，政府会有一些补助，包括后面的手术费，报的比例也会大一些。

不行！绝对不可以！从小到大，我们就一直受人救济，读所大学还要人家资助学费，那是枷锁，一辈子的枷锁。现在长大了，不能再这么丢人了。不要。咱们不当贫困户，也不要什么补助！

村里还说，如果有需要，也可以帮我在那什么网上发起那个水滴什么捐款，隔壁村有个得癌症的就是很多人帮他捐的手术费……

跟你说了不要就不要了，不要去丢这个脸。钱我有就是了，你不要操心这些。最重要的，你要把身体调理好了。广州那边一旦有配对的肾源，咱们就马上做手术。到时，万一是在国庆前，万一我不能去广州，我会让小弟陪你去。

为什么国庆前你就不能？你不去，你小弟哪里懂？

我是说万一。我不是要赚手术费吗？好不容易把母亲哄上床睡下，听到那均匀的呼吸，她上了趟卫生间。经过弟弟的房间时，她听到了说话声，间或有一两声笑。屋里没有灯，他应该早就睡下的，从黑漆漆里渗出来的声响着实吓人。她轻轻唤了句，小志！没有应答。正要走开，那说话声又起来了，还伴着两声咳嗽。门上了锁，她找来锁匙开了进去，灯一开，被子一掀，弟弟果真正趴在床上蒙在被窝里打游戏。他的耳朵上戴着耳机，嘴角还带着笑。不知是看到她，还是灯光刺眼的缘故，那一瞬间，他下意识地想要拉过被子往自己头上盖。许是双手撑久撑麻了，几次抬手，居然都没够着。索性就拔掉耳机，闭眼转身连同手机一起往被窝里钻。

哪里来的手机？她向他伸出了手，拿来！听到没有？拿来！

他干脆背身向墙，把被子往身上拢了拢。她用力一掀，抓出压在他身下的手机。耳机里一个声音在不停叫唤，怎么啦？怎么不说话？说话呀！

告诉我，哪里来的手机？她厉声严斥，把手机高高举起，不说我就把它摔了！

我说我说，不要摔嘛！小弟慌乱地坐了起来，不敢抬头，我拿家里的钱去学校小卖部租的！

你居然跑去租手机？跟你说过多少遍了，不要玩手机不要玩手机，你怎么就听不进去呢？她把手机重重地拍在桌上，浑身不停地颤抖，初一暑假，你说想要一把智能机可以查资料，好，当时看你那么乖，我用了半个月做家教的钱买给你，结果呢，你就玩上了游戏，手机只能没收。你说等你改好了，让我把手机再还给你，我相信你，等着你成绩重新回来，等着你来要回手机。我没等到。初二上学期，你偷拿我的旧手机去玩，好，你说是第一次，你会改，以后不会再玩了，我相信你。你改了吗？那年寒假，你说是找同学借的手机玩，被我发现了，你也说你再不会玩了。这是第几次了？你说啊！说啊！第几次了？！她嘶吼着，连续几巴掌拍打在小弟的肩膀上。像拧开了水龙头，一直在眼眶里打转的泪水便怎么都拦不住了，顷刻间倾盆而出。

谁叫你不让我出国的？我不想读书，我想跟他们出去。我要去做盘！去做大盘！

做大盘、做大盘，做什么鬼大盘？去柬埔寨？你以为外国的钱那么好赚？你才几岁？不能去。那是犯法的，会被抓的。

我有一个同学已经去了，人家好好的，一个月有一万元呢。他们说我头脑那么好用，电脑又用得这么溜，工资一定比谁都高。

你能不能懂事点？妈已经病成那样了，你还要添乱。

妈手术不是需要很多钱吗？每天都有人来催债，烦都烦死了。你不在家，你当然不烦，我在家我烦啊！没有什么比做盘来钱更快的了。别以为我什么都不知道，妈的手术需要几十万，你有吗？你有吗？就你今天拿回来的那点钱，连还债都不够呢！

我没有，但我会去挣。来钱快，被抓进去也快，你懂不懂？骗人的钱你也敢赚？你忘了爸是怎么死的了？如果不是被那个电话骗了两万多元，爸会去喝酒？如果不喝酒，爸骑摩托车会摔下去？咱们家会欠那么多钱？如果爸没死，咱们今天会过成这样？爸被害死了，你还想去害别人？你怎么那么浑，怎么那么浑？

做盘又不是诈骗！人家说了，那赌博在国外可是合法的。再说了，我不去做别人也会去做啊！你难道还能拯救全世界？

我管不了别人，但管得了你！我拯救不了世界，但拯救得了你！你一定不能去骗！不能去！她越说越弱，弱到连自己都听不到了，再过八个月，一切就都好了，都好了。

醒来的时候，已经九点了。小弟还在睡觉，母亲在杀鸡宰鸭——年终是要过的。可完全不像是过年。日子一过便老，东西一用也老。除夕除夕，除得去一个个老掉的日子，除得去这老掉的东西吗？掉灰的老墙，脱漆的老沙发、老桌椅，磨掉釉彩的老地砖、老餐具……年年一样的人，年年相同的物件，年年为生计不停地奔波、忙碌。安静，零落，机械化的操作，只是在完成一个必走的程序，连鸡鸭垂死前的挣扎都似乎缺少了应有的英勇和顽强。别人家的热闹奔流汇聚，涌不进只留出一个窄小口子的自家。就像是一台即将上演的大戏，背景是全黑的，前台搭得再红也生不出热烈的气氛来，乐曲是沉闷的，主角唱得再卖力也唱不出激昂的高音来。

她希望时间走得再快一些，赶紧把年过了，再赶紧把清明节也过了。扫过父亲的墓，天气该要热起来了。那时，便什么都藏不住了。再往下，何以打发不能上班，更不能回家的时光？

两个大圆桌都坐满了人。主桌正对门的位置坐着他的父母，但他是绕不开的圆心。都围着他敬酒，围着他回忆往事，围着他畅谈理想。许多人他压根儿叫不上名字来，甚至都只是第一次见面。但这一点都不影响大家的兴致——话一箩筐一箩筐地讲着，酒一大瓶一大箱地喝着，没有距离感，一点不生疏，如此亲密无间，好像他们才是天天见面的自家人，又好像他们比他更了解他的过去。这正是他所不习惯的。一声"远哥",一声"远叔",对方唤得如此自然,却听得他耳朵发痒,浑身生出鸡皮疙瘩。自己与两个妹妹无一不是以名字相称,反倒是别人家的孩子跟他称起兄道起叔来了。因为这样一群不是很相干的人,除夕夜的这顿年夜饭吃得百般滋味、烦冗漫长。他变着法子往外走,接了三个电话,抽了两根烟,回来的时候,众人已经聊起了六合彩。

来、来、来,远啊你也来猜一猜下期会出什么。表哥坐在座位上招呼着他。

远啊不懂得玩这个。母亲笑着拉他入了座。他以前就听母亲说过,表哥代人开码票,收取点数的同时,自己也经常买,买得很大,三五千元,甚至上万元都买过。从庄家那儿赚回来的点数还不够支付自己的码费。

就要这种平时不玩的猜得才会比较准。表哥可不听这个,指着他的两个表弟说,财啊和水啊都是第一次来姨妈家的吧?你们一个属蛇一个属马,还有小姨丈,你也十来年没来二姨家了吧?你是属猴的,我看下一期,我就买这三只属相就好了。远啊,你随便挑一只,我重点下这一只就好。

要我说,就买远啊就可以了。表嫂接了话,远啊属什么?属蛇?重点买蛇就可以了。

你懂什么?表哥打住了表嫂的话,远啊你说你说!

要我说啊,买这种六合彩赚不了钱的,你们还是少买,最好还是不要买。他自己倒了油切麦茶,喝上一大口,赌博这东西，都是骗人的，千万别相信靠赌博真能一夜暴富。

你是不知道啊，上个星期，有个朋友中了两千元特码，八万元啊。之前还有人中了几十万的，人家一年算下来净赚十几万、几十万元的很轻松。表哥越说越激动。

那都是极个别的，别把个别当普遍！他有些不屑，言语也发冷生硬，如果能让彩民们赚到钱，那做庄的赚什么？你以为他们慈善家啊？

对哦，我都忘了，远啊表弟自己就是做这个的。他最清楚也最有发言权了，他还能骗我们不成？表哥像是突然领悟到的样子，做拍打额头状，尔后，端起酒走到他的座位，你这不能只顾着自己富起来，也要带领兄弟们一起致富啊！说好了，今年带我们一起出去啊！表哥手一挥，另外两个表弟也端着酒上前来。

别、别、别！他赶忙起身，却拦不住大的，只能伸手拦住了那两个小的，你们还这么小，好好读书，好好找份工作，别净想这些没边的。学费我可以给你们出，你们读到大学我出到大学，读到博士我出到博士……

小姨不高兴了，她离了座位冲他走了过去，远啊你可不能这样啊，一眼大一眼小，大眼看你大姨，小眼看小姨啊，我和你妈都不会答应的。

我们早就没读书了，读书有什么用？最小的表弟一仰脖子，干掉了杯中酒，这世上，我就崇拜你和乔布斯，你们没读书不照样赚大钱？

我跟乔布斯怎么比？我有什么好崇拜的？他把表哥倒的酒放回桌上，举起麦茶象征性地喝了一小口。表哥不干了，又端起酒往他手上放，别这样啊，赚了大钱瞧不起人了不是？他有些烦了，把酒杯拿放得远远的，明天一早还出门，开车呢！

你才三十岁，就有几亿家产，谁能像你这样？有大房子，有大车子，有大票子，有高位子，就差孩子，你就可以新"五子登科"了。大表弟附和道，我也崇拜你！

谁有几亿家产了？你们这都听谁说的？他忍不住了"扑哧"一笑，把刚喝进嘴里的麦茶喷了出去。

自己人你就不要再瞒了！表哥硬撑着面子，伸手搭在他的肩膀上，都说你厦门有一套别墅和一套楼房，县城有一套楼中楼，开的又是迈巴赫，没有几亿家产谁信啊？怎么样，是不是扶贫一下？借我个十万八万，我想在县城买套房子，首付还差十万。

可以啊，没问题。他几乎是不假思索，旁边的母亲拉了一下他的衣角。他坐了下来，母亲挨近他的耳边小声说，这事赶紧给回绝了。开了这个口子，借钱的人就都来了，借了这个表哥，表姐、表弟、堂兄弟是不是也要借？到头来，借钱给人没人情，不借人钱便成了罪过……

正在犹豫怎么收回自己刚刚说出口的话，门外有人进来了。比人更早进屋的是声音，响亮的声音，夸张的声音，带着酒精的声音，远啊远啊，看我把谁给你带来了？！郑所长够给面子的吧？

郑所长是镇里派出所的所长。两张桌子的人自当全体起立，就只差奏国歌了。能表达盛情的唯有喝酒了。洋酒、白酒、啤酒，统统都装满杯子了，唯独他举起的是饮料。

远啊，你这样可不够意思啊！村主任一眼就不放过他，让他表哥帮他倒了一满杯洋酒。他反复解释，村主任拍着郑所长的肩膀说，有郑所长在，还怕被抓？喝，放心喝！是不是所长大人？！

郑所长眯眼一笑，没事，真被抓了找我，我来负责！

你看你看，所长都说了，你怕什么？喝、喝、喝！不喝就是对所长不尊敬了！对我们不尊敬不要紧，对所长不能不尊敬啊，是不是？几个表兄弟借机轮番上场进行言语轰炸，纵有千般不甘万般不肯涌上心头，他也只能从了。要说他没有那一杯酒的酒量，那是假话。他从不知道自己真正的酒量，但他无来由地相信远不止一杯。他痛恨酒，从他懂事起就痛恨。那时候，父亲喝醉了就打人，打他母亲打他妹妹，见着什么人都打，唯独不打他。不打他他也恨，往死里恨。几年前，父亲切除了胃里的一个瘤。这两年，父亲彻底不喝酒了，也喝不动了。酒却在他心底里长出了很长很深的根，怎么拔都拔不掉。这种众人挟持的感觉非常不好，那不是酒，是一杯毒药。

酒喝下去的时候，眼泪也跟着出来了，仿佛他喝下去的是眼泪。为了掩饰这一脸的湿润，他故做呕吐状捂着嘴跑了出去。从卫生间洗了脸出来，等在客厅的村主任和所长也走上前来，说是不喝了，要走了。他把他们送到门口，村主任把他拉到一旁，看看四周没人，这才说，你今年不是还想开家餐饮店？郑所长也想入点股。

什么餐饮店？他有些迷糊，扭头看一眼正在吞云吐雾的郑所长，什么都明白了，哦，是啊，是啊，是想开家餐饮店，自己人也要吃饭，不用给人挣。

村主任冲着郑所长扬一扬手，说，他答应了。郑所长丢了烟头大步流星走过来，问，能给几个点？

一万，一万元吧。他小心地说。

太少了，怎么才一万？村主任说，怎么也得两万。

我算一下，我算一下，再说吧。他不知道如何应对这个局面。他们张嘴要钱，明明要得理直气壮，却又含蓄斯文得让他无法拒绝。好不容易送走他们，表哥又探头过来，远啊，我也要入股哦！你刚刚答应借我的十万元暂时不用给我了，就当成我入的股份吧！你总不能对别人比对自己好吧？

你说什么？他完全傻掉了。呆呆看着其他亲戚陆续走了出来，看着欢聚的盛宴就这么结束了，他没敢往下说。听到的人越多，伸出的手和伸出的嘴只会越多。表嫂急急走过来扶住表哥，表哥一把推开她，我没醉！走了几步，又说了句，他不给，我就去告他。

你说什么醉话呢？告谁呢？表嫂问。

告诉派出所，让他们把他给抓了。装什么清高的样子，他屁股底下几根毛还以为别人不知道？他为富不仁，就别怪我伸张正义。表哥歪歪扭扭地往外走，说得结结巴巴。

他知道，他们是故意说给他听的。这才是最可怕的。

曲终人散，所有喧嚣繁华的背后都将指向落寞与凄凉。就像那"嗒嗒"作响的时钟，指向凌晨一点的黑暗。怎么翻，怎么转，都睡不着，索性爬起来看电视。遥控器一点再点，似乎只是在翻看照片，不做任何停留。起夜的父亲推门进来，怎么啦？还不睡？

睡不着。

怎么会睡不着？不累？

他不想再往下接。跟一个睡眠很好的老人解释关于累又睡不着的这个矛盾，就像试图去解一团紧紧纠结在一起的棉絮。索性就不解了。父亲也不计较，径自坐了下来。在操心外边的事？要不，就别做了。回来跟我一起做茶，或者干脆就做茶生意也行。

不行，现在不做也不行啊。那么多人，都冲着赚大钱出去，如果赚不着钱，对不起他们，也可能会生出很多麻烦。再说，好不容易摆平当地的一些关系，花了不少钱，总不能就这么白白花了。明年再做一年，就不做了，不能再做了。

护照不是都被收了？那怎么办？不出去了？

得想其他办法。

很花钱吧？

只要钱能解决的都不是问题。

那还有什么问题？

他不想再往下说。他们不明白。他们怎么可能知道，所有光鲜的背后都隐藏着见不得人的黑暗，哪哪都是危险，处处都要小心打点，稍有不慎，将万劫不复。即便他们知道又怎样？没有人知道他的苦。没有人。他们看到的只有钱，包括他的父母、姐妹。所有人伸手都指向钱，所有的风险最终都只有他一个人扛。

听你妈说你很快就会让我们抱上孙子？

快了。

快了？女朋友呢？是青青吗？你真的跟她和好了？她之前来找过我们，要我们劝劝你……

别跟我提她！一个眼里只有钱的女人，我就是一辈子都不结婚也不可能再跟她好！青青是他同居了几年的女友。

那她到底是谁？今年为什么不一起带回来？她是做什么？总得先把婚礼办了。你不会想等到时生了孩子一起带回来？

到时再说。他说得极其平淡。这两年，他突然相信起命运来。命运循着生命的痕迹，把什么拧在一起，又循着灵魂深处的交融，把什么送到他的面前。

到时咱们一定要把婚礼办得风风光光的。前不久，在广州做生意的那个东瓜平娶亲摆了五十八桌，咱们少说也要六十桌，比他们多两桌。咱们家以前穷，一直让人瞧不起，现在也让他们看看，你有出息了，有大出息了。

我不结婚！或者说，我现在不结婚！

你不结婚？你都这么大年纪了为什么不结婚？孩子都有了怎么不结婚？

等我不做了再结婚也不迟，现在结婚不安全。谁知道女人什么心思？

咱们现在这么有钱，还怕找不到好的？

就因为有钱才怕！是不怕找不到好的，就怕找不到真心的，就怕人家只盯着咱的钱。将来哪天要是没钱了，要是遭难了，还不得让人落井下石？而且，就现在这情况，找什么样的算好呢？找有文化的，我怕我养不起她的精神。找没有文化的，我又不甘心。

我这就听不明白了。不结婚哪来的孩子？

你们不用管这么多，到时有孙子抱就是了。

把家里收拾收拾，搬到厦门去住。去带孙子去。

不是把孩子带回来家里养？那么远？家里的这些鸡啊鸭啊，还有茶园，怎么办？

不是还有几个月吗？这几个月里该杀的杀，该送人的送人。到时，我给你跟妈每个人二十万，茶园也不要管了……

父亲不再接话，默默起身离开。钱真的可以解决所有问题。到了两点多，好不容易有了些许睡意，刚上床，手机居然响了起来。一个慌张的女声，急促，颤抖，带着哭腔。

您好！我是昨天搭您顺风车的。不好意思，我是真没办法了才给您打这个电话，真的不好意思，真的不好意思……她用密密麻麻的"不好意思"和抽泣哽咽填满他回应的空当，像是一个人在独白，我妈中毒了，想要送县城医院，可镇上的救护车已经派出去了，如果等县里的车来，肯定来不及，她会没命的。我……我……我又不想邻居们知道我妈中毒的事，她……她……她是自己喝农药，所以，想请您……您放心，我会付钱的。

他想说，我又不差钱，终是没说。

她没想到他真的愿意来，而且如此之快。好在她发现得早，好在母亲喝下的并不多，好在他来得那么及时，好在她按着他说的先给母亲灌了肥皂水。表叔父子俩在门口出现的时候，她心里就暗叫不好。他们当然是来要债的。他们有充分的理由要债，他们有天大的理由除夕夜来要债。母亲给他们打了鸭汤，请他们坐下。表叔坐下了，表叔的儿子不高兴了，坐什么坐？喝什么喝？把欠我们的钱拿来，别整这些没一点用处的。

欠你们的钱能不能再缓缓？孩子还小，一个还在读书，一个刚出来工作不久，就那么点工资……母亲几乎是唯唯诺诺，就差哀求了。

你就继续装吧，继续装吧，何必呢？表叔的儿子推开试图拉扯他衣袖的父亲的手继续说，也就我爸相信你们值得同情值得可怜，我可不信！他把带刺的目光转向她，冷冷一笑，没钱还能戴那么好的翡翠？

我这个，其实就是戴着玩的，不值钱。她转动手腕上的绿镯子示意，可能也就值个几百元钱……真的，真的。

听说巧茹昨天回来坐的可是迈巴赫？表叔的儿子看了看母亲，又看了看她，嘴角一咧，哼，迈巴赫也不值钱？

什么迈巴？母亲一脸迷茫地望着她，迈巴赫是什么？

我那是坐的滴滴顺风车。她回答。

看吧，不是说没钱，不是说得很可怜？表叔的儿子嘴里含着一万块冰块，统统砸了出来，没钱的人还能坐滴滴？我都舍不得坐呢！我爸都从来没坐过呢！可怜人还坐的那么好的滴滴？鬼才信呢！

那个顺风车跟坐大巴也就差了二三十元钱，行李多，坐滴滴也就图个方便。

我不管你什么，反正，今天你们无论如何要把钱还回来，不然别怪我们翻脸不认人。

你们想怎么样？想怎么翻脸？一直坐在一旁闷声不吭的小弟把碗筷重重一摔，整个人腾地像竹竿一样站了起来。他伸出手指直指对方，不要欺人太甚！

哇哈，欠人钱你还这么嘴硬？有种你就把钱还回来啊，你吓唬谁呢？对方的手指头伸得更直，目标指向更加明确，一点都不示弱。

小弟一把抓起桌上的碗筷砸了过去，被对方躲开了。他又抓起身后的椅子，不管不顾就要砸过去，被她拦住了。飞奔过去的母亲抱住了他的手臂。放下，放下，快放下！母亲大声喊着，使尽所有力气才掰开他的手，让她得以把椅子拿下。我去拿钱我去拿钱，你们别再吵别打架，好不好？母亲几乎是在哀求，都好好说话，好好说话，好不好？我去拿钱！

她急吼吼地喊，妈，你哪里来的钱？你哪有什么钱？母亲不管她，掀起门帘进了里屋。

你看你看，明明有钱就是不还给我们，做人怎么可以这样？表叔的儿子对着一直没有说话的表叔继续叨叨念，表叔静静抽着烟。

只一小会儿，母亲出来了，手上拿着她昨天刚给的那个大红包。她冲了上去，拦住母亲，妈，那是留下给你看病的，你不能给他们！不能——

哟、哟、哟，可别这样啊，你们缺钱我们也缺钱啊，你要看病我爸也要看病呢！表叔的儿子向母亲伸出了手，拿来吧，没时间跟你们磨磨蹭蹭！

算了，算了，先给他们吧！不治了，我的病不治了……母亲推开她，把钱递给表叔的儿子，只有四千元，还差四千……

不能给！小弟抢先一步把钱抢了过去，这些是姐姐要给你看病的，不能给！

你们这是合伙在演戏给我们看呢？表叔的儿子索性往墙角的桌子上一坐，你们这样没用，一点用处都没有，今天钱没拿来我们是不会走的！

母亲刚伸手，小弟连退两步，半侧过身子，将那钱紧紧护在胸前，说得咬牙切齿，这钱坚决不给癞皮狗！

谁是癞皮狗？谁是癞皮狗？你们才是癞皮狗！表叔的儿子拍着桌子站了起来，用中指戳着小弟，你们欠债不还，你们全家都是癞皮狗！这年头，欠人钱还有道理了？还成爷了不是？表叔的儿子像急了眼的公鸡，言语越来越充满着挑衅的意味。

小弟被彻底激怒了，冲上去照着表叔儿子的胸口就是两拳。对方肯定没吃过这个亏，回过神来就要还击，母亲赶紧跑过去在两人中间挡架。小牛一般的小弟一点不识时务，如果这时候让他头上长出一对小角来，他非拿小角去顶一头大牛不可。场面顿时乱作一团，她乱得团团转却无处下手。突然，两下特别响亮的"啪啪"声，而后，什么都停止了。小弟捂着脸倒退着往后走，走到门边，扭头跑了出去。还不快去追！母亲推了她一下，别让你弟弟做傻事！快！母亲已经泪眼盈盈，却没忘了抹一把脸，俯身捡拾散落一地的钞票。表叔起身了——他终于起身了。

　　她没有找到小弟。所有能想到的地方，她都找了。没有。出了家门，小弟是一只可以四处乱窜的小老鼠。母亲早早睡下了，这让她颇为意外。她不敢睡，直到浓浓的睡意来袭。无非眯了那么半个小时，事情就发生了。

　　事情就是这样，你回去吧！她从病房门口的座椅上站了起来。她很奇怪，自己怎么就都跟他说了，从他进屋抱起她母亲的那一刻，她就闻到他身上有一股似有似无的烟草味，像雾一样。她打小就莫名喜欢男人身上的烟草味——只能是微微的，不能太浓，也不能太淡。应该是在五六岁的时候吧，那年冬天，有个大学生带着小黑板到了家门口，拉住他们几个一起玩耍的小朋友说要给他们上课。她原本并不想上什么课，但他身上的烟草味让她抗拒不了，令她亢奋，更令她着迷。非常感谢！她把他送到了医院门口，说，非常不好意思，这么晚，给你添了这么大的麻烦！他的车停在东面几米远处的地下停车场。

再走走吧，反正你妈也睡着了。他说着，脚步已经逆着停车场的方向迈出。

她只能跟在他生硬的背影后面走。他等着她上来，并行着走。一路不说话，气氛有些说不上来的怪异。后悔跟着来了。她后悔刚才跟他说了母亲的事，她原本已经想好了一套托词，可不知为什么，面对着他，她编不出口。她不想博取同情，但她却漏了自己可怜的底。那是一个小小的沙漏，盛不住她可怜的一点点尊严，它们已经毫无保留地从中间漏了下去。

有男朋友吗？他猛地停住了脚步，硬硬地问。

她摇头。

那，做我女朋友吧！他像是在邀请她共舞一曲，仅此而已。

什么？她以为自己听错了。

他并不重复自己说过的话，只是接着往下说，你不是需要钱吗？给我你的银行卡号，我马上给你打钱。一百万，一分钟就可以解决。钱不是问题。

他的话语总是缺少温度。

不，我很快就有钱了，不用。

他也不勉强，继续往前走。像是舞池里被拒绝了一首华尔兹，还有伦巴、桑巴、恰恰，他不着急，有的是舞伴，有的是舞曲。走下一条长长的坡道，便上了河滨长廊。小城的除夕夜热闹非凡，这样的热闹将一直延续到天将亮未亮之时。公路上不时有车辆来往，年轻人从酒吧里、歌厅里出来，歪歪扭扭，大呼小叫。三四个十五六岁的大男孩凑在一起放鞭炮、燃烟火，很大的一声"砰"，她尖叫一声往回跑，他便跟着她往回走。直到走回医院门口，都不再说话——说什么好像都不对劲——只有目送，目送他硬邦邦的身板和西装。

母亲还在睡，她也累了，坐下来想趴在床边眯一会儿。枕头歪歪的，一边高一边低。她帮着调整了一下，却怎么都调不平。枕头底下似乎有什么东西，硬硬的，她伸手一摸。钱！捆得整整齐齐的三沓钱！整整三万元！

崭新的钞票一沓叠着一沓，一张叠着一张。每一沓都是硬的，每一张都是软的。

从正月初二开始，接连三天，他每天都在相亲。一次在自己家，一次去的女方家，两次约在县城的饮料厅见面。场所虽然不同，但场景大抵相似，一个个漂亮的农村女孩子粉墨登场。这个村的，那个村的，这个乡的，那个镇的。像是在不同地方看剧情相同的电影，倒带，快进，暂停。女主角换了一个又一个，说词换了一套接一套，都逃不离那些比世界观、比人品、比工作更重要的核心要素，有房吗？有车吗？一年收入有多少？会不会带女方出国？第四个更离谱，刚坐下就问。听说你们家有盘？

什么盘？他以为她在开玩笑，茶盘还是地盘？

你说什么呀？这年头家里不得有个盘才有好日子过？那钱哗啦啦的就像取款机……女孩轻蔑地一嘟嘴，跷起二郎腿，不停抚摩起手上的红色指甲，眉眼挑过来又挑过去，连盘都不懂？那能有什么出息？

真不懂。他摇头。

不懂还有什么好谈的，女孩抬起还没坐热的屁股，甩甩一头的披肩长发，只留给他一个漂亮的背影。

他坚决不再相亲，任母亲怎么说都不去。之前的经历是一方面，没时间是更为重要的一方面。手机店、眼镜店时常都要补货，这些都一直是他自己在做。虽然很多环节基本都可以用手机、电脑遥控，但有些事情还得亲临现场。比如，正月初一，小学组织乡贤座谈会，他受邀参加，现场捐了五万元现金和多功能厅的 LED 屏。再比如，正月初三，村里组织成立教育基金会，他又在受邀之列，电视台、报社都来了记者，少不了要出钱，关键还要代表乡贤接受采访。类似的事情还很多，他乐于参加。他需要偶尔抛头露面，他需要一种强大的认可。十年前在镇区开了第一家手机店，生意一直不错。后来，生意慢慢转到县城，手机店旁又开了眼镜店。如果不是后来那茬子事，两家经营得不错的店养家，完全可以把日子过得安定富足。可他偏偏迷上赌博，每天必修课，不赌都不知日子怎么过。两家店铺很快就抵给了别人，讨债的人追到家里，父母就差给他们跪下了。已无颜面，也无可立足、无处安生，最后只能出国。意外上了这条道，钱来得有些猝不及防。很快就买了车，重新开起手机店、眼镜店，开始给家里寄钱，换车，买房。不断有人往家里介绍对象，最热衷于此的是他母亲，隔着遥遥几千公里也能连哄带骗地三天一个视频两天一段语音，总逃不离张家姑娘长李家小女短。母亲不可能放过他在家的每一天。所以，直至小妹喊他楼下有人找，他还认定是母亲唆使她诓骗他。连小外甥都在唤他的时候，他这才信了。楼下只有咧着嘴笑的母亲，并没有其他人。果真上当了！他转身想上楼，被母亲叫住了。她上前连拍了几下他的脑袋，半是嗔怪的语气，明明有女朋友就不说，就不说，还要折腾人这里看，那里看……见他一脸茫然，母亲朝着门口努了一下下巴，喏，门口那个，那不是你女朋友？长得不错啊！你个臭小子，难怪你会看不上其他人，原来袖口里已经藏了一个。这个好，水灵，很纯，清清爽爽，一看就不是那种社会上的，这个好，这个好。

说什么呢？他抽回脚往外走，随着母亲的指引往外看。浅黄色羊毛衣，浅蓝色牛仔裤，湖水蓝的双肩背包，白色板鞋，像早晨的第一缕阳光，清新、舒爽。是她？心头不由一阵窃喜。她居然上家来了？！见她双手相执垂于小腹前，身体微微晃着，那束得高高的马尾跟着一摇一晃，他心头的阳光也跟着跳跃了起来，活泼、灵巧。

她并没有进屋的意思，只是说了几声感谢，便急急地解下双肩包，取出一个包裹得方方正正的黑色塑料袋，递给他。她一定是来退钱的！他的心头顿时凉了一大截。

见他不伸手，她缩回手满脸落寞羞愧，你那些钱我暂时还不了你……原来不是来还钱！他的心头重新雀跃——是的，钱可以解决所有问题，包括情感——手指也紧跟着指了出去，这是什么？像是受了宠，她赶紧解开袋子，掏出一个彩色铁盒子，这是几年前一个亲戚拿来的一盒高丽参，说是从朝鲜带回来的十年参，很好的。她把铁盒子往前递，家里也就这点东西拿得出手了，请别嫌弃……

留着给你妈用吧！他把铁盒子塞回她的手上，千万不要误会，不是嫌弃，高丽参家里很多哩，又不能当饭吃不是？说到末尾，他笑了。他感到她手上往回推的力量，便又多下了几分不容拒绝的坚决。恰在这时，母亲走了过来，远远就喊着，远啊，怎么也不懂得请客人进屋喝茶啊！哪有让这么漂亮一个女孩子站在门外的？母亲向来热情，一把拉过她的手就往门内拉。妈，人家有事呢，马上就走的！他试图拦住母亲。母亲可不管，拉住她数落起他，我们远啊就这点不好，不懂得招呼女孩子，难怪到这年纪还没女朋友。

不，我不喝茶。她一脸窘迫，半推半就地往前走，阿姨，我真不喝茶，胃受不了，也会睡不着。

那是你没喝到最传统的茶！一说到茶，母亲的自信爆了棚，我给你泡个最传统的铁观音，你试一下，如果胃会受不了，你找我！我负责！

泡茶明显是假。一泡铁观音刚冲了第二遍，母亲就自动消失了。两个人的空间，不能只是闷闷地喝茶，总得找点话说。一开始说的还是茶。他仅有的一点关于铁观音的香、韵的知识派上了用场，茶水冲了一遍又一遍。慢慢地转换了话题，你弟弟应该回来了吧？

嗯。她点了一下头，长叹一声，唉，坚决要出国，谁都拦不住。

他真想出国，干脆去我的手机店或者眼镜店做事得了，店里刚好缺人手。不过，也要等他初中毕业才行。他注意到她目光中的疑惑，又补了一句，当然，工资肯定不会比他做……其他的少。他停了一下，刻意避开了那个字。

她连喝了两口茶，突然转换了话题，你上次说的那个是真的？那个一百万？我们才第一次见面。

我相信一见钟情。他给她续了茶水。终于说到了正事，他想。他不否认，她算得上岩上岩下数一数二的美女。任你再高傲，一百万，有谁会不心动？

你——那么确定？她顿了一下，如果事实并不是你想象的那么美好呢？

就像喝一杯茶，香不香？鼻子知道。爽不爽？嘴巴知道。舒服不舒服？胃知道。他看着她，抿了一小口茶，人好不好？心里知道。又好比是翡翠，除非是极品，否则大凡真翡翠都有这样那样的瑕疵，倒是那些强酸碱处理过的，肉眼看起来完美无瑕，你想要吗？肯定不想要。所以，喜欢翡翠，就要接受它的小瑕疵。

可，能不能多等几个月？要是……她吞吞吐吐，他母亲端着点心进来了，来、来、来，吃点心！她慌忙起身，阿姨，我不饿，我刚吃的早饭。

第一次来我家，点心这是一定要吃的，这是我们观音岩的规矩。母亲把筷子递给了她，吃，趁热吃！凉了就不好吃了！转身离开的时候，母亲冲着他使了一下眼色。他当然知道点心里暗藏着母亲的玄机——这是母亲一贯的伎俩。

我真的不饿，真的要吃？直到他母亲走远，她才小心地问。

没事，能吃多少是多少。他指了指碗，提示她，底下有荷包蛋，两个。

都要吃完？她一脸为难，太多了，怎么吃得完？

不用都吃完。他哂笑。她说过她小学毕业后就到县城读书，不是很懂这些农村习俗。不懂就让她不懂吧，何必让她明白？有些东西说明白了反倒没意思了。

她看出了他笑中的意味，顺着他的目光上下左右地看自己，我有问题？

不，不，不。他故做严肃状，你的问题在于太过完美。

不，我不完美，不完美……她慢慢低下头去，慢慢地夹起盖在最上面的面线，放下，夹起，一条，又一条。

你这是要数面线啊？他开起了玩笑。玩笑是个润滑剂，让原本有些卡住的东西一下子顺畅了。她慢慢吃了起来，他静静地喝茶、刷微信。好不容易看到碗见了底，他才说，对了，你刚才说什么要多等几个月，什么意思？

要等我妈十月做了换肾手术……她喝下最后一口汤。

十月？这换肾手术还能提前几个月预订？他压在杯盖上的手停住了，一脸惊讶，我以前看过报道，不是说从供体身上取出来最多四十八个小时以内就得换上，否则就没用了？

不，不，也不一定是十月，我说的是十月左右……她把一双筷子放在碗上，转身的时候，又把筷子碰掉了。她一边蹲下身去捡筷子，一边解释，不，不，是十月以后，十月以后。

为什么是十月以后？他的问题又来了。

嗯，我妈现在指标还可以，还能多坚持几个月。她不容易放好筷子，不知怎么的，又碰掉了一根。她再次俯身拾起，终于放好，医生说了，这换上的肾总归是别人的，是有使用寿命的，能多坚持几个月再换就能多使用几个月。

这样哦。他意识到了什么，你说是十月后？十月后，如果我有两个孩子，你还愿意？

你结婚了？她怔住了。

不，没结婚，但有孩子，两个，你还愿意？

在哪里？她左顾右盼一番，笑了起来，你一定是在开玩笑吧？不过，真有也没关系，我喜欢孩子。

孩子！孩子！他听到自己的心脏剧烈地跳动起来，正像母亲脚上那双廉价皮鞋的硬塑料跟在地砖上"嗒——嗒——嗒"地响着，越来越近，越来越有力。一句软软的问话轻轻飘了过来，我那本书还在你车上吗？

就这么恋爱了？怎么都不像是恋爱。更像是一种口头约定的期货，等待着几个月以后的交割。感性的东西一旦被理性攀附，便规矩得只剩下方圆。端到台面上，原本的风花雪月都变成了身旁的小溪流、小花、小草，平淡无奇，波澜不惊。像是按着既定的程序、路数在走一场没有争议的棋局。正月初七，她回厦门上班，他要开车相送，她不让。他估计她心有顾忌，便说，就算是一般朋友，送送也行啊！她说，不，现在不是时候。他说，那你就当我再滴滴顺风车滴一下啦。她说，不，不，感觉不对了。初九敬天公后，他又提出去厦门看她，她说工作忙。他当然知道她是在推托。一切都来得太突然，甚至有些匪夷所思，也许需要给她时间。

正月十五刚过，他一定要出门。有些事情要赶紧去解决。一开始，中介说没关系，两天后，又说可能有困难。后来，问题越来越棘手。中介机构坚决反对他的退订，你不能这样啊，给钱也不行。当时说好条件的，完全按着你的条件去找的人，订金也付了，你现在说不要就不要，你是在拿人家的生命开玩笑你知道吗？医生也说不行的，你会毁了人家！这又不是随随便便一件什么东西，你想要就要，想不要就不要。你不要，让人家怎么办？人家不可能要的！你们都不要，总不能我要吧？你不能坏了规矩，对吧？跟你这样说吧，到时你看产品，你一定喜欢得不行，纯天然，无公害，就这条件你很难找得到第二个的，真的。

话已说到这份上，他只能在"产品"质量上提些要求。空间、环境、食谱，分别以照片、视频的方式呈现，他还是不放心。中介也急了眼，你要不放心，我可以带你去现场看一看，你绝对可以放一万个心！

原本约的是正月初十，对方不同意，说，又不是在养猪崽，不必看猪圈。对方这么说，他就更得看了。中介好说歹说，终于游说了一个日子出来。小区不大，坐落于筼筜湖旁。小公寓四十几平方米，一室一厅，家具极其简单，一桌一椅一沙发，一小组电器，房间整洁有序，空气中隐隐有股薰衣草的香味。之前，因为买房子的缘故，他去找过在售楼中心做销售的堂妹。两个"九〇后"女孩合租一个公寓，都化着精致的妆容，穿着得体的衣服，踩着恨天高，喷着淡淡的香水，房间里却是另一番景象：刚进门，就是一股复杂的气味。香水味、方便面味、榨菜味混合在一起，变得混浊；入门处，横七竖八地卧着、躺着、趴着高跟中跟低跟各式鞋子，还有圆通、中通、顺风、唯品会的各种快递盒子，如何下脚站稳成了一大难题；客厅里穿过的衣服这挂一件那扔一件，快餐盒子随意丢在垃圾桶里，桌上的咖啡杯还没清洗……再发展下去，估计很快就跟网络上那个快递盒堆到床边、快餐盒堆满桌子的宅家懒女有得一拼了。一切都是青春的飘浮，一切都是青春的骚动。终于相信微信上说的，不能轻易去女生宿舍，真要去需要提前几个小时预约。

你看，这么干净，这么整齐，生活环境好着呢！我来过几次，人家一直这样。中介走在前头，先是几次开合着橱柜，又掀了掀冰箱。对方确实有足够的时间把灰尘、垃圾清扫干净，但他相信，即便有足够的时间，也难以把空气全部换新，总会残留着些什么。但是，此刻，他闻不到其他。他只闻到空气中恬静的安稳，以及那实在的清新。他依着清新这个天然的模子，莫名刻画它背后的脸孔——该是瓜子脸、大眼睛、长头发，个子应该不高，身材应该匀称——中间人是这么介绍的。悬挂在墙上的那一个情人泪植物吊篮，摆在阳台上的那一盆雅乐之舞小盆栽，角几上的那一小盆兰花，石磨茶盘边上那几枝插在不规则陶罐中的绿萝……如果再有一盆文竹就再好不过了。他想。他对文竹有着天生的喜好。不由得就想起了她——她的房间里就有一盆文竹。你不是住水岸笭笤吗？我现就在水岸笭笤。来看你，可好？他给她发了微信，像是碰巧路过。

我来漳州出差。我现在不住水岸笭笤了。几乎是秒回。

他正要往下问，她的微信又来了，要过几天才回。她什么都没说，但又什么都说了。他径自往卧室走。卧室是最为重要的空间，每个生命三分之一的时间需要在这里度过。一米五宽的床，一米二的书桌，倚着墙体的连排衣柜，都是统一的榉木。这让略显苍白的杉木书架显得特别醒目——这应该是自行购买的物件——书架只有三层，装满了书。

你看，这么整洁有序，这么清新雅致，你放一百个心好了！中介跟了进来，不用看了啦，真的！人家一个大学生，比咱们更讲究的。到时我们留下两个就好，你就等着儿女成双，便便当爹吧！

正要转身出门，他看到了床上枕边的一本书。封面有着密布的小点点，如此熟悉。拿起一看，《树上的男爵》。他的心"扑通扑通"跳得厉害。同样不是新书，同样有着蓬松感。书签夹住的那一页，没有什么记号。往前翻，再翻，铅笔画着一句话："我哥哥好像在站岗放哨，什么都看在眼里，而什么都漠然视之。一个女人挎着篮子从柠檬树下走过。一个赶骡人揪着母骡的尾巴爬上斜坡。他们互相看不见。"旁边写着一句话，他们互相看不见。

胸口一阵发疼，他的手在剧烈地颤抖。封面的外套夹在扉页上，扉页上只有短短的一句话——

像风一样认真地活着。

关于田螺的梦

她像一个经验丰富的蒙面劫匪，语气平静但不容置疑。她说，脱掉裤子躺上去。我听见皮鞋在楼道水磨石上叩出的声响，或急促，或散淡。乙醇的气味仿佛是突然出现，纷纷往鼻孔里钻。

她穿白衣戴白帽，蒙着白口罩，这突出了她的双眼，黑亮，无邪，但冷漠，她的目光落在一张棕色的椅子上，而那椅子像一个人带着讪笑，张开热情的双臂。她说，内裤也要脱掉。我双腿张成 V 形，两只脚蹬在检查床高高翘起的脚镫子上。一切都是没有温度的白。白的天花板，白的墙，白的帐帘。我听见金属相互碰撞的声音，也许是钳子，也许是镊子。她说，腿张开点。才说着话，一种金属已经插入我的下体。它在扩张，它在深入，它在冒犯。冰块的冷，金属的硬，针刺的痛，流经我的全身。我打了个寒战，咬住嘴唇。紧接着，应该是一根蘸着药水的棉签在里面行走。许久，她戴着白帽子的头，在我的两腿之间抬起来。她说，阴道萎缩。

在看生理医生前，我只觉得下身老有一股气体往外蹿。有时，它像鱼嘴里吐出的一个泡，"噼噗"在那条秘密通道里幽幽游着；有时，它像深巷里生成的一阵冷风，"呼啦"快速冲过巷子冲出巷口。生理医生的解释是，雌激素水平降低，阴道没有足够的润滑剂来润滑，于是就生出很多褶皱，阴道萎缩，失去了弹性，再锁不住气体……

作为心理医生，我无法反驳生理医生给我开出的处方——"补充雌激素"。其实，卵巢上分泌雌激素的开关已经合闸，外来之药又有何用？她不知道我的病根，所以只能开出这种治标不治本的药；我知道，可我却当不了自己的医生。

我已疲惫不堪。我没有买任何药品，直接回了家。

客厅里，张扬正和一对年轻人有说有笑地谈着话。见我进来，他的眼神一闪而过，脸上的笑容也仿佛突然被打上了休止符。休止符后，是很长一段时间的面无表情。我感受得到这种冷漠。

他没有关心我的脸色为什么那么难看。他甚至连过问我怎么那么晚才回来都没有。这种十年不变的习惯，就像桌上他经常冲泡的胖大海，寡淡无味，黯然失色，却也不足为奇。

瑶姐，回来了啊！坐在沙发上的男青年站了起来。所有跟他工作有关的人，无一例外地叫我瑶姐，不论男女，不论老少。我不喜欢人家叫我"张太太"或"科长夫人"，我不喜欢成为他的附属品。直到现在我都无法理解迟子建的小说《福翩翩》里的那个"柴旺家的"，因为爱她的男人，她居然忘记了自己的姓名，而把自己归属在男人名字后的那个"家的"，她是他"家的"什么？我是个不会丢了自己姓名的女人，我有自己成功的身份——"梁医生"。

是小白啊！我礼节性地跟他打完招呼，一眼就瞄到了桌上放着的一大包喜糖。怎么，小白结婚啦？恭喜啊！

你看小白这么客气，因为我没能去参加他的婚宴，他们今天还特地来送喜糖。张扬嘴上与我做着常规性的交流，目光却没有递上。他的手忙着为客人倒茶，眼皮连抬都没抬一下。他漠然地为我也斟了一杯茶，用杯夹夹到我面前的茶几上。

我漫不经心地端坐着，听他们聊单位的一些事情，偶尔也会插上一两句。新娘子小鸟依人紧挨小白坐着，不多说话，却时不时地与小白眉目传情。

我读得懂这种眼神。

我也曾有过这种眼神。

小瑶，帮我拿包烟！张扬可能已经发现了我的走神，说，再去切盘水果！

不用，不用！小白慌忙起身。不用麻烦瑶姐了！

我配合着张扬。端来切好的血橙，我很细心地注意到，小白为他新婚妻子送上一片血橙时，并不是简单地送上，而是将橙两边的皮与肉剥离开来，这样她用牙齿轻轻一咬就能咬起整块橙肉。她很幸福地享受着这种呵护与爱怜。

我的心为之一酸。多年前，那个唤我"小瑶"的张扬，更早那个唤我"小兔子"的阿伟也曾这么对待我。

在小白夫妇道别后不久，他一边低头穿鞋，一边说，我——出去转转。他头也没抬，像是说给鞋柜听。

他吃力地拔着鞋子的脚后跟，几乎到了龇牙咧嘴的地步。就在他撑住左手的位置边上，端放着一把塑料和一把金属的鞋拔子，但他从来不去使用。仿佛那只是我的专利。

看着他狼狈的嘴脸，我突然萌生一种想笑的欲望。

但直到防盗门在他身后"呼"的一声响，我终究没能笑出来。我怀疑，我是不是已然丧失了笑的能力。又或者，我的笑已经没有沸点。

他并不是一个恋家的人。我知道，他是用"出去转转"来规避傍晚到晚饭我与他相对的这段空闲。一个小时的时间，他绕不过这样的轨迹。出小区，过一条马路，到对面的彩票点买几张彩票，或者转个弯到洗发店洗洗头，然后直走到河滨路看人钓鱼……我对他无聊的生活规律一目了然，就如同他对我此时在厨房里的精雕细琢了如指掌。

晚饭是一天中我们能够单独面对面待在一起的唯一一段时间。儿子寄宿在学校，只有周末才回来。因为上班时间的不同，早餐我们都会错开半个钟头，午餐都在各自单位吃，唯独晚餐，我会精心安排。我在用心品味自己对晚餐的感觉，而他从来都是囫囵吞枣地只将我的一番劳作作为果腹之用。

饭桌前，他吃得"吧唧吧唧"，无限夸大嘴巴张开的幅度。食物被嚼出的声响有些走样，但恰巧可以覆盖住我们两人间的沉默。那好像不是他的牙齿与食物碰撞的声响，更像是食物早已知道被迅速咽下的结局，各自在他的口腔里慌不择路。我总是吃得小心翼翼，连夹菜都仿佛怕夹出声音。我恣意让那些饭粒和菜叶在口腔里舞蹈、缠绕，缓缓地，就如我期待他离席后，我可以独享这悠闲的时光。

一股气不知从哪里突然冒出来，在下腹聚集。我像被按下暂停键，紧急刹住嘴上的动作。我听到它冲出关隘，开始行走在那条干燥的通道里。我放下碗筷，左手扳着桌角，右手指用力抠着桌面，绷住身体阻止它的继续前行。他起身盛了第二碗饭。我思维的千军万马再顾不得他的"吧唧吧唧"，全部调遣到那条通道里。我希望它不要发出声响。一声"噼噗"，闷闷地，但还是响了。我迅速瞟了他一眼。他停止了咀嚼。他听见了？我的我脸上热了起来。他并没看我，只用舌头在口腔里鼓捣了两下，继续咀嚼。我微微松了一口气。可是，它还在！它像一个玩捉迷藏的小孩又出现了！我下意识地抓紧桌角，夹紧双腿，努力向内、向上收气、提气。我希望它不要再往外游走。我希望它不要再发出任何声响。可是它继续不管不顾地走着，"噼噗、噼噗、噼噗、噗——"，它干脆一口气直接走到底。

我惶恐地看见，张扬皱着眉头张大了嘴巴。他听见了，他什么都听见了！它泄露了我的全部秘密。一种燥热由脸颊传向我的脖子。

张扬从嘴巴里掏出一粒小石头，丢在桌上，非常不满地说，以后米要淘干净点……

晚上七点，我准时来到我的心理工作室。只有在这些病人面前，我才能显示出强者的威严，才能有实实在在的成就感。

今天第一个来咨询的是一个中医院的美容美体医生——A先生，以前来过两次，可是两次都是吞吞吐吐，欲言又止，尽讲一些无关紧要的琐事。我早就断定他说这些其实只是一个铺垫和试探，他心中肯定埋藏着一些难以启齿的禁区。作为心理医生，当一个有耐心的倾听者是最基本的，所以不管他讲什么，我都会先认真地听，哪怕他扯七扯八地打着一个个擦边球。

这一次，他不再躲闪关于他的话题。他的中医推拿技术是祖传的，以前多用于治病，用于美体是这一两年的事，生意却极其火爆。由于职业的缘故，他经常要接触女人的身体，而且是零距离的接触。当女人，尤其是那些年轻的、貌美的，在他眼前一件件脱掉身上的衣物，只穿着胸罩和短裤，或俯或仰躺在那张美体床上时，他就已经热血沸腾。如果不是宽大的白大褂像一块遮羞布一样藏住了他的心理，被顶得紧紧的裤裆绝对会轻易地泄露他的欲望。最让他难以忍受的是，为女人赤裸的胴体涂抹上精油进行全身推拿放松时，大多数女人都会发出一种勾人魂魄的声响，那是她们很享受、很放松的情况下的一种自然流露，可这种声响更导致他精神的进一步紧张和裤裆的进一步发紧。有的女人在那种飘飘欲仙的情境下还要主动做出一些肢体上的动作，最典型的是咬手指、摸脸颊、双腿夹紧，甚至他还碰到过有的女人向他伸出了酥软的手。尽管他会有一种很想进入的冲动，可理智和医生的道德一次次阻止了他行为上的出轨。每次为一个美女做一次推拿美体下来，他总有些几欲虚脱的感觉，仿佛连续做过几次爱。在差不多要怀疑自己性功能亢进的时候，他却意外发现面对老婆时自己竟然阳痿了。老婆已经将他逼到了离婚的十字路口。

我其实是很爱她的，A 先生涨红着脸述说着，一脸痛苦，可为什么到做爱时却一点感觉都没有……而第二天在医院里，面对那些病人，我依然又迅速地勃起……

你这是长期性压抑所致的心理障碍，我不假思索一瞬间就对他下了诊断，两种方法，一种是换掉你现在的工作，或者做一般的中医推拿，或者找一份没有生理刺激的工作，不用一个月的时间自然就好了；另一种方法让你的妻子也去学这个美体推拿，你在妻子的目光下工作，你便不会有那种欲望……你一旦适应这种形式就好了，妻子对你也会多一些理解……

我一边为 A 先生看病诊治，一边也在为自己把脉。从某种意义上来说，其实我病得比他重。起码见到异性他要压抑，那是因为他体内有巨大的能量需要释放，而我即使面对的是全世界最性感的男人，我也没有了感觉。他是想跟自己的老婆有床第之欢，可他不行，而我呢，我连床第之欢的需求都没有。

在他第一次来问诊后，我特意去找他做过美体。躺在舒适的美体床上，我听见维尼亚夫斯基的《传奇》渗着凄美的婉约，我闻到满屋子充盈的薰衣草的香味。我看见，粉的墙，粉的帘，粉的床罩，粉的枕巾。他的白大褂是一屋子粉嫩里的点睛之笔，眼镜后的微笑灿烂了白口罩的冷意。他用手代替了话语。他的手带着力气开始温柔地行走，走过我的脖颈，走过肩膀，跃过胸部，走过腹部，走过小腹……走过胸罩和短裤包裹之外的每一寸肌肤。他的眼光随着手在行走，仿佛那是他免费赠送的另一道按摩。他的手是细腻的，他的手是质感柔软的，他的手是温暖的。可是，仅此而已。他的手没能唤醒我的躯体。他戴着口罩，但我看见了他眼镜后偶尔微漾的光，我听见了他时而粗时而细的呼吸。我非常用心地感受他的每一寸按摩，我非常认真地倾听他的每一声呼吸。当他的手不小心碰到我高耸的乳峰时，我听见他深吸了一口气。我以为我的感觉应该在此处落笔。可惜，我静若处子，心头没有任何一点微澜。他的气息依旧没能唤醒我的躯体。我为自己的麻木深感愧疚。就在这时，我只听到通道里有一股像风一样的气体奔腾而来，近了，近了。我借机翻过身，趴在美体床上收紧下体。床单已经不可避免地被我揪皱，可是，"嘛噗、嘛噗"，它们不受管控，狂傲地冲出通道口，我心情低落至冰点。我看到他突然停止手上的动作，犹如听到有人当众放了个响屁。他不好意思地笑着说，不好意思，我忘记擦精油了！

一个小时的心理咨询时间已到，A先生如释重负地走了出去。接着进来的是一个乡镇的领导干部——B先生。他只要一接到妻子的电话就会紧张，不由自主地说谎话。明明是跟几个同学在一起聚会，只要同学中有女的，他就会条件反射地说成是跟几个男同事在一起。明明是跟同事在一起，只要同事是女的，他就会本能地说成是跟男领导在一起。跟自己的妻子，他已经不知道说了多少谎话了。他害怕自己长此以往，会精神错乱，会思想崩溃。

你为什么要说谎？我其实已经大体猜出了问题背后的原因，只是我要让他自己说出来。这种版本的故事听得多了，不是男人花心，就是女人疑心。

只要听说有女的，她非得赶到现场来督察，她担心我跟哪个女人"有一腿"！B先生的一只手往后脑勺摸了两把。

其实有病的不是你！我用笔敲着下巴。应该来心理咨询的是你的妻子！

我没病？B先生有些不相信，他指着自己的鼻子，瞪大了眼睛。我真的没病？可我只要接到她的电话，两腿就会发软，脑袋经常会一片空白……甚至大白天上班还会出现幻听，一直感觉她又来电话了。

只要你妻子把病治好了，你的病自然就不治而愈了！我轻轻合上了手中的记事本，向他宣告着谈话的结束。

我确实病得比A先生重。张扬病得也不轻。我们一病就是十几年，起先，只因为几句话。

阿伟出车祸的时候，我正怀着六个月的身孕。我说，我想去看他。埋在一堆辅导书里备考公务员的张扬生硬地抬头，酸酸地说，有那么重要吗？为什么非得今晚？明天去不行吗？又不是永远见不上。张扬一语成谶，当晚阿伟就永远走了。整整一个星期，我都无法走出自责。头七的那天晚上，我像一个僵尸，直挺挺地躺着，任他脱衣服，任他亲吻，没有任何反应。他翻坐起来，大骂一句，我一个大活人还不如他一个短命鬼？如果死的是我，你会这么伤心吗？一把冷飕飕的剑直插我的心窝——张扬你不是人！他晚上不刷牙，上床不洗脚，他睡觉打呼噜，他吃饭"吧唧吧唧"响，他当众擤鼻涕、抠鼻屎、打响屁……他像一辆老旧的货车拖着一屁股从农村带来的生活陋习过活。这些我都无原则地吞忍了，可我却无论如何吞忍不了任何一个人亵渎我的初恋，亵渎我心中的阿伟——谁有权嘲笑我的青春？

慢慢地，拒绝成为一种惯性。先是说来例假，然后说是没心情，后来干脆就说不想……就像那骑了多年的自行车，骑着骑着，就渐渐慢了下来，走着走着，链条再挂不住齿轮。而他，也在以愈演愈烈的不配合或者不在乎，对抗着我的生活方式。我说，晚餐我们可以听点音乐。他说，吃个饭还装什么小资？我说，性事前你能不能先洗个澡？他说，洗完澡谁还想那玩意儿？慢慢地，言语上的交流、目光上的交流都成为一种奢侈品，成为挂在墙上的画，一年到头难得看上几眼。我们用所谓的心照不宣替代了彼此间密切关联、无法躲避的日常接触。经常，他在电话中有说有笑地与人谈及要到哪家酒店喝酒吃饭，但直到出门前，他不吭一声，我也不问一句。经常，他摸着儿子的脸说，爸爸要出差了，之后，就丢下十天半个月的空白。我们都行走在高空钢丝上，钢丝上只有自己。

我曾有过离婚的念头。孩子两周岁时，我通过在日本的姑妈争取到了一个到日本学习心理学的机会。我把孩子交代给我的母亲，跟单位请了长期病假。可是，我无法逃避作为一个母亲的责任，两年后，我还是选择回国，并创办了自己的心理工作室。除了在行政学院给学生上课，所有的夜晚，所有的周末，我都奉献给了那些等待光明的心理咨询者。

从日本回来，我们的婚姻基本是无性的，并逐渐走向了更为沉默与冰冷。都在忙，都在奔波，连交流的欲望都没有。十年前，我们开始分房而眠，一家三口每人一个房间。他频繁在外应酬，频繁缺席晚餐的会面。洗衣机里绞在一起的衣服一次次代替了我们彼此的相见。我们的性生活就像挂在墙上的月历，一个月甚至几个月才翻一次。偶尔为之，也是例行公事。他脱他的衣服，我脱我的衣服，两个人贴在一起，扎出我的疼痛，而后分开，比做作业还快。就像那冬眠前的蛇，实在饿了，狠狠吃上一口。吃一口，可以饱很久。

这就是我们的婚姻生活，有病的婚姻生活。十年如一日。可是，我们谁都没有开口提离婚。尽管婚姻只剩下空壳，可我依然要在这忧伤的空壳里躲避大众毒辣的眼光。如果离婚，大家责备的矛头所指向的定然是我，而不是他。因为我漂亮，做着心理咨询师的职业，接触着形形色色的人，更符合逻辑的说法自然是：能出轨的只能是我。

又或许，我们都需要婚姻这样的壳，这样一个掩人耳目的壳。哪怕它粗糙不平，它藏污纳垢，但毕竟它坚硬，足以挡住风言风语。

只是，我可以没有性，可我难以确定，一个生理健康的男人是否也可以如我一样不需要性？倘若他已经与其他女人有了身体上的媾和，那我还怎么偶尔安顿他身上的器具？

我把婚姻生活结余的大把时间，支配在心理咨询这个倾听黑暗内心世界的领域。我专注于工作，自己的焦灼和恐惧，推延了到来的时间。我赚到了比张扬还要多的钱。

今天晚上的最后一个病人，此时正坐在我面前。这个女人叫田螺，又是一个被情所困的角儿。这是我的第一百二十八号病人，她是第二次找我。她的岁数和我差不多，她的经历却比我凄惨多了，跟她的名字一样，总有绕不完的弯，过不完的坎。为了让自己的大哥有钱盖房子、娶妻子，她在父母的一片哀求声中做出妥协，逼走自己青梅竹马的初恋情人，嫁给了一个有钱人家的花花公子。结婚没几年，夫家家道没落，丈夫也在一次意外事故中死亡，她带着女儿苦苦支撑……去年，她意外地碰上了她的初恋情人，旧情复燃地走到了一起。

这是很多爱情小说里常见的情形，在她身上又复制了一遍。上一次就诊时她告诉我，男人每次激吻她，仍然像初恋时那般充满力量，她感觉到舌头几乎有被咬断的可能。每次被他咬过的乳房总有灼热的疼痛感……她还应他的要求去做了处女膜修复术……她不知道他是不是有病态心理。我一方面告诉她，这个男人的报复心理是比较强的，激吻她是在报复，咬她的乳房也是在报复，让她修复处女膜则是要弥补男人的一种虚荣。除非他们真正结婚，不然这种情况会一直存在下去。另一方面我力劝她离开这个男人。

这一阶段，这个叫田螺的女人努力去试了，可是，她做不到。于是，她越来越心存愧疚，她觉得越来越对不起同为女人的他的妻子。她开始失眠。

你觉得他爱你吗？

应该是爱的。

既然爱，那他为什么不娶你？

他有他的难处。他的仕途还要发展，不能因为这些事而影响了他。他的竞争对手巴不得他现在就离婚！一离婚马上给了对手一个很好的机会！

这些可恶的男人！一样的德性！我在心中唾弃了她的他，也唾弃了我的他。他还不是一样在意自己的前程？副科时，他争取着正科的后备。正科后备上后，他又想着副处后备。这回，他的副处也后备上了，他考虑的又是怎样让后备成为现实。每个阶段，每个步骤，他都有他的打算。而我，迎合着他。我一直在牺牲着。

如果这样，那为什么还要黏着他？跟这种人注定不会有什么结果的。我回到了病人的话题上。

我想过放弃。可我放弃不了他给我的感觉。说真的，没结婚前，没尝过性事的女人是不知道有性的需求的，可尝了，特别是尝过不同种类型后，就会更珍惜自己想要的那一种……都说男人的精液是女人治病的药，一点都没错。前几年，我的阴道萎缩得非常厉害，卵巢也开始萎缩，现在，好像一切都好了。他虽然很少在我身边，但当他在我身边时，他带给我的是无限的激情……你不要以为我是一个淫荡的女人。在老公死后的很多年内，我一次性生活都没有过，我心如止水……直到他重新出现……每次想到他对我的爱抚，我的阴道都会不由自主地潮湿起来……你也是女人，你应该可以理解的。

听着她的描述，我怒火中烧。我也是女人，可我的阴道多少年来一直没有潮湿过。抵达女人内心其实有两条通道：一条是物质的通道——阴道，另一条是精神的通道——爱情。阴道只是最初级的通道，它充满着世俗的气息，却经常是必不可少的。毕竟能达到柏拉图式的境界——只需要精神的通道的男女是少之又少的。而我，可怜得连物质的通道都很久无人抵达。

我竟然开始羡慕起这个叫田螺的女人来。她虽然没有婚姻，可她在物质与精神的双重通道上都是满载的。

他老婆是做什么的？他老婆知道吗？应该说这两个问题并不在工作范围之内，更多是出于一个女人的好奇。在羡慕她的同时，我也不由得想到自己与她背后的那个女人同病相怜。

不知道。他从来不说他老婆！这个叫田螺的女人掰着手上的指甲，抬起头。他唯一说过她一句：她冷得像冰。

冷得像冰？我的后脑勺走过一阵电流，全身震颤了一下。我不确定，但张扬似乎也说过类似的话，或许是某次拌嘴他随口说过。

梁医生！田螺的呼唤声打断了我的思路。我回过神来。

田螺继续往下说。我知道，他其实一直也有负疚感。在这种半明半暗的环境下，他还可以给自己一个原谅自己的借口，一旦公之于众，他怕社会的谴责！

爱本没有错。诸多世界名著歌颂的也都是伟大的爱情，这种爱情置于婚姻、家庭、传统礼教之上……我轻声细语地开出我的处方。那么，既然想爱就要敢爱，就要做出选择，不能这么模棱两可……

我是没法主动离开他的。而他，不会离开我，也不会离开他老婆……这个叫田螺的女人喃喃自语。除非……除非让他的老婆选择离开？

千万不要有这种念想！你还是应该让他做出选择，不要继续这么不清不楚地过下去，对谁都没有好处。我不经意地瞟了一下墙上的时钟，一个小时的时间已经到了。田螺起身，眼神用力地看了我一眼。她迅速从刚才的情绪中走出来，没有过渡，速度快得让我有些适应不了。

和大多数病人一样，她看起来很矛盾，在爱与自责的边缘和大多数病人不一样的是，她似乎又缺少点什么。几乎是一种条件反射，其他病人在讲述这些阴冷和黑暗的事件时，身体会自然而然地跟我形成一定的角度，一般在四十五度到九十度，而她两次都与我形成〇度角，近距离地面对面。所以，我不知道她所谓的矛盾与自责是否真带有诚意，可如果连这点诚意都没有，她又何必向我倾诉呢？

这个陷在爱的泥潭中的女人，已经动摇了一个家的根基，她怎么还敢想着让人家的老婆选择离开？

撕下日历的手停在新的日子上。我意外发现，明天，不，只差一个小时，就是他的生日。或许是田螺的描述多少影响了我，我突然有了提前为他过生日的冲动。我突然很想让他知道，我也可以是火，我也有不是冰的时候。

抽屉里有姑妈送的还没开封的 SAMSUNG 手机。我决定把它作为生日礼物。看着电视里不停晃动的镜头，我竟然开始期待着他的回来。这是之前从未有过的某种期待。我知道，这种"期待"为我拯救自己的阴道提供了某种契机。

听，他带着酒意的大皮鞋"噔、噔、噔"地响在楼梯上，一声重，一声轻。我起身关掉电视。他站在门口，干呕了几下。钥匙插进门锁的时候，我已经闪进了他的房间。我穿着薄薄的细吊带睡衣，歪靠在他的床上假寐。我听见先是"砰"的一声，防盗门关上了。而后，是他跐着台湾拖鞋走着。台湾拖鞋进了卫生间。抽水马桶"哗啦"一声响。不一会儿，走路声又响了一次。我的耳朵张着。我的心紧着。走路声进门。灯亮了。我半眯着眼睛，坐起，在床沿。

你怎么在这儿？张扬带进了一身酒气。

我……在等你。做了将近二十年夫妻，这样的面对面，这样的对话，我竟然会有些不知所措和做贼心虚起来。我不想自己的一点小秘密赤裸裸地让他看穿，遂拿出儿子小凡做了挡箭牌。小凡刚才打来电话，让你少喝点酒。

哦！张扬的反应异常的平静。他把手机往书桌上一放，走到了床前，俯下了身。我的心莫名地激动了一小下，像新婚之夜似的低下了头。可几乎只是一瞬间，那感觉就消失殆尽了。他并没有跟我亲热，我只是一厢情愿、自作多情地激动。他俯下身，却不是朝向我。他抓起了床头的睡衣，淡得没有感情色彩地说，很晚了，你睡吧！我到小凡那间睡！

我的脸上一阵灼热。他知道我的想法，却如此不留情面地拒绝了我，他定然是要我也尝尝他当年饱受我回绝的滋味。

我的自尊受到了强烈的挑衅。我站了起来。不用了，我到自己房间去睡。

这一次，我刚上场就败下阵来。我把手中的新手机往他手里一放，这是送你的新手机，祝你生日快乐！

他轻轻一收，淡然地回了一句，谢谢！

接诊完预约的两个病人，我正要起身，那个叫田螺的女病人打来电话。梁医生，你今天晚上无论如何得听我把心里话掏一掏。

接连两天都接到田螺预约就诊的电话，我因为工作量调整的原因全力推脱。她的心理疾病是比较顽固的。跟她同期就诊的 A 先生和 B 先生经过一个阶段夫妻双方的共同配合治疗后，都分别治愈了心理障碍，而她，却一直跟那个"情"字纠缠不清。在电话中她已表露出一种急切的焦灼感，我可以预想得到她遇到问题的棘手。

对不起，我晚上真的有事。改天吧！

不行，不行，你再不听我说我会崩溃的。

门外传来急促的叩门声，我打开门。门外的田螺挂掉手机，不由分说把我生拉硬扯地拉回我的工作位上坐下。依然是不折不扣的0度角。她迫不及待地说，他妻子不知道使用了什么法力，他竟然提出跟我分手！他竟然一星期都躲着不见我！如果我得不到他，我一定毁了他！

我的心被揪紧了。前几次就诊时，田螺表现出的是非常温柔、无助、柔弱的一面。我只是微微感觉那温柔表象内可能掩盖着她的真诚。而现在，她仿佛突然换成了另外一个人，声嘶力竭、强硬、蛮横……我把手提包重新放回桌上。何必呢？如果已经没有爱，何必强扭在一起？从一开始，你就应该明白，你们这种感情是很难有结果的……

不，不，他爱我！我也爱他！你不知道他每次进入我的身体都会带给我什么样的感受！那一时刻，我甚至都觉得两个人就那样死了都可以！真的！你知道吗，他还曾经激吻过我的阴唇！如果没有爱，他怎么可能去吻我的那个地方？你老公曾经对你做过这样的事吗？

我羞于回答她，但感到下身微微发紧。

田螺深度陶醉，他验证了她的价值和生命的意义。

他说他好累，工作忙碌，上司无情，下级无能，压力巨大，他说我才是真正的女人，温柔、服帖、热情、温暖，跟我在一起，每天都跟新婚一样。他说我在床上能带给他激情，在场面上能带给他面子，在餐桌上能带给他食欲，睡梦中能带给他温馨……

我正想打断她的自我陶醉，田螺嚷嚷着，我热死了！热死了！旁若无人地脱起衣服来。我看见，一颗晶莹剔透的石榴在我眼前爆裂。那饱满的乳房骄傲地挺着，像两座祭拜太阳的方尖碑。平坦的小腹下，那丰盛茂密的秘地，像焦急等待浇灌的丛林……那分明是我青春的胴体！我闭上眼睛，一股热流在下腹中氤氲，像一团蒸腾的云雾。我意识到，那是久违的荷尔蒙。

有人在敲工作室的门。

田螺赤裸着身体冲过去，将门敞开。

张扬！当田螺尖叫着喊出张扬的名字，我也大声尖叫着从梦中醒来。

杨柳依依

爱人的手彻底失去了温度。

没有温度的身躯硬得就像一块铁。不仅质地是硬的，颜色也是硬的。捧在手里硬硬的、冷冷的，落在心上却仍有一丝的软和暖。他闭着眼睛，直挺挺地躺在床上，双后交叠在腹部，一脸安宁。如果我就这么死了，你会想我吗？说什么呢？何止想，我会跟你一起去！那说明你还不够爱我！阮映趴在爱人的身旁，只见硬和冷一点点爬上周遭的事物。硬的被单冷的床，硬的枕头冷的柜子，硬的台灯冷的时钟，硬的房门冷的红"囍"字……还有，又硬又冷的母亲。

又硬又冷的母亲从进门到出门，大概有一天的时间，似乎一直在做一件重复的事：倒一满杯的水进入客房，再举一个空杯子出来。进入阮映耳朵的只有三句话：一句是对空气说的——幸亏还没有孩子！一句是对阮映说的——结婚这么大的事你怎么可以不告诉我呢？一句是对殡仪馆的工作人员说的——拉走吧！三句话叠在一起，增加的只有冰的温度和厚度。

这一刻，阮映突然后悔，自己为什么会打电话给自己的母亲。突发的事件，手足无措的凌晨，打出 120 后，她居然拨出的是那串几乎要陌生的号码。这个一年四季只穿紫色衣服——这些衣服的色彩只有深紫、浅紫、紫红、蓝紫、艳紫、暗紫的色度区分的矮小女人，从来不懂得别人的疼痛。她不关心失去丈夫的女儿现在苦不苦，她只关心往下的日子里自己的女儿有没有孩子的拖累——不，不，她更关心的应该是因为自己的女儿有没有孩子的拖累而引起的拖累于她的诸多可能性。她怎么不想一想，从小到大，我何时拖累过她？！

爱人被带离房间后，母亲终于走到阮映身旁。母亲的手终于有些生疏地落在她的肩膀上，久违的温暖在时隔 21 年后居然第一次从她心底的缺口渗了出来。她确定，那是一股细细的暖流。从小到大，每一次碰上挫折时，她总会无端生出设想：母亲应该像别人的母亲一样，搂住她的肩膀揽进怀里，摸摸她的头或者脸，或者拍拍她的肩膀或者手臂，再说些安慰的话。过往的每一次终究只是奢望。就在她几乎要把头一歪，借着母亲的手臂一靠时，她惊讶地发现，母亲的手只是象征性地"落"在她的肩膀上，并没有往自己身体揽的意愿和力量，这让她的头失去了继续前行的勇气，那丝温暖也心领神会，只微微冒了一下，再没了气息。

母亲的手在她的肩上轻轻点了两下。确切地讲，不是手——因为并没用到整个手掌。应该是手指头，而且不是所有的手指头。也不是点——因为手指头上力的方向并不仅仅是从上往下。应该是拨或者是挠，力的走向还包含了从前往后。七岁的阮映把脚伸向母亲。妈，我鞋带散了，你帮我系一下吧，我老是系不好！蹲在地上刚系完自己鞋带的母亲站起身来，板着脸，昨天已经教过你了，你要自己系，系不好也得系！她甚至想象得出母亲那只习惯了用无名指和小指夹一根记账的笔横过虎口，其余的三个手指头上上下下迅速弹拨算盘珠子的右手。那手指头圆圆的、钝钝的，那指节粗粗的、鼓鼓的，像被砍掉大枝丫的树干上日久结出满是皱纹的伤疤。尽管十几年前不再昂贵的计算器乃至后来兼具计算功能的手机已经完全取代了算盘，但母亲仍然习惯让上珠下珠在她的右手手指间跳跃，仿佛那些"咔、咔、咔"的声响才是它们和她的价值所在。此时，母亲用到的极有可能只是负责弹拨上珠的食指和中指，而她的肩膀无疑成了母亲指下的算珠。

人死不能复生，想开点！母亲圆钝的手指头以这种近似乎蜻蜓点水的方式路过她的肩膀，不作过多的停留。母亲的手势和心思应该做着相同的数学题，手上写着标准答案。话刚说完，母亲的右手带着左手迅速抵达另外一个驿站。它们又瘦又细却健壮有力，掀起床单，解开被套，扯出丝棉被……一股淡淡的青草油的味道若隐若现。

阮映为自己的自作多情冷冷地笑了一下。她的肩膀像卸下了几分重量，身体却发生了奇怪的生理反应：一身鸡皮疙瘩全起来了。她其实非常害怕它有过多的停留——说真的，她不知如何应对。那句话听着是这般耳熟，它几乎不带什么感情色彩，纯粹只是完成从一个人的嘴里到另一个人的耳朵里这样一个物理性过程——这平衡了她的焦虑和不知所措。母亲拍拍祖母的肩膀，妈，人死不能复生，想开点！既然他因为肝癌选择自杀就一定认为自杀是一种解脱，自杀比活着舒服。既然他认为舒服了，活着的人就没必要为此而痛苦了。你——你，祖母抬起头，指着母亲。你真是个没有情感的人！从没见过比你心肠更硬的人！杨柳跟着你早晚会被你害死！

杨柳！杨柳！阮映仿佛听见了祖母当年的呼唤，她冷冷一笑，起身离开自己的房间。客厅里弥漫着青草油的特殊气味，母亲刚才在这里用过它。她下意识地咬紧了牙关。阮杨柳跟几个同学在楼下建筑工地上玩闹时摔倒，膝盖破了一大块皮，她咬着牙没哭。母亲拿青草油要她自己涂抹，她倒抽了几口冷气终究不敢下手。母亲抓过药瓶用力一倒，药渗进皮肉钻心地疼痛，她咬紧的牙关还是松开了，"啊""啊"地尖叫起来，撕心裂肺，痛不欲生。母亲严厉地呵斥道：姓阮的难道都是软骨头？你妈又没死，你哭什么哭？都已经十岁了，有什么好哭的？哭就不疼了吗？这点疼都受不了还能成什么事？她望着母亲，把嘴唇咬得紧紧的。这个妈一定不是亲妈！她把泪水一口口咽进喉里，暗暗发誓：谁说姓阮的是软骨头？你们姓杨的才软骨头！从今往后，阮杨柳不再是阮杨柳，我要叫——阮硬！从今往后，再不会在这个女人面前流一滴泪，绝不让她再看到自己的一丝软！

实践证明，祖母的话一半是错的——二十一年了，她没被害死，她上了大学，读了研究生，在省城找到了工作还结了婚。还有一半是对的——她用了整整二十一年的时光充分验证了祖母的半句话。七岁入学的第一天，母亲带她走了二十分钟的路到学校报到，认了班级，领了书，再教她把书包整理好，而后说，从明天开始，你要自己整理书包，收拾学习用具，自己上学放学。从此，无论刮再大的风下再大的雨，母亲没有一次接送过她，甚至连雨伞都未曾给她送过。母亲总说，小孩子吹点风淋点雨长得比较结实。这么多年，她的体格确实被风雨打磨结实了，心也跟着一点点结实起来。

到了十岁，在别的女同学还饭来张口衣来伸手的时候，她已经学会了做饭，学会了洗衣服，学会了骑自行车上学放学，学会了独自面对一切。母亲的角色基本已经形同虚设。上高中时，母亲说，你寄宿吧！她嘴一噘，平时我已经什么事都是自己做了，你还嫌我烦，寄宿就寄宿，有什么了不起？！填报大学志愿时，索性填了一所最远的黑龙江大学，索性一口气读到研究生，毕业后遵循祖父母的意愿回了本省，索性就在省城找了一家出版公司担任编辑，无论工作还是生活，都离她的母亲远远的，远得一年甚至几年才回一趟家，远得可以用几个月才一通的电话解决所有问题，远得这一次的见面与上次已经相距了整整两年。

母亲抱着被套、床单走出来，走向外走廊。刚把东西塞进洗衣机，又托举着手急急返回主卧。才进了主卧，又很快走了出来，双手仍是托举的动作，嘴里念叨着，咦，刚刚明明有你一本户口本，怎么现在不见了！阮映看一眼夹在母亲手指间的户口本，伸手取了过来，一句话都不说。她的中指上有一条长长的血渍，上面覆盖着一层青草油的浅黄。母亲指着在作业本、书本、试卷上登堂入室的"阮硬"，扬一扬手上的户口本说，人生终究是要你自己过的，你确认自己要改了这名字，我今天就去帮你改过来，算是你的十岁生日礼物，但是你记住了，将来你一定不要后悔！阮映在心中"哼"了一声，我感谢你还来不及呢，我还后悔？！阮映最想要的"阮硬"最终在户口本上以"阮映"的形象出现。虽然没有了"硬"字，但她感觉自己还是如名字的发音般一天天地坚硬起来，坚硬得足以抵御一切对女性的歧视或鄙视。大学时第一次跟男同学去约会，男同学怕她冷，脱下自己的外套披在她的身上，她一把抓下衣服丢给他：我又不冷，为什么要你的衣服？结果当然是，手还没拉上，就分手了。到中学实习的第一天，教导主任说，一个年段十三个班，其他男教师都是两个班，考虑到你是个女孩子，少给你一个班的任务。她立马就不高兴了：我又不是教不动两个班，为什么只给我一个班？她几乎要忘记自己是个女人，直到遇到她的爱人。他是个美发师。阮映冷冷地坐在他的工作椅上，乌黑的长发随意用一条黑色橡皮筋拢着，一如之前的任何一次。他为她围系上理发专用的围布，轻轻开了一下玩笑，女孩子不要这么硬邦邦的，会找不到男朋友的哦！她的脸色立马结上一层更厚的冰，自己喜欢不行吗？为什么一定要男人喜欢？他一脸尴尬，而后耸耸肩，笑着说，都说女人是水做的，能做成你这样女孩的绝对不是一般的水！通常情况下，她抛出那句话后是没人敢再往下说的，但他说了。她知道他是故意设了埋伏，她还是跳进去，问了，那你觉得是什么水？他咧嘴一笑，非得是钢水不可！她也笑了。她不知道自己为什么就不还击，就接受了。这么多年，从来没有哪一个男孩子敢这么跟她说话。大家都不敢，事情就复杂了。而恰好他，敢了，事情反而简单了。好感这玩意儿真是奇怪，顺着简简单单的这几句话，就来了。她说，钢水就想剪个刘海！他说，发型就像是女孩子的表情，做得好，就是微笑，做得不好，就是愁眉苦脸。如果你信任得过，我现在就让你愁眉苦脸的长发微笑起来。她又是一笑，真的烫了个大波浪。从此以后，性情也一点点在大波浪里微笑、婉约、蜿蜒、柔软、浮动起来。

可现在，那个让她一点点柔软下来的男人，那个口口声声说要跟她一起生个女儿来好好疼、好好爱的男人却变成了硬邦邦的过去式。阮映真的想哭。可她发现，自己居然哭不出来。

这年头，每天死亡的人还真不少。老死的，病死的，气死的，高兴死的，睡着睡着睡死的，走着走着摔死的，各种死法应有尽有。死亡无法预订，火化却是需要预订的。同事告诉阮映，每天的第一炉最干净，被烧者也是最舒服的。再加上阳气最足，往生者的灵魂也最容易往上升。就像是新换过的泳池水，谁不想享受第一个入池游泳的待遇？想要安排火化这一天的第一炉不仅需要提前更长时间的预订，还需要走关系，可能还需要多花些钱。这让第一炉听起来俨然成了酒店里的特殊床位，让死亡看起来也似乎成了一种享受。

母亲气喘吁吁跑了一上午，终没能跑到特殊"床位"，能按着皇历上的良时吉日初步预订下的最靠前的时间点只有下个星期三上午十到十二点。阮映只能试着问一下许兰妮。许兰妮是她大学最好的舍友，是她在省城唯一保持联系的同学，毕业后考入了区财政局。许兰妮曾经拿自己跟她做过深刻比对：我长得太像个爷们，尽管心底女人得要死，也没人懂得疼惜我。而你，长得那么女人，可心理却比男人还爷们，谁碰上你都是祸害。结果真被许兰妮说中了：果真是个祸，这么快就把爱人给害了！

第一炉？我问一下小福子！许兰妮挂断电话后半个小时还不到就回复，需要多等两天，下个星期五上午第一炉。可以吗？

小福子是许兰妮新交的男朋友，早一年考入区财政局。凑巧的是，他有个亲戚在民政局当办公室主任，火葬场正是民政局管辖的范围。多等两天更好！这样，他还可以多"活"两天。阮映是这么回答的。除了多出来的这两天，最为关键的，她可不想爱人的骨灰里掺杂那些来历不明的成分。

爱人是个孤儿。在他两岁的时候，父母出了车祸去世，留下他和祖母。他刚满十三岁，祖母也去世了。

父亲没有兄弟姐妹，母亲是被拐卖的外省女，寻不着可以依靠的亲人，他从此踏上了异乡拜师学艺之路，一走就近二十年。二十年，于她，短得只有他们相识的这四百多天，却也长得连他的火化与安葬都没有其他亲人需要通知和商量。这倒省却了诸多麻烦，一切皆是她可以自己决定的。

省城比较大的墓园只有两处：一处在东边，一处在南边。阮映选了东边的福陵。福陵背倚福乾山，正前方有一弯乾江水缓缓流过，远远一看就是爱人喜欢的景致。进了墓园才知道，看似普普通通的墓地也是大有讲究的。墓地讲究风水，不但讲究地理位置和朝向，还讲究吉利的穴位。这些因素各有上下之分，综合起来后就决定了墓地的三六九等不同单价，有一万多，两万多，三万多。面积大到六七平方米，小到两三平方米，而且并非纯墓地面积，还包含着公摊。阴宅与阳宅异曲同工，只不过，此时陪在身边的是母亲。阮映在窗户的位置前做出一个夸张的拥抱状，我就喜欢这个大飘窗，到时我在这里摆两盆花，摆个书架，以后看稿就在这里了！连书桌都省了！他从背后环抱住她，那好，那咱们就买这个了！她微微侧过头，与他的脸贴在一起。可是这个太贵了，一平方米要多出一千多！算了，算了，咱们还是要嘉华路的那一套吧，省了七八万呢！暖流与冷流在这里汇合，交集，翻腾。

售墓员带着阮映转了一圈下来，又回到了阮映最看好的那处依山而建的墓区，单价从 23888 元到 29888 元不等，面积多为三四平方米。墓区已经"入住"80% 以上，剩下则寥寥无几，这边空一位，那边空一位，呈分散状态。挑墓地也得看邻居。售墓员指着眼前的墓地介绍，阮小姐你看，同样是坐北朝南，同样是依山而建，这个墓地左边是中学教师，右边是公务员，都属于知识分子，你爱人偶尔要跟他们一起看看书，下下棋，聊聊天什么的……交房取钥匙那天，他一脸兴奋。我探听过了，买咱们隔壁的是一个教师，楼上的是一个乡镇干部。你探听那么多干什么？到时门一关，谁还有空管谁是干什么的？你不懂！远亲不如近邻……几分钟后，教师近邻真来电话了。

你们家门口来了个老太太，说是要找刘亚强。阮映说，她肯定找错人了，我们家没有刘亚强！

你们这些人可真能掰！母亲听不下去了。人都死了，还要什么邻居？还看什么书、下什么棋、聊什么天？

阿姨你可不能这么说。人死了，可是人的灵魂是在的呀！售墓员从阮映的脸色看出来了决定权的方向，转向阮映道。是不是，阮小姐？你也相信你爱人是有灵魂的对不？

阮映还不知如何开口，母亲又接上了。掰来掰去无非就是多要几个钱，你当我们傻啊！你直接找一个大官和一个有钱人出来得了，风水最好，要钱有钱，要官有官，什么都有了。

那倒也未必的呀！售墓员倒是一点不饶人，一套一套地应对着。找这种人当邻居，其实好多风水都已经提前被他们占走了，你们这后来的根本分不到什么风水了！

阮映不想多说话，只问，这个，多少钱？

一平方米 25888 元，3.5 平方米，90608 元……售墓员熟练地摁几下手机按键，即时通报着数据。你们找了魏主任，给你们打个 9.5 折，总共 86000 元，还可以按揭……

你疯了？母亲一把将阮映拉到一旁，声音被压挤得扁扁的。86000 元？又不是买房子！

这怎么不是房子？这是他的房子！阮映盯着那块空空的墓地，喃喃自语，他这一辈子够苦的，我一定要让他到那里过得舒服些。

你要考虑一下自己的经济能力。走的已经走了，花再多的钱也已经走了，回不来。可活着的人还要把日子过下去……你要想一想，你哪里来的这么多钱？母亲拉起她的手，掰着她的手指头一个个地数起来，每个月五六千元的房贷，一千元的伙食费，一两百元的电费、水费，两三百元的物业费，两三百元的交通费，你一个月多少工资？我年纪大了，帮人记账的事还马马虎虎接着做，钟点工不打算再做了，我，我……

阮映不说话了。她知道母亲的表情和心思做起了不同的数学题，母亲还有未说出的更重的话——我可没办法再帮你出钱了——一个"再"字无情揭开她的旧伤疤！没错，买房子的近四十万元首付里，有母亲支付的十万元——那是母亲的全部积蓄——虽然当时她并没有开口要，是母亲主动打到她卡上的，但终究她还是用了的！

你想想，为一个死去的人，值得吗你？母亲切换了轨道，继续说。为一个死去的人……为一个死去的人……阮映觉得这句话好熟悉。祖母说，我儿子好歹是有工作的人，怎么说葬礼都得办得像模像样，要请二十四拜，要请西乐团……母亲一脸冷漠，死都死了，再花那么多钱有什么用？

日子终究是要我自己过的……阮映退出一小步，抽回自己的手，我谢谢你的关心！但请你先回家去，不要再管我的事了，好不好？

很显然，这几句话像连环掌击中了母亲。她不再说什么，只看几眼被抽空的双手，无趣地走开。一个"谢谢"加上一个"请"都足够客气和礼貌了——亲人间，还有什么比客气和礼貌更令人陌生的？

阮映推门进屋的时候，上一秒餐厅里还时断时续地传来的响亮的算盘珠子声就这么戛然而止。屋子里像刚被清盘过，连空气都规规矩矩。不用看都猜得出——母亲定然又在打她的算盘算她的账——阮映还是看了。母亲正面对着进门的方位，一支笔横过虎口，被右手的无名指与小指夹住，握在手中，右小臂支着餐桌，其余的三个手指头紧急从算珠上撤离，却还未来得及完全收回，悬在半路上上下不得。餐桌上摊开着一堆钱，旁边是一个牛皮纸信封。出事后，他的朋友，她的同事、同学，一个个地来，一个个地走，送来一份份银子钱。所有外来的安慰到达的都只是表面，

无法抵达内心。

刚才有三个人来，说是那天晚上跟小谢一起喝酒的——你

都认识！母亲指着那堆钱做着介绍，那钱是他们拿来的，我数过了，正好两万。顿了一下，母亲的语气里多少有些埋怨。你怎么没告诉我，他是跟人喝酒出的事？

母亲又说到了阮映的痛处。如果爱人那晚少喝一点酒就不会出事；如果她没有睡在客房，能及时发现情况也不会有事……她跐上脱鞋，把手提包往沙发上一扔。事情都已经出了，告诉你怎么出的事又有什么用？是喝酒出的事还是不是喝酒出的事，又有什么差别？

怎么没用？怎么没差别？我们得去告他们，让他们赔钱。母亲的手指头惯性地栽到算盘上，有一下没一下地拨着算珠。一条人命，他们想两万就打发，怎么可能？

阿飞已经走了，我不想他把最后一点面子也给丢了。阮映只想安安静静地坐上一会儿，冲突却在这个时候暴发了。

你能不能不这么软弱任人欺？！我看你往下都要揭不开锅了，你还顾着阿飞的面子？面子重要还是钱重要？母亲摇着头把钞票一张张地码在一起，每一张都码出了力气，话语也一句码着一句不留空隙。他们以为两万元有多少？连买块墓地都不够！你怕没面子我不怕，不用你出面，我来替你出面，我来替你打官司！我刚才已经算过一笔账了……

你不要整天吊着算盘过日子行吗？阮映在"行吗"两字上使了劲，成功阻止了母亲手指头的弹拨。话一出口，她就知道明显是酸的，但已经收不回来了。你盘算得了日子，盘算得了人心吗？

你不要成日里拿着放大镜生活好不好？你就懂得一味放大他的好，放大我的不好。我是你妈，我还不是为了你好？日子是往前走的，你能不能不一直回头看？你往前看好不好？你别不爱听……母亲的手指头不管不顾地配合着话语飞快地在算盘珠子上拨动。你看，赔偿是算到六十岁，阿飞三十二岁，六十减三十二……

杨月琴，你以为每个人都要跟你一样只认钱不认人吗？算珠声严重刺激了阮映，她再受不了了，捂住双耳咆哮道。你老公早亡，我老公也早亡，我就得跟你过一样的日子吗？别以为我不知道，我爸的死还不都是你逼的？你不舍得花那么多钱给他治病，你不舍得借钱陪他上北京。一切都是你造成的！你以为你这样对待我爸，我也要这样对待阿飞吗？你日子过得痛苦，非得我也要跟着你一样痛苦吗？

那个被叫作杨月琴的母亲整个人傻掉了。

打开电冰箱的时候，阮映发现了异常。冷冻室已经塞得满满的，放在冷藏室的几款茶叶也被挪动了位置。接连几天，母女俩都不说话，可母亲带来或者一天又一天新买来的许多东西却以一种特殊方式打破原有的秩序，用沉默闯入她的生活。每个新增加的物件上都贴着各种小标签，除了统一的日期标注"2012.12"，还分门别类地标上"香菇""木耳""三层肉""瘦肉""排骨""土鸡""土鸭"等字眼。如此多的种类，如此大的数量，母亲存储的起码是她往下半年的生活需求。这让她有了一种严重的不适感——母亲正把已经远逝的童年生活重新装进她的日子里。父亲去世后不久，家里所有有外袋包装或容器的食物都被贴上了小标签，除了最常用的塑料桶里的"米""面粉"和塑料杯里的"盐""糖""味精""碱"相对简单标识外，通常都是名称与时间的配套标注："生花生 92、09""生花生 92、12""熟花生 92、12""地瓜粉 91、冬""笋干 92、春"……所有药品也都标注了名称和用量，"银翘 C 一片""扑感敏半片""感冒冲剂半包"……母亲一一指给她各种食物和药品的存放地点和用法用量，逐一叮嘱。这些花生和地瓜粉有不同时期的，你一定要先从时间早的用起，慢慢往后用……发烧才吃扑感敏，没发烧只要冲半包感冒冲剂。记住了没有？啊？**数据化**的日子，程序化的生活，充盈着她学习之外的空间，沉重而又烦琐，这让她一旦距离上远离，便选择全盘抛弃，甚至走到另一个极端——混乱的自由，自由的混乱。在她可以自由做主的地盘，一切都可以不合常规地放置：各种书籍堆满了床头，占据了半张床的篇幅；书桌与餐桌功能混搭，书桌上有速食面、零食，餐桌上有她手头编辑的书稿；衣橱里更是毫无章法……阿飞收拾着速食面的袋子，调侃道，早知道你生活如此灰暗不能"自理"，谁还敢娶你？阮映笑答，不这样，你这台生活的"打理机"岂不无用武之地？爱人让她的生活恢复了秩序，没有数据和程序也可以有的秩序。

阮映好不容易找到了标注为"2012、12、20 前"的铁观音。母亲以自己插入她的生活的时间为中心轴，用一个"前"字模糊了具体，却划分了界限。她不想吃饭，只想喝茶，喝他带回来的铁观音。她随着他的喜好爱上了铁观音。第一次约会，下着蒙蒙细雨，他带她进的就是一家茶馆。他举着手上的一小袋茶，说，铁观音——单这名字听起来就让人有一种说不出的舒服。铁是硬的，观音是软的。铁是冰冷、无情的，观音是慈眉善目、温暖柔情的。就像你——又冷又暖，你太像这铁观音了！那是她第一次喝铁观音，那么香，那么回甘，那么百转千回地绕，恋爱就该是这般滋味啊！一喝就喝了几个小时。他打趣道，你把雨都喝停了！这一刻，她知道她爱上了他。她就喜欢他这样的说法，不论是夸张还是比喻。

一样的雨天，一样的冷夜，一样的茶，不一样的是没有他。茶的滋味弱了七八分，但总归还是有点滋味的。杨月琴走到小茶桌前倒了一杯水，走进自己安顿下的客房。每次饭后，她都要喝一大杯的水，每次喝水都要进到自己屋内，仿佛喝水也隐含着什么见不得人的秘密。

门铃响第三次的时候，杨月琴举着小半杯的水小跑着去开门。在打开门之前，她将剩下的那小半杯水急速倒进嘴里，一仰脖子，满满一口吞咽了下去。请问刘亚强是住这儿吗？一个女人苍老的广西口音。

你找错门了！我们这儿没这个人！

不，不，应该是这儿，不会有错！对了，对了，他应该还有现在的另外一个名字，叫谢阿飞！

你是？

我是他的阿妈……

阮映的手接连抖了几下，提在半空中的盖瓯里往下倒的茶水冲出了杯外。母亲让进来的是一个六七十岁的老妇人，佝偻着身子，穿一件暗红色的粗绒外套，提两个脏兮兮的蛇皮袋，裤管一边高一边低地卷着。母亲望向她，她望向老妇人。老妇人放下蛇皮袋，两眼直盯着她，双手开始在粗绒外套上来来回回正面反面不停擦拭，像是要擦亮两面照人的镜子。

换上杨月琴递过的棉拖鞋，老妇人很是不适应，伸缩了几回才迈开脚，却终究是像猫一般踮着脚尖，碎着步子往前走。阮映慢慢起身，走过去，问，你刚才说——你是谁？

我是亚强，哦，不，是阿飞的阿妈！老妇人揪着衣角揉着，绞着，仿佛衣角犯了错，她要惩罚它。她黑白交错的头发用几个或黑或白不同颜色的发夹别在耳后，一只眼里蒙着一层白色的膜状物，一只眼的上眼睑重重地垂下遮住了半只眼球。她努力抬起头，小心地问，你一定是亚强，哦，不，是阿飞的媳妇？亚强呢？

一切都像是迷局。阮映只觉得天旋地转起来。阿飞不是孤儿吗？他告诉我他是孤儿！

姑娘你不要误会，他是孤儿没错，我是他的养母！他跟我的小儿子是最要好的同学，我把他当作亲儿子看待，有一段时间，他就住在我们家，后来……阿飞的养母打住话头，往主卧看几眼，又往客房看了看，眼里满是灯火。亚强呢？

他，他……阮映不知如何应答。她从来没有听他说过他有个养母，可眼前的这个老人看起来一点都不像撒谎——或许只是因为时间短的缘故，又或许只是老人与阿飞两代人认识上的差异。如果真是他的养母，她无法确定，这么大的年纪，这么满的希望，他的养母是否会受得住？

他，他，他去出差了！关键时刻，母亲几步上前化解了危机。去上海培训，说是要去一个月！

这样啊？老人熄灭了眼里的灯火，低下头往回走。走到入门处，她解开一个蛇皮袋，取出一样样的东西往餐桌上摆，嘴里念叨着，这些都是亚强小时候最爱吃的东西，自己做的油辣子、芝麻酪，自己蒸的年糕、粉条，自己地里种的小米、玉米……这么多年，也不知他口味有没有改变。她似乎是在责怪自己：我还是来迟了……我早应该来的……又似乎是在自我安慰，去学习好啊，才能有本事……她有些前言不搭后语，每句话都想说得轻松，听起来却令人有种说不出的压抑。

阮映知道哪里一定有问题，但她找不出问题所在。她没有多余的精力来思考这些，用目光质问着母亲。母亲改用闽南语轻声说，农村老查某（闽南语，意指女人），万一要来跟你分遗产怎么办？也就这一套房子了，再分一半走，真是没法过了……母亲考虑的还是钱的问题！她的心里生出一万分的愧疚。她想在爱人火化前把他的养母送走，可因为元旦连着春运，火车票很是紧俏，买到手的是一个星期以后的票。飞机票倒是买得上，但老人坚决不肯坐飞机。

老人的出现像是润滑油，润滑着母女间的生涩，又像是隔离墙，隔开了母女间方方面面各种直接接触的矛盾和尴尬。她同杨月琴一同住进客房。阮映不动声色地继续做着各项准备，挑骨灰盒，买寿衣，洗照片，找人刻墓碑……杨月琴腾出更多的时间陪着老人，她们一起上街买菜，一起进厨房，一起把一星期切割成一天天地过下去，把一屋子的沉闷过得更加寡淡，把寡淡过得渐渐有点古怪的气息。自从老人住进家里，阮映发现家里的一些物件似乎长了腿脚，时不时会自己移动位置。比如，睡觉前明明还在客厅里电视柜旁摆放的结婚照，天一亮，自己就跑到了抽屉里躲藏起来。一直在抽屉里待着的结婚证，冷不防又自己跑到了桌面上。问谁，谁都说没有动过。直到那天凌晨，客厅里依稀传来的动静才解开了谜团。一开始，阮映以为是小偷进了家，都是翻箱倒柜的声响。后来，隐约听到了嘤嘤哭泣声。她翻身下了床，开了房门开了灯，立马惊呆了。客厅里，阿飞的养母跪在茶几前，一手抱一张大大的照片贴在胸前，一手抬起挡住突然亮起的灯光。她的面前，两个抽屉都敞开着，被抽出照片的相框趴在茶几上。

见是阮映，老人拿袖子揩两下脸，站起身来，讷讷地解释，家里没有亚强的照片，好不容易来一趟，就想找一张留个念想。

这张——不行！阮映急急走过去，双手捏住大照片的两角，轻轻往外抽，我另外洗一张给你！

不，不，我就要这一张！老人把另一手也压到照片上，双手紧张地抱在胸前，仿佛它随时会飞走。我就想要这一张，这一张精神……

我另外洗一张给你！阮映不容置疑地一点点掰开老人的手，把照片往外抽。老人还想抵抗，另外一双手也加入了进来，合力掰开她的手——杨月琴一出现，天平立马往一边倾斜。阮映跪在茶几前，摸摸黑白照片上爱人的脸，尔后重新装进相框里，往玻璃镜面哈几口气，又拿袖子揩了揩，边揩，泪水边往眼眶里一点一点地赶。

老人也跪了下来，眼泪一滴滴掉了下来，掉在他的眼上，鼻上，嘴上。她伸出整个小臂就往相框上擦，将自己的泪水擦成一条又一条的弧线，连成一片，边擦还边轻声唤着，亚强，亚强……

你——阮映把赶到半路的泪水拦了回去。她猜到了几分，惊住了。难道你——知道阿飞？

嗯。老人只是点头。那天去他剪头发的店里他们就告诉我他没了，我一直不相信……既然来了，我还是想来看看他，看看他的家，看看你，看到这个相框，我不得不信了……

你——你都知道了？杨月琴一下子就紧张了，蹲下身来，揪住老人的手臂。那你——你想干什么？

我，我，我想看看他……老人瑟瑟地说，我都已经17年没见到他人了，我想最后再看看他……

杨月琴长长松了一口气，额上的汗水却一颗颗地冒了出来。

直到举行完葬礼，太阳才终于露了脸，阿飞的养母也才终于脱下身上那件粗绒外套。在家的五天，再加上找上家门之前路上的奔波，阮映估计那件外套至少已经在她身上超期服役了七八天，这一块污渍，那一块油斑，甚至开始发出一种近似于馊饭的味道。每次她从身边走过，还没到达，风已提前将那味道送达。她走过好几秒，那味道也还停留在空中，令人作呕。脱下粗绒外套的老人像被扒了厚厚一层皮，瘦了一大圈。脱下也只是脱下，老人把衣服搭在正对着客厅落地玻璃门的阳台上晒，进到客房从蛇皮袋里掏出件稍薄一点的粗布衫。

　　阮映歪靠在沙发上，随手翻几页新到的《生物学杂志》。一对奇妙的反向平行的 DNA 双螺旋赫然出现在画面中，它们缠绕着，拥抱着，向上，向上。他们原本处于各自独立的两端，虽然都在向上，却始终反着方向，并列而行。它们本应没有交集，却因为内侧的碱基——最为主要的遗传基因——而将扁平环连接起来。碱基连接起来的两条呈现红、黄、蓝、绿四种色彩的长链绕成一个圆柱体，长长的、宽宽的圆柱体，旋转向上，壮丽绚烂。她的目光移离杂志，瞄几眼老人的身影，再瞄几眼阳台。那件粗绒外套像一块骇人的过期膏药贴在阳台上，把阳台也给贴出酸痛病来，膏药的难闻气息被阳光的热量一股一股地往客厅里送。

　　站在阳台走廊上的杨月琴挨近玻璃门瞥一眼客房的方向，把膏药往边上挪了挪。再瞥一眼，再挪了挪。尔后，开始她因为两天忙乱而不得不停歇的每日必修课——例行打扫、重新归位。她将茶几上的茶罐收进冰箱里，水杯放回角几，杂志放回书桌，年糕、芝麻酪等收进纸盒里……动作干净利索，没有任何迟疑。阮映，过来，怎么把剪刀放在餐桌上了？快来收回去！从哪儿拿的，放哪儿去！阮映，怎么地上到处都是饼干屑？快过来把它弄干净了！阮映，怎么把袜子跟内裤泡在一个脸盆里洗了？赶紧分开！来家的这十天时间，阮映一直觉得母亲就像一瓶不折不扣的修改液，所到之处，总将她的自由与随性（当然，在母亲嘴里这是混乱与无序）修改得不见踪迹。母亲重建着她儿时记忆中的秩序：什么站要有站样，吃要有吃相，女孩子坐在沙发上不可以盘腿，吃饭的时候不可以"吧嗒"响，不可以咬筷子，不可以在盘子里挑来拣去；什么用过的东西要记得归位，从哪儿拿的放回哪儿去，桌面上放置常用的东西，不常用的东西收进抽屉里；什么吃的东西不可以带进卧室，书桌上不可以摆放跟学习无关的东西；什么地板要先扫再擦，一擦要擦两遍，头遍去粉尘，二遍去小颗粒；什么跟同学出去玩晚上八点前一定要回家……那秩序是她所熟悉的，当然也是力所能及的——在她一个人生活的时候，却更是她所排斥和反感的——在与母亲同在一个屋檐下的时候。她以一而再，再而三地破坏这种秩序来表示她的抗议，而母亲则不厌其烦地修改来维护秩序。

好不容易看见老人抱着一堆衣服进了卫生间，阮映丢掉手中的《生物学杂志》。卫生间的门"咔嚓"一关，她从沙发上弹了起来，直奔向阳台。以她的经验判断，那么多天才洗的一次澡，老人这一进没个半小时一小时是出不来的。待她半小时一小时出来，衣服已经在洗衣机里转得差不多了，她想不洗也来不及了。一脚刚跨出客厅的落地玻璃门，阮映这才看到，站在走廊的水槽前洗拖把、抹布的母亲已经先她一步抵达目的地，不偏不倚地把手落在了那件粗绒外套上——显然，她们的目标是一致的。你——母亲的话还没说出口，几乎是不假思索，她把跨出落地玻璃门外的那一脚收回门内，缓缓往回走。

望着阮映沉默的一点点远离的背影，杨月琴有些失望。失望归失望，她的手还是习惯性地伸进那件粗绒外套的口袋里摸索。两个外口袋被她反掏了出来，没有什么东西。她的手试着往上往里侧的暗袋摸——意外恰是在这时出现的——她掏出了一张已经折出很深的折痕，边角有些发毛的纸。一展开，她惊叫一声——阮映！

刚走到客厅的阮映着实被这声尖叫吓了一大跳。她看到母亲手上举着一张几乎要烂掉的软软的纸，一脸惶恐。往回走已经不可避免。拿过那张纸一看，她也呆住了。纸上赫然写着"通缉令"，下面的名字虽然写的是"刘亚强"，照片却是爱人的照片。惊讶与慌乱像是着在纸上的墨，让每个字都一点一点地模糊起来，直至被覆盖。而母亲的责骂与数落却野蛮地落在那层墨上，重新书写，字字醒目，声声入耳。

早就告诉过你，家庭背景抹得像一张白纸，这样的人绝对不可靠，你就是不信。现在好了，被骗了吧？！知道吃亏了吧？！人真的不可貌相啊，他居然还是个杀人犯！知道吃亏也没用了，给一个杀人犯当了老婆，这种耻辱一辈子都洗不清。我看你以后怎么办啊？以后你怎么办啊？当初我就该拦着你，无论如何拦着你！杨月琴说得痛心疾首，仿佛要过这种苦日子的是她自己。她甚至捏紧了拳头，捶向的却是自己的胸口，一下，又一下。你说，结婚这么大的事，你怎么就可以不告诉我呢？你告诉我，我死活不会答应的！你，你真的，你怎么可以不告诉我？……

人生终究是要我自己过的，告诉与不告诉有什么不同？……阮映垂下手，别过头去，声音也跟着手越垂越低。每个人都有自己的秘密，可爱人的秘密大得令她猝不及防。

跟你说一千道一万，你就听不进一句话！杨月琴摇着头，三分是责备，是数落，七分是叹惜，是邀功。他居然瞒着你！这么大的事情居然一直瞒着你！当初我怎么说的？从小克死家里那么多人，这人的命一定硬得不行。果真被我说中了不是？！

既然他的命硬，那他要克死的应该是我，怎么是他自己？阮映冷冷一笑，恣意维护最后的一点尊严，每字每词都带着针带着刺。你忘了，你也说过，人生终究是要你自己过的……

你——杨月琴被这句话戳在了痛处，生生堵住了去路。

阮映心头一颤，悲切一层叠着一层。"人生终究是要你自己过的"本是母亲的矛，此时却成了她回挡母亲的盾。应该是从七岁起，母亲不再替她做任何选择，大凡碰上需要选择的事项，这句话就隆重登场了。似乎这句话一说，作为母亲的她就永远没有责任了。在她的记忆深处，那句话一直就是母亲刀枪不入、百毒不侵的护身符。这东西真是万能膏药啊，用得着的时候一贴，就都没事了，毕竟"都是你自己做的选择，你能怨谁"，用不着的时候，往袖子里口袋里一放，完全不露痕迹。更为重要的是，任何一种场合它都可以循环使用，周而复始。

母女俩就像两股绞在一起的乱绳，越绞越紧，几欲窒息。就在这个时候，刺耳的一声"砰"打破了母女间的尴尬。卫生间的门猛地打开了，上身脱得只剩一件秋衣的阿飞的养母惊慌失措地奔了出来。

这——是怎么回事？阮映无力地举起那张通缉令，话语软塌塌的。你到底是谁？你找阿飞究竟想干什么？！

这不明摆着杀人犯的母亲，还能是谁？还能想干什么？杨月琴重新燃起了斗志，一句接着一句地发射着毒辣和猜忌。不就是想争财产来了？告诉你，这房子有很大一部分钱是我出的，你儿子出不了几个子儿……

早知道会出事的，早知道会出事的。怎么就给忘了呢？怎么就给忘了呢？阿飞的养母絮絮叨叨，不停地摆着双手。你们不要误会，不要误会，不要因为这对他生出不好的感觉……

一切都突如其来。谢阿飞原来竟然不叫谢阿飞，而是叫刘亚强。十九年前，刘亚强成了孤儿，他最好的同学谢鹏飞的母亲收留了他，两人成了朝夕相处的好兄弟。再好，也有吵架的时候。那一天，在放学回家的路上，两人因为一个女同学吵了起来。刘亚强觉得那个女同学长得很有气质，特漂亮，而谢鹏飞却说那个女同学要长相没长相，要身材没身材，难看死了。刘亚强急了，说，谢鹏飞你个傻瓜，你没品位不懂得欣赏！谢鹏飞也急了，回骂道，刘亚强你个土包子还懂什么气质！许是

"土包子"三个字刺激了刘亚强，他不知哪来的力气，一把将谢鹏飞推出几米远，谢鹏飞没有站稳，重重地摔到了地上。谁知道会有那么凑巧的事，地上正好有一块尖尖的石块伸出来，谢鹏飞的后脑直接撞到了石块，再没醒过来。刘亚强当天就失踪了。老人已经失去了儿子，并不愿意再追究养子之责，但派出所还是发出了通缉令。刚开始，她一直以为养子很快就会回来，可一年年过去了，养子再没出现过。死的已经死了，活着的终究还给人留有念想。一直担心忘了养子的容貌，她无数次自责没有给养子照过相。后来有一次到派出所收废品，竟然在一堆旧报纸里翻出一沓当年的通缉令，上面就有养子的照片，干脆就藏起一张带在身上，一藏就是十几年。从几年前开始，谢鹏飞的母亲每个月的十日都会收到邮局的汇款单，三百元、五百元不等，落款只有一个"谢"字。她猜测得出，一定是刘亚强。可是这个月，十日已经过去七八天了，她没有收到汇款。她知道，他一定是出什么事了，她要来看看。所以，她就揣上那张通缉令，循着邮局的汇款单找了过来，找到了邮局。邮局对每个月十日准时汇款的他印象特别深刻，把他工作的美发店告诉了她……她就这样一直找到了家里。

他肯定也是一直愧疚，不敢面对我，才不敢回家去。老人擦一把眼泪，把鼻涕往里一吸，吞了进去。他其实一直是个好孩子，他心里一定还记挂着我，记挂着他的好兄弟，所以才会在名字里取了"谢"姓和"飞"名。

既然很早就有阿飞的消息了，为什么没报警？阮映问。

为什么要报警？老人要回通缉令，轻轻按着原有折痕重新折上。他是我儿子，他又不是故意的，我也希望他没事，好好的。

警察怎么没循着汇款单找过来？杨月琴将手上的那件粗绒外套披在老人身上，声音软了几分。

你说，谁会想到嫌疑犯会给受害者的母亲寄钱？老人将那张纸重新塞进内侧的暗袋里，把外套往内一紧，说，这件衣服也是前年亚强寄回去的……

你怎么确定是他寄的？阮映很是好奇。他不可能写名字。

一定是他寄的……老人轻摸几下衣服，语气非常坚定。这苦命的孩子小时候就说过，等他哪天有钱了，一定要给我买一件绒布衣服。一二十年前，有钱人才穿绒布衣服……她的脸上浮现起一层又一层满满的幸福和骄傲，像是平静的湖面上微微漾动起波纹。

不，不，我觉得他不苦，他比我幸福。至少，他还有你这样不是母亲的母亲爱着。那波纹把阮映漾疼了，她心头瞬间涌起的居然是羡慕。眼前的老人与自己的爱人非亲非故，并无血缘上的任何关联，他们却如此的惺惺相惜，以各自的方式疼惜、保护、爱护着对方。不像有的人……她的目光悄悄发生偏离，转向自己的母亲。母亲也在看她。就像撞在一起的两块石头，两人的目光只是一碰，便各自弹开。

原来，爱并不一定源于血缘。没有爱，哪怕流的是相同的血也没有缘。

阿飞的养母要走的那天是个星期天，她一早就穿上头天刚洗过的那件粗绒外套和阮映帮她新买的棉裤，围上杨月琴送给她的紫色围巾。许兰妮和她的男友特意开车过来相送，帮着大包小包往车上拎。两个简陋的蛇皮袋已经进了垃圾桶，换上的是一个大旅行包和一个小布包。大包里装的是省城的各种特产：几斤橄榄，几包面线，几包燕饺、虾饺、鱼丸，几盒馅饼，等等，小包里装的是老人的衣物。杨月琴原本已经坐进了车里，车刚开出几十米，她接连干呕几下，急急下车吐出几口水样的唾液。那几口唾液似乎带走了她身上的血气，她的脸色紧跟着就一片惨白，大颗大颗的汗密布额头、两鬓。她一手扶住车门，一手叉着腰，上气不接下气地对着老人说抱歉，不好意思亲家母，坐不惯小轿车，小映跟你去，我就不去了！才说着，又从口袋里掏出几盒钙片塞进老人手里说，我也没什么东西好送，就几盒钙片，上了年纪该补补钙！

　　老人正想推辞，杨月琴又一阵干呕上来。她叉着腰的左手提到胸前，紧紧捂住胸口，试图制止那翻江倒海的汹涌。右手赶紧从车门上收回，朝着阮映连摆几下，迅速关上门。门刚关上，她"哦""哦"几声又吐出几口水样的唾液，那声音在清晨有几分安静的马路上一路翻滚，有些骇人……

　　除了驾驶员，车上所有人都下了车。许兰妮几乎是从副驾驶位上跳了下来，第一个冲了过去。她扶住杨月琴的肩膀，轻拍她的后背，关切地问，阿姨，不要紧吧？又冲着驾驶室喊道，小福子，拿瓶水来！

杨月琴半直起身来，强堆出一脸的笑，不要紧的，你们快点去吧，别赶不上火车了！

大妹子，你要注意身体哦！阿飞的养母一到杨月琴身边，又是掏手帕帮她擦汗，又是伸出手掌在她胸口位置一下一下往下捋，边捋边冲着阮映叫，姑娘，你带你妈去医院看看吧！

杨月琴的目光跃过许兰妮，又越过老人，停在了阮映脸上。阮映被母亲的目光别住了脚。她呆呆地立在一米远处。她真不知道自己该做什么，该说什么。她觉得她们的动作未免太矫情了，她做不出来。在她们面前，她仿佛成了多余的人。妈，我头疼！八岁的阮映摇摇晃晃、迷迷糊糊地走到母亲床前，轻轻叫着。杨月琴起身摸摸她的头，说，哦，感冒了！杨月琴走过去，又走过来，把一杯冲泡好的感冒冲剂放到她手里，说，喝下去睡一觉发发汗就好了！药还没喝完，杨月琴已经又睡着了。长期以来，彼此的身体都很争气，从来不需要什么照顾。彼此不需要嘘寒问暖，这倒很是平等。只是现在，多了外人——她们。她们让一种自然变成了尴尬。

小福子及时送来的水解了阮映的尴尬。她接过水递给母亲，给——漱漱口吧！杨月琴漱了口，硬是把几个人重新劝上了车。阮映买了站台票，把阿飞的养母送到座位上坐下，放好行李，返身就要走，老人突然拉住她的手，放在自己的掌心轻轻抚摩着，交代了一句，姑娘，有时间的话带你妈去看看医生。

阮映浑身都不适应——自己的母亲都从来不曾这么抚摩过

自己——她急急想抽回自己的手，却又不好意思用太多的力。我妈硬实得就像一块铁，哪里需要看什么医生？！

姑娘，没这么简单！老人拍拍还留在她掌心里的阮映的手。你妈一直会晕车？

晕车？嗯，好像没有吧？阮映突然记起，小时候，母亲隔一段时间要出差收账。出差除了少有的坐飞机、坐船，最经常的就是坐车。她不但从来没看见母亲备晕车药，也从来没听说过母亲晕车。她稍微多用了点力气，顺利抽回自己的手，我妈一直都是铁女子！

还是去看看吧！老人摇摇头，叹了一句。你妈的皮箱里有好些瓶瓶罐罐，我看不懂……

什么瓶瓶罐罐？我怎么没见过？或许，真应该去看看？直到重新坐回轿车里，阮映还一直在琢磨老人的话。已经坐到后排的许兰妮迫不及待地靠了过来，又是"啧啧"声又是一通感慨，世间居然还有这样的母爱！阿飞的养母，不，严格意义上来讲，还算不得养母，她真的是太伟大了！明明是害死她儿子的仇人，她居然还可以爱到如此程度。他们养母子关系也真是太神奇了！太神奇了！你说，他们……

神奇！神奇！这个词覆盖了许兰妮继续往下滔滔不绝的言语。不知为何，此刻，阮映的脑子里突然浮现出了那神奇的DNA双螺旋结构模型。阿飞和他的养母简直就是那对奇妙的反向平行的双螺旋。他们原本处于受害方和加害方的两边，是反向的，平行的，应该不再有交集，却因为内侧的碱基——爱的基因——而将扁平环连接起来。它们，他们，都在平行，更在连接，紧密连接……

没有熟悉的算盘声或者桌椅的挪动声或者洗菜炒菜声，屋里安静得有些怪异。夕阳的余晖洒进客厅，给客厅铺上一层金光闪闪。地板显然刚刚拖过，出门时还这一块那一块的斑渍都消失了，散堆在入门处的拖鞋常规性地两只交叉、一只不落地摆上鞋柜；客厅和餐厅都收拾得特别干净整洁、井然有序，桌罩下罩着一碗早餐吃剩的白粥、几片榨菜，厨房里的碗筷消毒柜已经停止工作，柜身还是热的；所有的花草都刚浇过水，枯叶被修剪过，绿宝树的每片叶子都被擦得干干净净，绿得发亮。椅子上是母亲打了包的行李——她说了明天就回安县——看来是真的，她已经迫不及待，这也正合了阮映的意。一想到马上要清醒地回到两个人面对面的日子（母亲刚来省城的那两天，阮映是不清醒的），阮映就开始有不舒服的感觉。保持距离一直是她们母女俩最好的相处方式。

走廊上水槽里的水是满的，清的，水龙头没有拧紧，水"答、答、答"地滴得很急。晾在阳台上的地毯有一下没一下地往地上滴着水，已经在走廊上走出一条长长的水路。卫生间的门是开着的。客厅的灯突然灭了。所有的灯都灭了。阮映害怕极了。屋里黑漆漆的，静悄悄的，墙上的挂钟"嘀嗒嘀嗒"地走着，不紧不慢。妈，你在哪里？你要回来了吗？家里没电了，很黑，我害怕！都十四岁的大姑娘了，在自己家里有什么好害怕的？厨房的柜子里有蜡烛，自己点上。我要工作，要加班，要赚钱，没那么快回去。"啪！嘟嘟——"她蜷缩在布艺沙发上，双手抱着腿，怯怯地盯着厨房的方向看。厨房的位置传来"唰——唰——"的声响，响一阵停一阵，响一阵停一阵。她的后脊梁一阵阵地冷。不远处老猫的叫声"喵喵"地撞了进来，厨房"唰——唰——"的声音被掐断了。她的头皮像通了电，一阵阵地往上麻。老猫停住叫声的一瞬间，"啾"的一声，厨房里有个什么东西像火箭般蹿了出来——老鼠——阮映惊叫一声，那股冷嗖地一下直接从她脑门上蹿了出去！阮映脚上敛着力，走得小心翼翼。入主卧时，她忍不住偷偷瞥一眼斜对门的客房。客房的门虚掩着，一支拖把柄从门缝里戳出来，顶在门框上。房内没有任何动静。阮映停下写到一半的周记《妈妈》，转动起手上的笔，目不转睛地看着母亲忙进忙出。不专心做你的作业你看什么拖地板？我累死累活赚钱是用来给你看我干活的？你有那么多时间，干脆你来拖得了！母亲把拖把柄塞进阮映的手里，每个字都说得咬牙切齿。不读书将来就是像你妈给人家当保姆拖地板的命！

　　阮映直接走进自己的房间。有十几分钟的时间，客房里依然没有动静。再细碎的一点动静都没有。她犹豫了两次，终究还是决定去看看。门似乎被什么东西顶住了，推不大开。她侧着身子挤进那条门缝——地上一摊水，几块玻璃杯碎片，还有——母亲！俯趴在地上一动不动的母亲！她的脚顶着门，头挨着电脑桌，身旁还有散落的几片药片。阮映的鼻头微微发酸。

　　我又没死，你哭什么哭？　阮映将母亲翻过身来，她几乎已经全身湿透，两鬓的头发也湿成一绺绺地贴在脸上。她面无血色，双眼紧闭，仅有微弱的气息。在她头部上方的电脑桌上，行李箱敞开着，大大小小各种包装的药，奥美拉唑、雷尼替丁、硫糖铝、芬必得……

阮映退得远远的，看着忙成一团的几个医生护士帮母亲量过血压，测过心跳，抽过血样。接诊的中年男医生简单问询过病史、曾经药物过敏之类常规问题，开始填写各项检查单。他埋着头问，姓名？

杨月琴。阮映递上挂号单，又按着儿时听到的母亲习惯性的自我介绍做着字面的解读和补充。杨树的杨，月亮的月，口琴的琴。

杨月琴？写下"杨月琴"三个字，中年男医生的手突然停住了。他一脸疑惑地抬起头，自言自语地说了一句，这怎么可能？又转向阮映问道，她原来是不是在安县？

她现在也还在安县啊，怎么啦？阮映觉得好生奇怪，对方问得颇有几分惊讶，更多了几分谨慎，"安县"两字好像被他嚼烂了半吞进了喉咙一不小心又吐出了口。你们——认识？

这——不——我们不认识！中年男医生重新埋头开起检查单，不再说什么。

清醒过来的杨月琴刚睁开眼，就像是什么事情都没发生过，一手掀开被子，一骨碌就下了床，一边在床底下探来探去地找鞋子穿，一边就用指甲这抠一下，那抠一下，试图抠起左手手背上用来固定针头位置的胶布。我不住院，不住院！我行李都收拾好了，我要回安县，我要回栖鹏镇，谁都拦不住我！

你不要这样好不好？阮映心中涌起一阵阵的酸。刚刚拍出来的 X 光片里，母亲的胃部有一个面积很大的阴影，医生怀疑是肿瘤。至于肿瘤的性质，说是需要第二天再做一个胃镜才能确定，但她已经从担任主治医生的那个中年男医生隐晦的口吻里有了不祥的预感。她帮母亲把拖鞋穿上，一手护在她的左手上，避免针头掉出。医生说了，你这种情况一定得住院！医生说……

医生说，医生说，医生二十一年前就这么说了！杨月琴拨开阮映的手，迅速抠起胶布的一个角，不管不顾用力就是一揭，胶布连着针头一齐被拽了下来甩了出去。这要住院，那要住院，哪里住得起院？要住院我二十一年前就住了，还等到现在？！

你——你——你以为你什么都懂什么都行？！阮映被气得实在不行，眼里已经一点点湿润起来。她不想母亲看到自己眼里的状况，只能不合时宜地扭过头去。连接着塑料软管的针头几乎接触到了地面，正一点一滴地往地上滴着药水，仿佛生病的是地板。她的余光还是瞥到一抹殷红在母亲的手背上出现，积蓄，扩散，迅速蔓延成一串长长的红线。母亲终于回家了。她一进屋就直接坐到客厅的小桌前，"叭叭叭"地敲起算盘。阮映揪着衣角低着头走过去，哭着说，妈，我想我可能是快死了！母亲夹着笔的手继续拨了几下算盘珠子，记下几个数字，这才抬起头问，怎么啦？阮映咬几下嘴唇，抽泣着。我下面一直在流血，从上午到晚上，擦都擦不完……母亲没有说什么。她起身进了屋，拿出一包东西递给阮映，说，拿一块贴在内裤上……才说着，又坐回小桌前低头敲算盘。阮映看到那包东西包装上写着"卫生巾"三个字。她用"算了，算了，她是病人"强力拦截自己的怒火，终究还是挡不住层层叠叠的埋怨。你又不是医生，你怎么就不能听人医生一次劝？

我就是我自己最好的医生！我为什么……杨月琴还想往下说的"要看什么鬼医生"被女儿微冒着火焰的直视给逼退了，跟随着她别到一边的头软软地糊到了白墙上。反正我不住院，我要回安县，我要回栖鹏镇……她觉得左手手背上暖暖的，痒痒的，抬起右手就是一擦。

血！阮映瞪大眼睛，惊叫一声，像失去支撑的藤状植物软了下去。杨月琴这才注意到，在自己的手背上，一大团的血盛开在那里，像一朵妖娆的大红花！

阮映的晕倒换得了杨月琴最终的妥协。但她提出一个条件，现在，马上，带我去你工作的出版社看看，然后再回来接着住院，否则就没得商量！看看就看看，尽管没什么好看的。阮映接受了这个条件。

医生办公室的门是虚掩着的，中年男医生背对着门站在窗前，手上端着一杯水。阮映正要推门进去，中年男医生说话了。真的是她，这真是个奇迹！

什么奇迹？谁是奇迹？一旁有个女声问。

中年男医生侧脸转向右边，深有感慨。15床那个新收进来的杨月琴……

阮映的心提了起来。难道，她的病情有了转机？

你不是确定她八九不离十是胃癌吗？女声满满的疑惑。这还什么奇迹？

胃癌？真的是胃癌！阮映的一只手撑在门框上。

你不知道，她1992年就得了胃癌。中年男医生喝了一口水，补充道，没有手术居然活到了现在，你说是不是奇迹？

你不会搞错了吧？同名同姓的人多了去了！女声一副戏谑的口吻。再说了，也有可能你们当年误诊啊！

怎么可能误诊？当年是我们科室的主任亲自看的，他可是专家。至于人，我核实过了，年龄、地点，都对得上。中年男医生继续说，语气肯定。1992年，我还在安县医院当实习医生，她来找我们科室主任看病。我印象特别深刻，当时她还很年轻，梳一个马尾巴，跟她女儿现在几乎一模一样，她介绍自己的名字说，就是杨树的杨，月亮的月，口琴的琴。接诊时她女儿也是这么介绍她的，不会有这么巧的事。她明明是胃疼，却坚持还要做一个HIV病毒筛查。这种要求简直是无理取闹，主任坚决不答应。后来她才说出实情，她丈夫去世了，因为艾滋病自杀，所以她才坚决要做这项检验……HIV她没查出什么问题，倒是查出了胃癌。当年我们要她接受手术——说真的，主任最终给她下的诊断是除非手术，否则，也就是一两年的事情——她当时哭得很凶，她说，他们刚从乡下搬到城里，原本丈夫在县车队当司机收入还好（可能也就是当司机四处奔波的缘故，他才会去沾染上那种病），现在丈夫走了，她只能去当保姆，根本就没钱做手术，她还有一个七岁的女儿要养。当年她连药都没拿，直接就回去了。一晃二十一年了，她居然还能活到现在，你说这能不是咱们医学界的奇迹？！

中年男医生不停摇头反复念叨着"奇迹"，阮映脑里反复出现的却是——二十一年。二十一年？二十一年前，我刚七岁，那一年，父亲自杀了。艾滋病？不是说肝癌吗？不是说她不给父亲治病父亲才自杀的吗？二十一年前，她要我自己上学放学，她要我自己做饭、洗衣服，她要我自己一个人待在家里，她要我什么事都自己做。我以为她不管我了。我以为她……难道，难道——不！不！不！这怎么可能？这绝对不是真的！这一定是她跟医生串通好说给我听的！阮映想不下去了。她也不想再往下想了。连她自己都感到奇怪的是，她明明摇着头，明明是不相信的，可为什么胸口、喉咙、鼻孔、眼睛，哪里都是堵的，酸的。所有的过往都在一一呈现。二十一年了，二十一年了，她知道这二十一年我是怎么过来的吗？她知道我常常在夜里哭醒吗？她知道我心里有多疼吗？她知道我，我——她咬着嘴唇一拳砸向了墙壁，狠狠地。不狠不足以解恨，不狠不足以覆盖住疼。她的眼眶里涌动起一阵接一阵的热。

生活中的谜团无处不在，只是你不知道而已。不，不，我不要让谜团再存在下去，我一定要跟她问个明白！阮映收回搭在门上的手，也收回原本想向主治医生提出暂缓点滴的申请。回到病房，母亲正在梳头。她宽大的病号服内空空荡荡，抬起的右手臂上，袖子已经几乎溜到肩膀处。骨头。只有骨头。阮映的鼻子又一阵酸。话终究是问不出口了，她接过母亲手上的梳子，偷偷抹了下眼睛。母亲回过头，定是看到了什么，脸上马上就不高兴起来。我又没死，你哭什么哭！那话语坚硬得足以将一切剁碎。原本在廊道上生出的一句句温情连同那阵酸楚被阮映重新吞回了肚里——

她有充分的理由坚信，刚才的一切都是假象，这是母亲与他人设的又一个局，母亲又说了一次谎。二十一年，她们已经彼此适应了这种言语缺失的相对和表达。她不知道说什么好，索性就什么都不说了。

出版公司位于西湖边上，阮映办公的位置正挨着窗。白天，从她的办公桌往外望去，满眼是绿。绿的树，绿的水，绿的山，绿的岸。湖边柳条低垂，随风微微摇摆着，煞是好看；又瘦又高的柠檬桉树亭亭玉立，像穿着白裤袜的时尚女子随时准备翩翩起舞；又粗又壮的榕树沉稳庄重，在湖中心的小岛上独树成林；几只白鹭掠过湖面，飞过高高的棕榈树，枝繁叶茂的香樟树，丰满圆润的罗汉松……在绿的衬托下，隐约可见的亭台楼阁和各式拱形小桥精致舒缓、婉约动人。

此时的夜幕下，夜色覆盖了树的绿意，只有这一团那一团未完全散开的墨色或深或浅不均匀地分布着，这一盏那一盏错落有致的照明灯将园内的气氛烘托得神秘而又温柔。湖水倒映着岸边不远处高楼闪烁的灯火，像披上金缕玉衣，又像鱼鳞片片，满满的金光、银光在湖面一晃一闪，一晃一闪。

办公桌的左上角摆着一个小相框，相框里是一张泛黄的老照片。照片里，五六岁的阮映——哦，不，当时阮映还不是阮映，而是阮杨柳——她举着一根冰糖葫芦，像举着一把胜利的旗帜，一脸幸福地偎依在母亲怀里。大街上的人真是多啊，车也多啊，多得数也数不过来。有人肩上扛着一个稻草人，嘴里不停吆喝着"买油柑枝，山楂枝"。那稻草人长得很是奇怪，身子和脚是木头做的，头顶上包着稻草，插上一根根串着或者浅黄绿色或者暗红色东西的小木棍。那东西可以吃，很多人买了去直接张口一咬，咬下来一颗颗或者浅黄绿色或者暗红色的圆珠子还会拉出好长好长的丝。阮杨柳第一次进城，第一次看到这种可以吃的稻草人。她不停吞咽着口水，被稻草人黏住了。她怯怯地伸出小手指着，爸，那红色的东西是什么？父亲从稻草人身上拔出一根串着最大颗粒东西的小木棍，递给她，来，给我们的小杨柳买一根山楂枝，这种山楂枝北方人管它叫冰糖葫芦。她偷偷舔了一下，就永远记住了它的名字。冰糖是甜的，葫芦兄弟是可爱的，冰糖葫芦——多美的名字啊！她举着冰糖葫芦，并不舍得吃，直到进了相馆照了相，五颗山楂果还是好好的。酸！阮映不由自主地咽了下口水，顺手就把相框倒扣在桌面上。

那时你多小啊！杨月琴一把拿起相框，语气从未有过的轻柔，仿佛照片里的女儿重新回到了她的怀里。她哈一口气在镜面上，手心缓缓走过镜面上的每个人，尔后俯下身把相框放回原位，坐了下来。桌上摊开着的是阮映前阶段正着手编辑的一本青少年自然科普图书，图文并茂，放在最上面的那张图案正是她看了《生物学杂志》上的DNA双螺旋结构模型后从网络上下载打印出来的，计划作为科普书籍的一张配图。绚烂的双螺旋环抱在一起，旋转起来，往上冲，往上奔。她拿起那张双螺旋图纸，定定地看着，尔后，忍不住伸手又是一摸。

母亲的手似乎摸在了阮映的心上，她疼了几下。她把母亲留在办公室，找到女老板商量多请几天假和再往下一段时间的工作方式。她希望可以相对灵活些，可以将随地可做的手头案头工作放在家里或者医院里，不必天天到公司坐班。她已经做好了准备，只要女老板一声"NO"，她一定提出辞职。没想到，女老板爽快地答应了。知道她的母亲也到单位来，女老板还特意到她的办公室热情地打了招呼。"您不知道您培养了一个多么优秀的女儿，进咱们出版公司才两年，按她提出的创意设想做的一本植物学的绘本销量就破了一百万，她现在又在尝试将生物学融入漫画中做成另一类青少年科普图书……她简直是我们出版界的奇才！"

久违的微笑就这样轻轻爬上了杨月琴的嘴角和眼角，那些或横或纵的纹理更深了。阮映不知如何回应母亲的这种表情，干脆低下头去。阮映噘着嘴，把画笔扔到地上。妈，我不想学画画，我学不会！母亲指着画笔大吼一声，捡起来！你以为我白天当保姆，晚上兼职做记账员供你上学还要学画画不够辛苦是不是？我才读过小学五年级的半年都学得会记账，你怎么就学不会画画？阮映顿着脚。可是我一点都不喜欢！母亲拎起她的胳膊，在她的屁股上就是一掌，一掌接一掌。我也不喜欢当保姆，我也不喜欢这么辛苦，我也说我不做，那咱们吃什么喝什么？多一样本事，将来就多一条出路，你懂吗？你不知道吗！阮映眼里汪着泪水，肖然不动。望着女老板远去的背影，杨月琴一脸羡慕，你们老板看起来人很不错啊，还年轻，又漂亮！

她哪会年轻？她都五十岁了！阮映脱口而出这句话后猛然意识到，母亲也才五十岁，可同为五十岁的两个女人居然有如此巨大的差异。女老板长得珠圆玉润，成日里花红柳绿，俨然三十几岁的少妇，而母亲呢？她第一次这么近距离仔细地看着自己的母亲：她变得更矮、更瘦、更小了。头顶的发稀稀疏疏，就像是荒种的田地里随风飘摇的几支芦苇，隐约透出头皮的亮光。新长出的一小截白发从开分线处显山露水，意志坚定地和盘托出她看似乌黑头发的秘密。她的身上似乎只有骨头，前胸平平，屁股扁扁，紫色的开衫毛衣尽管一个不落地扣上了纽扣，与她的身体依然隔着远远的距离，随着身体颠来荡去。颈下的锁骨突兀地从紫色的领口露了出来，像是横伸向左右两边的两根老藤。她的脸和唇都毫无血色，脸颊凹陷了进去，这让她原本就方方正正的脸像是被挖出了两个坑，颧骨显得愈发的高，嘴巴显得愈发的突，眼窝显得愈发的深，眼睛显得愈发的大。记不得十天前她进门的时候是否就是这个样子，阮映依稀能记起的是两年前回家过年时看到的她还是有几分红润的，着一件紫色的棉袄也还是能填得满满的。眼前的她看起来像是一颗被晒得瘪瘪的李子，黑黑的，干干的。可即便是干的瘪的，也还是有棱有角的，一如既往地硬。只是这硬再不是钢铁的坚硬，而是石头的冷硬。冷硬的石头虽然笑了，终究软不了。

走回医院的路上，突然就下起了雨。雨，下得不动声色，却让这座城市猝不及防地稠了、重了，也缓了。一件外套，一个手提包，一张报纸，甚至是一双手，一个小小的塑料袋，都被挖掘出了作为雨具的最大功能。半空中撑起了各种材质、各种颜色的"伞"。

车慢下来了，人多起来了——许多人在奔跑，从后面往前面赶，从路的这面往那面冲——整条道路被一次次横切、竖切，碎了一地。被雨扰了的秩序，浑浑的，堵堵的。道路的这一侧是条护城河，只有树，没有可以借以遮挡的建筑物。杨月琴双手遮在头上，拔腿就要往前跑，却见阮映不慌不忙地从包里掏出一把折叠伞，撑了起来。

一整天都是大晴天的，你怎么会带着把伞？杨月琴躲进伞下，拿手拍拍衣裤上的雨滴，很是纳闷。你看天气预报了？可天气预报也没说今天会下雨啊！

习惯了！阮映淡淡地说，把雨伞伸向母亲的一侧。性子稍急的少许几点雨滴已经率先滴落在母亲浅紫色的开衫毛衣上，那浅浅的紫变深了，变暗了，也变重了。雨伞的重量明明在她高高的手里，矮矮的母亲还是被压低了头。雨下得很大，一瓢一瓢地往下倒。雨水淋湿了头发，淋湿了脸，淋湿了身上的衣服，一串又一串地汇聚到坐垫上。很多同学都在等着父母送伞到学校，阮映唯有把自行车踩得一下比一下快，她已经感觉到例假带给屁股下的状况每一分每一秒都在加剧。拐弯处，骑在她前面的摩托车一个急刹车，阮映跟着刹车，连人带着车摔到了一旁的水沟里。骑摩托车的人看都没看，加了油门，一溜烟不见了。她好不容易才从水沟里爬起来，扶起自行车。几个走路撑伞的初三年男生干脆就停在路边，指着她的裤子又是说又是笑，目光狡黠，带着几分猥琐。她低头朝后一看，最担心的事情果真发生了——白裤子上已经流下了两股殷红。她的脸一阵阵热辣，顾不得调整自行车歪扭的车把手，飞一样地往家冲。第二天，天晴了，她避开母亲摸了把伞出门。这一带，就是十多年。

就这样，一高一低并排默默地走。雨越下越大，一把伞很难完整地遮住两个人的身体，更何况她们中间或多或少隔着距离。微微动了两次念头，阮映终究没有勇气把雨伞换到右手，把左手搭在母亲肩上。她把伞往母亲的一侧伸得更过去些，再过去些。母亲微微抬起头看一眼她举伞的手，又看一眼她已经被淋湿的右侧。几秒的停顿后，母亲绕到她的右侧。她正疑惑母亲莫名其妙的行为，想把伞移到右手，母亲的左手已经伸出，准确无误地勾住她的右手臂。像是被什么电到了，一股热浪已经率先袭击了她的脑门。她不敢往那边看，只缓缓地屈起右手臂，勾住母亲往自己的身体拢了拢。伞一下子变大了。

依然是静默。一个目光平视看着前方，一个目光低垂看着地面，雨水填满了母女间的静寂、距离和空隙，仿佛那"滴滴答答"就是她们彼此的对答。

雨就这么一直下着，回医院的路那么长，那么长，长得永远都走不完的样子，母女俩一直这么勾着手臂走着，走着。阮映感受一条紫色单螺旋盘着她的手臂向上缠过来绕过去，一层层，一圈圈，扭转着，往上往上。从梦中醒来，母亲的手臂早已不在自己的臂弯里。才凌晨三点多，邻床的病人还在睡觉，母亲却不在病床上。卫生间，走廊上，都找不到人，手机又处于关机状态。阮映心头没有缘由地被揪住了。这么早，人能去哪儿？这才注意到，母亲的挎包和病号服都摆在枕头上，病号服折叠得出奇地整齐。阮映的心头一阵慌乱。她急急打开挎包，一个崭新的信封掉了出来。

信封上写着"柳儿启"。她双手颤抖地打开信封，心绷得紧紧的，紧紧的。

"柳儿，不要救我，不要花冤枉钱，这是我的选择，人终究是要死的，我希望我的死能变得有价值……你有理由恨我，你应该恨我！我也希望你恨我！恨我吧！恨可以让你好好地活下去，恨可以让你少一些生活的疼……"

阮映再看不下去了。她的头脑一片空白。担忧伴着埋怨，慌乱伴着愤怒，它们释放着巨大的压力挤压着她逼迫着她。病她可以不治，可为什么她要用这种揪人心的方式来躲避？还说什么希望她的死能变得有价值？这是什么意思？人一旦死了，还能有什么价值可言？她已经折磨了我二十一年了，她还想怎么折磨我？阮映不知道病得这么重的母亲能去哪里，自己该去哪里寻找。她只有一遍一遍地拨打母亲的手机。

好在，半个多小时后，母亲的电话终于打通。阮映再也忍不住了，她撕扯着嗓门厉声质问，杨月琴，你到底还想要我怎样啊！应答她的却是一个男人的声音，男人语无伦次地说着："我撞人了，我撞人了……"

出事了，果真出事了，所有的盔甲瞬间全部粉碎。阮映跌跌撞撞地赶到母亲出事的地方，救护车和警车都已经到了。那地方是条偏僻的马路，路灯昏暗，道路狭窄。男人反复嘟囔着，这黑灯瞎火的，谁能想到路上躺着个人？谁能想到路上躺着个人？谁能想到……

躺在担架上的母亲一脸的鲜血，双眼紧闭，被血浸染过的紫色毛衣紫得更深、更重了。泪水顷刻间漫涌而出，阮映紧紧抓住母亲的手。她几乎用尽了全身的力气在抓、在捏、在扯，双手剧烈颤抖着，颤抖着。她想喊，可喉咙里却出不来声音。

时间黏滞在一起。二十一年的生活场景，二十一年的对峙与过往，医生的话，所有的一切都绞在一起，绞出一滴滴的苦，一把把的痛。

救护车开到半路，杨月琴微微睁开眼。她看到了阮映，只是轻轻摇一下头，用力挤出一点笑，再挤出一句话。能——再为——你做两件——事，真——好！真——好！

两件事？什么两件事？阮映不明白。

六十减五十——等于——等于——十……杨月琴做着最后

的数学题，脸上再写不出答案。她一点点没了力气。柳儿，柳儿……她轻声呼唤着，气息越来越微弱。

她的语气是如此柔弱，目光是如此绵软。柳儿……柳儿……

阮映再次听到了算盘珠子的声音。她被母亲的声音和目光轻轻地抚摩着。二十一年从未有过的抚摩。这一刻，她知道了母亲所说的"价值"和"两件事"的意思，她相信那医生说的都是真的……二十一年了，二十一年了，她怎么有办法隐瞒我二十一年？！这二十一年，那么多人在骂她，在恨她，她一个人怎么过来的？她希望我恨她！而我居然真的恨了她二十一年！二十一年啊，她心中一直是有我的，她一直是爱我的！而我，居然恨了她整整二十一年！我——我——阮映握紧拳头狠狠地砸向自己的胸口。从小到大，她无数次诅咒自己的母亲早死，这一刻，她平生第一次如此希望母亲好好活着。她第一次觉得母亲的"杨"和自己的"柳"搭在一起是如此妥当，"杨柳"是如此柔软如此好听，她是如此喜欢。她后悔了！那条向上缠绕的紫色单螺旋变成了双螺旋，在她眼前飘荡，跃升，紫得发艳，艳得如此绚烂。她张开嘴，一个声音划破了黑暗。

妈——妈！

被判处死刑的鸭子

　　她别扭地曲着双腿，半脱在大腿处的短裤支在那里，屁股上黏糊糊的，湿漉漉的，滞留其上的尿液在那里纠结成群，挠着她，咬着她，啄着她。屁股是她的脸，她万万没想到——不到她这步田地，不会得出这令人诧异的结论。她不愿意自己的脸污秽时，还不得不被打量——哪怕是自己丈夫的一双眼睛。她要他端来水拿来毛巾，她必须要把自己清理干净。可是，蘸湿的毛巾拿在手上，她才发现不知如何才能够得着自己的屁股。她摔伤的明明是腰，却似乎连带着把手也摔残了。要抬起右手伸到腰部是困难的，要把它移到下体几乎是不可能的。自己的屁股明明就在这里，就在躯体的那个地方，却显得那么遥远，她甚至连想抬起它都是困难的。

哎呀你这个人啊，别逞能了。他说着，抢过毛巾，掰开她的两腿。她倒抽着冷气看着他。如果忽略头顶处那一小圈微微发着黑的半黑半白，他几乎可以算是满头白发了。他脸颊上随处可见大大小小的老年斑，有深有浅，每一颗都在生长，每一年都更凸显；拿过手枪丢过手榴弹的手臂上不知从什么时候开始长满了小白斑，密密麻麻，像是他偏暗肤色上不小心喷溅了白灰。已经是七十几岁的老男人了，所有青春可以炫耀的资本都已经不复存在了。

她刚摔倒的那会儿，身为骨科主任的儿子要她先去拍个片子，一看，尾椎有裂缝，再加上原本就有的骨质增生，只有躺是硬道理。躺在床上吃，躺在床上喝，躺在床上拉，切忌下床！儿子在电话里一遍一遍地叮嘱她又叮嘱他。说实在话，这情形想让她下床也是根本不可能的……

那天她看到窗户上的蜘蛛网在眼前晃来晃去时，起先是想让他上去擦，或者干脆任它去。偏偏这个时候他说了一句，它在那里又没碍着咱什么，干吗一定要现在擦？她火了，立马就爬上阳台。擦完后，她从阳台下来时一跳，滑倒了。她怀疑从阳台上摔下的那一瞬间，摔裂的不仅是身体的尾椎骨，还是她人生的尾椎骨。每根骨头，捆扎骨头的每块肌肉都疼得像要裂开，只要一动，那种痛感就千军万马般奔来。当年生孩子，痛也不及这十分之一。

他从来没有照顾过人，如果自己就此躺倒不起——这样的念头一生出，她立马就冒出一身冷汗。

嘴是唯一不疼的区域，她必须以最快的速度从那里装上止疼的弹药。她盯着他，言语中灌进了风夹进了冰倒进了醋。让你刘大局长来做这种事真是委屈你了！我早死你早解脱啊！我告诉你，我不会轻易让你得逞的！就是死我也拖死你！

他不耐烦地将手上的毛巾往盆里一丢，用力把支在她大腿上的短裤往上拉。他没掌握好力度，也没控制好方向，拉了几次才让短裤勉强遮到她杂草的区域。

不知哪里来的力气，她咬牙拨开他的手，自己揪住短裤往身上拉。

他索性甩手不管了，一手抓起脸盆急急往外走。脸盆里的水溅了出来，地上的红砖像被染了黑，这儿乌一片那儿暗一片。

就知道你肯定烦我，你肯定烦我！她转不过身去，只能朝着天花板说话。我告诉你，刘荣祖！如果你去找了别的女人，我做鬼都不会放过你！我做鬼都会回来找你！

怕我找别的女人，你就好好活着看着我！跟着我！管着我！别动不动就死不死的！走到房门口的他又折了回来。有本事你现在就自己起来，不要我伺候！

他再不想多说什么，也不必再多说什么。他将一盆污水泼了出去，把搪瓷脸盆往架上一丢。

她听见哐啷哐啷的声响在老房子里回响了老半天。如果不是有那个脸盆架拦着，刘家祖上传下来的老房子估计会被砸出一个洞来。老房子的正中间有个小天井，天井里种着石榴树、桂花树，树下摆着各种兰花，有高的有矮的，有宽叶有窄叶。

天井张着大大的口，小半盆的水连流动都没有了机会，而愤怒却还是郁积在他的心里。时间磨蚀了她的容颜，更磨蚀了她的思想。曾经的冰雪美貌、曾经的纯真可爱、曾经的善解人意已经全额支付给了她的过往，留下的只有猜疑和间隙。在文化局的二十年，特别是他当上分管剧团的副局长后，她对他的猜疑愈发具体了。原本他是侦察连的领导，现在他却成了被她侦察的对象。他去洗澡，她会偷查他的手机；晚上带队下乡演出或者观看彩排，她会"碰巧"出现在现场；他去酒店喝酒晚回，她会给同桌喝酒的人挨个儿打电话。猜疑就像阳光里的各种色线，明明无处不在，却又要仔细分离才能完整提取。这种状况一直延续到退休，延续到他几乎没有饭局才变成间歇性发作，直到他们去上海照看孙子才彻底停止。孙子上了小学后，有高楼恐惧症的她执意要回老家居住，两个月前他才选择了妥协。

今天这情形，他是怎么都不想妥协的。他搬了把藤椅半躺着，将二郎腿跷得高高的，就这么踢着晃着摇着，任藤椅吱呀吱呀地响着，那响声钻进沟沟缝缝，填补了一院子的清净，他想对她说的话都在那声音里。

一个人的时间如此难熬。

一个人艰苦躺着的时间加倍难熬。

一个人艰苦躺着的时间被那吱呀吱呀声拖着拽着切着割着，像是窗台上的那只带壳的蜗牛，粗粗地喘气，好半天才走出半步路。她听出来了，他现在是越来越不让她，越来越不能忍她了。刚结婚那会儿，他多疼惜她啊！他夸她的眼睛里都是水，他被她淋湿了；他夸她的眉毛像是柳树叶子，比文工团里的女兵拿眉笔描的还好看；他夸她的大辫子真黑啊，像发亮的黑瀑布……他的表述是她闻所未闻的，她只觉得城里人就是不一样啊，真会说话，观音岩的人是从来不会这么说的，他们从来就是统一的"这姑娘真美啊"。她心里受用着，嘴里却打着转地说，你们城里人说话嘴上像抹油。后来，女儿出生了，他嘴上的油少了。再后来，儿子也出生了，他嘴上再也揩不出一滴油来，甚至连话都少了。

荣祖啊，怎么这么逍遥啊！一个软得没骨头的声音幽幽地传了进来，声音里抹的不是油，是蜜。那声音甜得发腻。银娘呢？

她知道，他那个又温柔又贤惠的嫂子来了。

在屋里躺着呢！他答着话。该是立马就起身了，吱呀声却还是密集地响，直到两人一同进了屋。

银娘啊，给你熬了碗鸡汤，趁热喝吧！他嫂子身子未到跟前，话已先到耳边。不用担心，去了油的，很清淡的。

不想吃！她双手作势在床上撑了两下，终是连上半身都显示不出什么动静的。

不想吃怎么行？这老人家伤筋动骨是最麻烦的事，一定要补钙。他嫂子抓了把椅子在床边坐下，打开汤罐说，荣祖啊，你去拿把汤匙来，我来喂。

汤匙很快拿来了，他递上后站在嫂子身边说，一直麻烦你，真不好意思。

自家人怎么说得这么客气！嫂子我可不爱听！他嫂子说得娇娇嗲嗲的，接过汤匙时把头转了过去，似乎是突然才想起。对了，今天刚好兰花分盆，我帮你多分了一盆放在楼梯口，你自己去拿一下。末了，又多解释了一句，我刚才手里拿汤带不来。

没事，没事，我自己去拿！他急急转身往外走，几乎要一路小跑的样子。

如果他嫂子的身子没有挡住她的视线，她相信他嫂子刚刚转过去横他的那一眼里不知充满那多少暧昧。如果他尾椎上的那根尾巴长出来，她相信此刻那根尾巴一定会摇来摇去摇得不知多么欢腾。原来他嘴上的油还在啊，只不过流向的不是她。

两个七十多岁的女人有一句没一句地说着话。他嫂子情绪饱满地谈论她三个孩子的各种孝顺、各种优秀、各种好，她听出的只有落差和失意。上了这样的年纪，他嫂子仍有几分她所不曾有过的风韵——或许那就是县城气吧。除了大哥几年前去世让她守了寡，我还有什么可以与她相比拟的呢？她有三个孩子，我才两个。她的两个女儿住在县城，有事没事三天两头地往家跑，住在厦门的儿子隔个两三周也会回来一次。自己呢？碰上这事，女儿在西藏援建，远在美国出差的儿子只是每天一个电话来询问，人却是要一个星期后才能赶回来的。怎么跟人比？他嫂子话语的落点在子女上，她把受力点调整到了那碗汤上。汤本是好汤，在她，终是寡淡无味的。论厨艺，他嫂子确实是一把煲汤好手。简单的一碗鸡汤，不仅被她捞得一点儿多余的鸡油都没有，还被她调配出了令人愉悦的色彩，三两粒红红的枸杞，再加上七八段绿绿的葱花，顿时活色生香。可她知道，她此时需要的不是一碗汤，而是一碗好听的话——当然，厨师必须是他。

他终于又进屋了，她也不喝了。他没有端来好听的话，只是与他嫂子谈起了兰花的种养，什么施的什么肥啊，什么用的什么土啊，什么春季早晨才能移盆啊……她听得有些厌烦了，说，我累了，想休息一下，你们去客厅泡茶吧。

他们就真的去客厅泡茶了。她听得很清楚，他们继续兴致高涨地谈论那些花花草草，甚至谈到了花草的生命。他和她离开老屋去上海的这些年，天井里的这些花花草草都是他嫂子帮着打理的。虽然是嫂子，却还是小了他一岁，他们曾经是邻居，还同过桌——搞不好还传过小纸条呢！半个小时，他们居然还在滔滔不绝地说着话——话里还时不时地渗出笑、渗出开心。他们哪儿来的那么多话？他跟自己一天讲不上一两句话，讲起来的多是柴米油盐之俗事，哪儿来的这些花啊、草啊、生命啊之雅事。

她后悔了。她千不该万不该，不该给他们创造单独相处的机会啊！

荣祖——她叫。她同时听到了客厅里传来那个女人说得有几分神秘的话——这回怕真是要拆了！

她没有听到他对那个女人的回应。但她又分明听到他压低了声音回应了那个女人很长很长的话。她不知道他为何突然压低了声音，他怕她听到什么？他在防着她什么？四十七年前，刘家老房子还算是很好的居所，那时刘家兄弟还住在同一个房子里。二十世纪八十年代末，兄弟俩分家，身居供销社主任要职的大哥将分得的隔开十几米远的一处老屋翻盖成了两层楼，后来又加盖了一层。而他，只在儿子结婚那年重新粉刷了老房子，大小与格局则一直处于原地踏步。拆迁的说法几年前就在传，时传时停。那个女人有个亲戚在镇政府当一把手，这消息该是相对准确。有人帮他们估算过，房子虽是老房子，一旦碰上拆迁，起码置换城中心两间店面，三套房子。他一定怕她知道他有这么多身家。她冷笑。是啊，以这样的身家，他想要什么样的女人没有？

女人？那个女人！她的心又揪紧了。一旦碰上拆迁，那个女人最起码是两间店面，六套房子。如果他们两个整到一起，那可真是强强联手、珠联璧合啊！

她为自己这个疯狂的想法而沸腾，再难冷静、再难平息。她死死盯住桌上的小时钟，强忍着——再过两分钟，一分半钟，一分钟，他们再不停，我可就叫了！

刘荣祖！分针正正地指向"9"，她像得了特赦扯开嗓子喊。刘荣祖！刘荣祖！

她听到他们起身的声音，听到那个女人嗲嗲地说，那我先走了啊。还听到他拖鞋拖磨在红地砖上的几分不舍，几分不愿。

自己老婆都快死了，你倒是和别的女人聊得很开心啊！她估摸着他已经走到了门口，就迫不及待地泼出一大串的话语去迎接。你是不是巴不得我赶紧死啊！一个鳏夫一个寡妇，还是青梅竹马的，多合适啊！

真是莫名其妙！他索性不进屋了，勒住自己已经跨过门槛的脚往回一收，在门槛上重重一踢。亏你也在县城生活了几十年，亏你也到大上海见过世面，怎么就改不了乡下人的狭隘！

是啊，我是乡下人，你是城里人，她是城里人，你们都是城里人！她像是找着了可以入刀的地方，一句接着一句，噼里啪啦地砍着杀着。嫌弃我们乡下人你当初就不要找乡下人啊！又没人逼你！后悔了是不是？还来得及，还有机会啊！

真——他把剩下的"受不了你"几个字也紧急逼停了，几乎是跑步出了老屋。很多时候，他觉得，他就像是她的砧板，她随时想切想剁操刀就来，不分时间，不用缘由。他知道除非他硬成刀枪不入的钛金板，如果只是硬成钢板铁板，激发的只能是她的"斗"志，她会剁得更凶更狂，他会受更重的内伤。只有当他软成棉花，她才会收了乱拳。很多时候，他会怀疑，她还是四十多年前那个美丽可爱的她吗？当年他们分居两地，一切多么美好！难道是年轻和距离掩盖了一切？什么时候发现她变得这么掉渣的土？应该是退伍回城的第一年吧？那年，他出差到省城，给她买了一件橙黄色的羊毛衫，胸口有一朵牡丹刺绣。他看中的是那朵纯手工的牡丹刺绣，多雅致、多美啊！这恰是她讨嫌的。那件羊毛衫便顺理成章地搁浅在她的柜子里。他问了很多次，她终于穿上了。穿上的那天，他惊呆了。

你——那朵牡丹呢？

我把它剪掉了！她回答得倒也干脆，一点儿没有遮掩，甚至还颇有成就感地仔细描述她如何一剪一刀地抠掉那朵花，如何剪破了口子，又如何把口子缝上。

自此开始，他再没给她买过任何一件衣服，乃至一方手帕。她倒是经常给他买，衣服、裤子、鞋子，买的多是地摊上的便宜货。他不穿，她就酸溜溜地说他骂他。他还是不穿，她只能是不买了。

一天天，一年年，她土她的，他洋他的，居然就过了四十七年，日子居然还没发霉。

午餐吃的是菠菜瘦肉粥。他出去转了半个多小时，十二点之前还是回来了。粥熬得足够黏稠，菠菜切得足够短，瘦肉也剁得足够碎。她怀疑他是不是出去向谁取了经，"手不动三宝"的他居然也能下厨，居然也能熬出一碗像模像样的粥来。不知是这种出乎意料打开了味蕾，还是几番发泄着实耗费了体力，一口接一口，她居然吃完了一碗粥。

他还是不怎么说话，像机械手一样一口接一口地喂着。她的心情莫名地好了许多。连午后照进屋内的阳光也跟着明媚了起来，大半个屋子都暖和了。他不仅拉开了窗帘，还打开了整扇窗户。

美丽怎么还没来？好心情软化她，她主动打破沉默。

不知道。他一开口便是再也化不了的简式。

她的兴致连同汤匙和纸巾一起被他收进了碗里，目光却粘在他的身上，粘在他的脚步声里。这个曾经那么老那么矮的小老头儿，似乎只是提前攒下了他的老，真到了该老的年纪反倒不怎么老了。背还是那么直，脚步还是那么矫健。头发是四五十岁时就白了一大半的，现在无非多白了几根；身高是永远不可能再往上长的了，与她航空母舰般的胖身体凑在一起，她的身高放大着她的肥胖，而他的身高与他的精瘦倒是搭配得恰到好处，哪一块肉都不会是多余的；眼神里的光芒是淡了，却多了几分沉稳。一种强大的成就感像他眉角的那根长寿眉一样，不知什么时候从她心底冒了出来。

　　她最想见的人还是迟迟没出现，倒是先后来了几拨她不是特别想见的客人，有他的亲戚和同事，有她的朋友和工友。不论想见不想见，她跟他们这说说那说说，总算把一个下午较多的时间熬了过去。

　　那个叫美丽的女人直到下午五点才出现。确切地说，出现的只有她的声音——更确切地说是她笑的声音。她的笑声是跟随着一只鸭子的嘎嘎声一起到来的，两种声音交织着扑扑声、花盆倒地声、桌椅移动声、脸盆摔在地上的声音，在天井里和客厅里转啊绕啊飞啊，就是一直不见人。偶尔有他不知是咸、是淡、是酸、是甜的声音，他的声音被所有声音夹得细细的、扁扁的、薄薄的，压在了声音的最底层，或者塞在了夹缝里。

　　银娘啊，我真要笑死了！咯咯咯——外面各种杂音好不容易消停的时候，那个叫美丽的女人终于进了屋。她一进屋，就将整个屋子塞满了叮叮当当的笑。你不知道啊，鸭子原本老老实实地待在一只竹笼里，你们荣祖非说那竹笼里都是鸭屎，非要把鸭子抓出来洗一洗。那只鸭子一被解放便反了天，张开翅膀在天井里绕着圈地跑，我和荣祖就在天井里跟在鸭子屁股后面追啊追。好不容易快追上，它又跑到客厅大闹了一番。要不是最后荣祖拿了你们的桌罩罩住它的头，还不知道要怎么折腾……她捂着肚子笑得花枝乱颤。哎哟，哎哟，笑死了，你是没看到，那场景，好玩死了！它站到花盆上，荣祖一扑，咯咯咯——它便扇着翅膀往下跳。荣祖一扑，咯咯咯——差点儿趴到地上……

看那个叫美丽的女人笑了半天，她才听明白了。那个叫美丽的女人不仅带来了她交代买的二两燕窝和三十只虫草，还抓来了一只会飞的鸭子。为了这只会飞的鸭子，他们两个人在天井和客厅里玩了一出大戏，一出让人笑破肚子的大戏。

可是，她笑不出来。她非但觉得这没有一丝笑点，还直接被戳中了痛点。她将那二两燕窝和三十只虫草紧紧攥在手里，咬着牙说，煮熟的鸭子都会飞，何况是一只大活鸭。

你说什么？那个叫美丽的女人还沉浸在自己的笑里，没听清楚她说的话。

我说我这几天才算是彻底想明白了，女人只懂得对男人好不懂得对自己好点儿最傻，从明天开始，每天一只虫草，一片燕窝……

这就对了！对别人再好都是徒劳，对自己好才是根本。男人没一个好东西——说到男人，那个叫美丽的女人就关不上话匣子了。她使劲地谈起她无情无义的前夫如何花天酒地，又谈起她孝顺的儿子如何带她周游列国又给她买了什么什么，接着又谈到这次在东南亚的吃和玩，谈她在新加坡电视里新学的舞蹈。兴之所至，她居然亮开嗓子扭动腰肢又是唱又是跳了起来。

那个叫美丽的女人已经换了几个谈话的频道，她却还停留在刚才的话题里。你不知道他是一个多么无情的人，我如果死了，过不了几天，他肯定会去找别的女人！

你怎么会这么想？那个叫美丽的女人这才收了腰肢，收了笑，收了脸上丰富的表情。你只是摔了骨头，又不是得了什么治不了的病！

我知道我一定得了什么不好的病，不然也不会查不出什么来。

你这是什么理论？查不出什么就没关系啦，怎么就有不好的病啦？

查不出来才可怕呢！我感觉得到，那些病菌最近肯定一直在我身体里扩散……你不知道，他年轻的时候啊……

你这样想可不对！那个叫美丽的女人打断了她的话。我跟荣祖说一下，改天让他带你到大医院去查一查。

我才不去查呢！她一边轻松地答着话，一边沉重地感觉出了那个叫美丽的女人话里的不对。他是我的丈夫，什么时候轮到你龚美丽"荣祖"长"荣祖"短地叫？什么时候轮到你龚美丽让他带我去医院了？她后悔自己以前怎么跟这个所谓的老闺密说了这么多，让人家有了插入的缝隙。年轻的时候，她们是厂里的两朵花。一朵是城里的玉兰，小巧芬芳，一朵是乡下的番薯花，大气质朴。而现在呢？她无法往下接话了，目光粘在龚美丽伸过来的那只手上，再一点点往她身上爬。那手真是细嫩啊！她手腕上的那个翡翠镯子被那细嫩的手映衬得翠流欲滴、水光漾荡。毕竟她是大上海南下干部的女儿，毕竟以前她当大官的前夫让她养尊处优过多年，离婚的时候她也要了他好多财产，她的手还像年轻时那么细嫩，手背那么白，手心那么软；一定是什么低密度高密度胆固醇的缘故，或者是她每天吃的田七粉起了作用，她脸上的皮肤还那么紧致那么有弹性，没有一颗老年斑；她比自己小了不过四岁，年轻时是在一条起跑线上的美，现在看起来却似乎年轻了十岁以上；她每天都在跳广场舞，上午跳，晚上跳，走起路还能生出风来。而自己呢，现在只能在这儿躺着呢！唉——他一直让自己跟着去跳广场舞，他经常说，看人家美丽的身材，看人家美丽的气色……

刘！荣！祖！她把三个字切成一段段，肆意碾着。

不用叫他，你要做什么，我来！龚美丽赶紧起身。

刘！荣！祖！她不管，用了更大的力气在叫。

来了——他应承着进了屋。要干什么？

我要小便！她挺得直直的，捏着拳头说。

他赶紧从床底下抓了尿壶出来，递给龚美丽说，你先帮我拿一下，我帮她把裤子脱了。说着，他就要来掀被子。未料，她紧紧地揪着被角不放手。

你干什么？他试图掰开她的手指头。你不是要小便吗？被子不掀怎么小便？

她的目光直视着他，嘴巴却朝着龚美丽的方向努了一下说，让她出去！

没关系，没关系，自己姐妹有什么关系！龚美丽笑着说，我可以搭把手。

她手上的力度一点儿都没有减弱，目光也还紧紧咬着他。他就什么都知道了。他伸手接过尿壶说，给我吧，你到外面去坐一下。

眼看着龚美丽已经出了房门，可她手上还在犟着气。他也来气了。人家都出去了，你到底要不要小便？

我不要！她的眼睛在他身上盯着。我知道，人家漂亮！

你——亏你说得出这样的话！他索性丢了抓在被子上的手。该化验的也化验了，该拍的片也拍了，该做的检查都检查了，你还要我做什么？我看你是闲得慌才会七想八想！

她的眼睛在他身上咬着啃着绞着，执意咬出血来啃出洞来绞出汁来。我知道，人家忙，人家能干，不像我大闲人一个！

他索性把尿壶往床底下一丢，大阔步走出了房间。这回，她的目光再无处下手了。但她仍不甘心，朝着他的后背狠狠地抛出了一句——我知道，人家还骚！眼睛骚嘴巴骚屁股也骚，赶紧找骚的去吧！

他不再回应她。像是突然咬到了一粒沙子，老宅里的空气突然卡住不流动了。这种安静让她心发慌，飘在空中落不到地上。这个时候，她迫切地希望那只刚洗过澡的鸭子能发出什么声音，闹出什么动静。可它偏不配合。它似乎也闻到烟火的气息，老实得非常不是时候。

过了好一会儿，她听到客厅里开始有一句没一句地传来他跟龚美丽说话的声音。他没走，龚美丽也没走。他们压着嗓音。她竖起耳朵，嘤嘤嘤——嗡嗡嗡——轰隆隆——耳鸣恰在这时犯了。火车开来了，蜜蜂飞来了，一只只，一群群，窃窃地交流着有关她的什么信息，窃窃地说着她的什么坏话，窃窃地摇头，窃窃地安慰。偶尔有他的咳嗽声揪得人心紧，偶尔有她的吴侬软语软得人酥心。窃窃地说，窃窃地笑。老婆都已经躺在床上半死不活了，他居然还有心跟人聊天？他居然还笑得出来？他的手是不是已经拍到她肩上了？她的头是不是已经靠到他的怀里了？是啊，现在的他们是如此般配啊！一个娇小精致，一个精瘦干练。在她身边，他是高大的，斯文的。在他身边，她是柔美的，需要依靠的。他们一个是水，一个是墨，轻轻一勾一描，就一幅什么韵味的水墨画出来了。她受不了了！她受不了了！

刘！荣！祖！刘！荣！祖！刘！荣！祖！她握紧拳头喊。喊得床在摇窗在晃，喊得房间里的空气都在疯狂地打战。

她听到他和龚美丽一同进的屋。龚美丽先走到了床前，她挑着拣着，调配着每句话的酸碱度。美丽啊，不好意思啊！不能让你们俩好好说个话！

说哪儿的话呢！我也要回去了。龚美丽拉拉她的手说。银娘姐你好好休息，我过几天再来看你。

哦，要回去了啊，荣祖你送送美丽啊。她觉得她还是有必要提一下那只造次的鸭子。人家送你的鸭子，你还是拿回去自己炖汤喝吧。

我又不会弄！龚美丽边往外走边对送在身后的他说，让荣祖弄好了，到时喊我来喝一碗就可以了。

好一个"荣祖"！好一个"不会弄"！她恨得把牙齿都咬出了响声来。龚美丽先出了屋，他一脚刚迈过门槛，她便又忍不住了。刘荣祖！刘荣祖！我要大便！你快过来！

你去忙你去忙，我先走了。龚美丽的小碎步走得比他还快，她听到大门嘎吱了一声，他才来到床边。她拿手当梳子往头上梳耙了两下，拉过被子把自己的身体盖得更加严实，再斜斜地瞟了他两眼。他刚才一定进过卫生间，一定在卫生间里拿水沾过头发了。那三七分界线是如此明显，如此整齐清晰，没有任何一根头发过河越界。它们一根根骄傲地朝着两边各自领地叩拜匍匐，尽管是白的，却有着异样的光泽。每次要参加隆重的仪式，他都会把自己精心打扮一番，像要去赴什么约会。

她什么都不说，他也不说。就这么一个躺着，一个站着，中间塞满了各种东西。"嘎——嘎""扑棱——扑棱"，天井里传来有规律的声响。关在竹笼里的那只鸭子又要造反了！

晚上想吃什么？他问。

吃什么？吃鸭子！吃龚美丽的那只鸭子！把它给我宰了！

现在！马上！

市场宰杀点都已经收工了，要不明天再弄吧？

不行！我今天就要吃！你马上把它给我宰了！给我杀了！给我枪毙了！

他看看她，又看看那只在天井里嘎嘎叫得正欢不知死期将近的鸭子，说，行行行，马上判鸭子死刑！

天色和空气同时沉了下来，她心里却亮起来了。